AF482992

Levin Schücking

Eine dunkle Tat
(Historischer Kriminalroman)

e-artnow 2018

Elisabeth Bürstenbinder
Gesprengte Fesseln: Aus der Feder der unbestrittenen Beherrscherin der Frauenliteratur

Eugene Sue
Die Geheimnisse von Paris (Historischer Roman)

Louis Weinert-Wilton
Weinert-Wilton-Krimis: Der schwarze Meilenstein, Die chinesische Nelke, Die Panther, Die Königin der Nacht, Die weiße Spinne, Der Drudenfuß & Teppich des Grauens

Julius Wolff
Das schwarze Weib (Historischer Roman aus dem Bauernkriege)

Julius Wolff
Der Raubgraf (Mittelalter-Roman): Spiel um Macht - Eine Geschichte aus dem Harzgau (Historischer Roman)

Eufemia von Adlersfeld-Ballestrem
Gesammelte Werke: Historische Romane, Krimis, Liebesromane & Erzählungen: Die weißen Rosen von Ravensberg, Die Falkner vom Falkenhof, Trix, Maria Schnee, …Die Herzogin von Santa Rosa, Rosazimmer…

Eufemia von Adlersfeld-Ballestrem
Detektiv Dr. Windmüller-Krimis: Weiße Tauben, Die Erbin von Lohberg, Das Rosazimmer, Die Fliege im Bernstein & Povera Farfalla - Armer Schmetterling

Elisabeth Bürstenbinder
Die Alpenfee

Ludwig Tieck
Vittoria Accorombona (Historischer Roman)

Eufemia von Adlersfeld-Ballestrem
Maria Schnee: Historischer Kriminalroman – Die Geschichte eines Rätsels

Levin Schücking

Eine dunkle Tat (Historischer Kriminalroman)

Das Stiftsfräulein

e-artnow, 2018
Kontakt: info@e-artnow.org

ISBN 978-80-273-1987-9

Inhaltsverzeichnis

Erstes Buch

Kennt ihr das grüne Hügelland von Berg? Ich kann in diesem Augenblick nicht sagen, unter welchem Grade der Breite und Länge, von der Sternwarte zu Greenwich oder von der Insel Ferro an, der liebe Gott es so säuberlich hingelegt hat; aber ich weiß, daß er es gesegnet hat mit Fruchtbarkeit und einem tüchtigen, betriebsamen Menschenschlag, in dem sächsisches und fränkisches Blut sich begegnen, und daß es ein schönes Land ist, wie es daliegt zwischen dem Ebbegebirge und dem Rhein, zwischen der Sieg und der Ruhr. Auch ist es reich an schönen Sagen und Legenden von höchst wunderbaren Ereignissen, die niemand glauben sollte: an Geschichten von Feme und Liebe, von Mord und Andacht; von frommen Mönchen, die nichts taugten, und höchst ritterlichen Straßenräubern; von Edelleuten, die sich die Harnische zerhieben, die Schwerter zuschanden schlugen und ihrer Liebhaberei für blutige Köpfe mit all der großartigen Gravität nachgingen, mit der ein Mingo oder Delaware für sein Kabinett skalpierte Hirnhäute sammelt. In der Tat, dies Land ist so reich in der Erinnerung an jene romantischen Strauchgesellen, es sind ihrer so viele mit jedem alten Gemäuer verwebt, um jedes einsame Steinkreuz geschlungen, daß man in der Ferne keine duftige Höhe aus dem blauen Wellenschlage der Hügelreihen hervortreten sieht, ohne zu erwarten, daß im nächsten Augenblicke ein Reiter im Eisenkleide mit wackelndem Helmbusch, mit flatterndem Wimpel an der Turnierstange darüber auftauche und seiner Stegreifpoesie nachtrabe. Sind doch heute noch die Männer von Berg die besten Waffenschmiede der Welt; noch heute sieht man sie Schwerter und Dolche schmieden, biegsam wie die Klingen von Damaskus, scharf und hart wie die Klingen von Toledo, mit einem Worte: die Solinger Klingen.

In diesem schönen Hügellande ging eines klaren, duftigen Herbstmorgens die Sonne auf und erblickte zuerst unter vielen andern Dingen drei Gegenstände, die für uns von Wichtigkeit sind. Der erste ist ein ungeheurer Aktenhaufen, der zweite ein lockiger Mädchenkopf und der dritte ein Hofrat, drei Dinge, auf welche die Sonne in ihrem täglichen Laufe mit sehr gemischten Gefühlen schauen mag. Der Aktenhaufen lag auf dem grünen Tische des Sessionszimmers der Kurfürstlich-Pfälzischen Hofkammer zu Düsseldorf und trug die Inschrift: »Von Schemmey, nunc von Katterbach contra von Driesch, puncto Koppeljagdgerechtsame.« Dabei ist zu bemerken, daß das Klaglibell zu diesen Akten nun schon seit hundertundsieben Jahren eingereicht war, das Endurteil aber auch während des Verlaufs dieser Geschichte noch nicht erscheinen wird. Der Lockenkopf, der, zusammengefaßt mit der ganzen Person, der er seit etwa fünfunddreißig Jahren erb- und eigentümlich zugehörte, den Namen Freiin Maria Anna Josina von Katterbach zu Rheindorf, Bornheim und Leichlingen führte, wär' auffallend hübsch zu nennen gewesen, wenn nicht irgend etwas eine Art leisen Mißbehagens beim Beschauen dieses Kopfes erweckt hätte. Entweder war es der allzukühne Blick des Auges oder ein Gepräge von Unternehmungsgeist, der jedenfalls sich nur auf Kosten weiblicher Anmut geltend machen kann. Ihre volle und starke Gestalt war in einen sehr anständigen und gut kleidenden Morgenanzug gewandet, und so war sie immerhin eine Erscheinung, die ihr Gefährliches haben konnte und einen großen Gegensatz zu ihrer Umgebung bildete. Sie saß am Kaffeetisch in einem großen, wüsten Zimmer des Herrenhauses zu Diependahl am Murrbache, das in allen Ecken und Winkeln Vernachlässigung und unordentliche Wirtschaft zeigte. Einige zur Hälfte zerfetzte, auf der andern Hälfte bis zur Unkenntlichkeit mit Staub und Spinngeweben bedeckte Ahnenbilder in schwarzen Eichenrahmen sprachen allein die Ansprüche des Hauses auf vornehmen Anstrich aus, der ihm doch wie aller Anstrich überhaupt mangelte.

Was nun endlich den Hofrat betrifft, so war dieser Hofrat nicht deshalb, weil er nie bei Hofe gewesen, oder weil es nicht rätlich, sich Rats bei ihm zu erholen, vor vielen andern Hofräten ausgezeichnet, sondern lediglich durch eine gewisse diktatorische Feierlichkeit seiner Erscheinung, die ohne diese Eigenschaft nichts als einen stämmigen Roßtäuscher angekündigt hätte, als er jetzt im grünen, breitschößigen Jagdrock, unten Stulpenstiefel, oben eine hohe Nachtmütze zu seiner Jungfer Schwester ins Zimmer trat und sich zu ihr an den Frühstückstisch setzte. Indem er sich so zu einem der wichtigsten Geschäfte des Tages anschickte, zeigte er ein mürrisches, von tiefen Linien und zackigen Zügen durchfurchtes Gesicht mit blauen, vorquellenden Augen und sah aus wie der Admiral Peter de Tromp oder ein Baummarder, der beißen will.

»Spülwasser!« sagte er verdrießlich, nachdem er die erste Tasse hinuntergeschluckt hatte, setzte die Schale auf den gebohnten Klapptisch nieder und lehnte sich, die Glieder reckend, in den Armstuhl zurück. Dann starrte er seiner Schwester ins Gesicht. »Ma soeur«, sagte er und brach in ein schallendes Gelächter aus.

»Was ist's, alter Bär?«

»Verfluchter Kerl, der Schäfer! Ich glaube, du hast ihm Anträge gemacht, daß er solche Bosheit auf dich hatte!« sagte der Hofrat.

Um diese jedes weibliche Zartgefühl so hart verletzende Anspielung zu verstehen, muß ein Abenteuer berichtet werden, das der Freiin Josina am Abend zuvor zugestoßen war. Sie hatte einen Spaziergang gemacht und war in einer engen Schlucht einem Schäfer begegnet, der geradeswegs aus einem zum Gute des Hofrats gehörenden Schlag jungen Holzes kam und voranschreitend seine Herde zur Abendruhe wieder in das Dorf hinabführte. Mit erhobener Rechten war die Dame dem auf der Tat ertappten Frevler entgegengeschritten, um ihn am Kragen zu fassen und mitsamt seiner blökenden Begleitung in den Pfandstall »einschütten« zu lassen. Der Schäfer aber hatte, wie es schien, an die Milde ihres Frauenbusens appellieren wollen; er hatte das zur Flucht vorgebeugte Haupt an die Brust gelegt und war dann zugeschritten, als ob sie gar nicht im Wege stände. Die Folge dieses mit einem kräftigen Nacken ausgeführten Manövers konnte kein andres sein, als daß die Dame zu Boden stürzte. Nun trat zuerst der Schäfer über sie weg, sodann Fix, der treue Wächter, drittens der Leithammel und endlich die ganze zahllose trippelnde Herde, die den Fersen ihres flüchtigen Führers folgte.

»Ma soeur war ein eingetretenes Hindernis für den Schelm«, fuhr der lachende Hofrat fort.

»Du magst dich freuen, daß das Lumpenpack dir den Schlag abweidet«, sagte die Schwester zornig. Dann glättete sie plötzlich ihre Mienen, zog das Nachthäubchen zurecht und sagte mit einer schmelzend freundlichen Stimme: »Wie haben Sie geruht, Philipp?«

Philipp war ins Zimmer getreten, der lang aufgeschossene Jagdjunker, umsprungen von zwei entfesselten Bracken. Er machte eine Verbeugung und versetzte: »Schlecht genug; dachte immer dran, ob's nicht bald Tag wär', daß es bald losgehen könnte. Nun bin ich doch der letzte. Ich habe den Herrn Vetter über mir rumoren hören und da dacht' ich, nu is Zeit. – Danke, danke.«

Die Freiin Josina war aufgestanden und hatte Philipp mit einem Knicks eine gefüllte Tasse überreicht.

»Na, Junge, mach' jetzt rasch!« rief der Hofrat; »so, trink' aus und sag' dein Jagdsprüchlein auf.« – Er begann mit halb aufsagender Stimme, aber sehr laut, zu singen:

»Sag' an, lieber Weidmann, wie viel End-Ahn
Hat der edle Hirsch auf seinem Kopf stahn?«

Philipp versetzte mit einem höchst anmutigen Bariton, der sich etwas unsicher und schwankend weiter bewegte, aber darin keinen Grund fand, sich weniger laut zu machen:

»So oft sich der edle Hirsch hat gepetzt und gewetzt.
So viel End' hat der edle Hirsch auf seinen Kopf gesetzt.«

»Richtig,« sagte der Hofrat; »nun wart', noch eins:

Sag' mir an, mein lieber Weidmann,
Wo hast du das schöne, hübsche Jungfräulein lassen stahn?«

Donnernd intonierte Philipp (man sah, seine ganze Seele war bei diesen Tönen):

»Ich hab' sie gelassen zu Holz
Unter einem Baum stolz,
Unter einer grünen Buchen,
Da will ich sie suchen.
Wohlauf, eine Jungfrau in einem weißen Kleid,
Die wünschet mir heut' Glück und alle Seligkeit!«

Philipp schlug nun einen Triller, worüber eine der Bracken zu knurren anfing, und machte der Dame lächelnd eine Verbeugung, der man nichts Uebles nachsagen darf, denn sie war gerade so anmutig, als er es nur immer verstand.

»Schönes Morgengebet!« sagte die Dame. »Mon frère,« fuhr sie fort, »ehe du gehst, vergiß nicht, das Geld abzusenden.«

»Geld, welches Geld? Was weißt du von Geld?«

»Nun das, welches ich dich für die alte Fahrstein abzählen sah, obwohl ich nie habe begreifen können, weshalb du das Weib zu füttern hast.«

Die Freiin hatte im Sinne, sich an ihrem Bruder für den unzarten Spaß von vorhin zu rächen; augenscheinlich gelang ihr dies, denn der Freiherr von Katterbach ward nicht allein verlegen, sondern auch so blaß, als es sein gebräuntes Gesicht zu werden vermochte.

»Ei,« stotterte er, sich abwendend, »du weißt ja, der einfältige Junge, den sie hat« – er stand auf und spuckte zum offenen Fenster hinaus, welche Gelegenheit er benutzte, von der Gesellschaft abgewendet darin liegen zu bleiben.

»Nun, der Junge!« fragte Josina mit einem Ton von Unschuld und Naivität, dessen Unverfänglichkeit nicht wiederzugeben ist.

Philipp lachte laut auf, über die Freiin sowohl als auch aus Vergnügen, ein so interessantes Familiengeheimnis zu entdecken. Der Hofrat trat aus dem Fenster zurück. »Komm, Philipp,« sagte er, »hüte dich vor den Weibern; sie taugen alle miteinander nichts, und ein ordentlicher Jäger sollte sie alle aus dem Hause jagen, denn seine Hunde bekommen nur Flöhe von ihnen – – Was – Teufel! – Wo war das? Das sind die Grünscheidter!«

Man hörte in der Ferne Jagdsignale blasen. Der Hofrat ward kirschbraun vor Wut. »Auf dem Mühlenberge!« schrie er, warf die Nachtmütze auf den Boden und griff nach der Flinte, die in der Ecke stand; ein kurzer Pfiff lockte die Hunde unter dem Frühstückstisch hervor, und die ganze Meute stürzte nun zusammen zum Zimmer hinaus.

Zweites Kapitel

In einem frischen, wiesengrünen Talgrunde, eine kleine Stunde oberhalb Diependahls, an demselben Murrbache, liegt das Rittergut Grünscheidt, das zu der Zeit, von der wir reden, etwas vor der Mitte des vorigen Jahrhunderts, von einem seit einigen Jahren verwitweten Herrn und seinem einzigen Sohne bewohnt wurde. Herr von Driesch war ein Mann von etwa fünfzig Jahren, klein und ziemlich starken Körperumfangs, was aber der außerordentlichen Lebendigkeit seines Geistes und aller seiner Bewegungen keinen Eintrag tat. Er hatte eine von der Erziehung seiner meisten Standesgenossen sich vorteilhaft unterscheidende Bildung erhalten; während jene, als Jagdjunker an irgendeinen kleinen Fürstenhof gegeben, durch allerlei Mühsal, schlimmer als die Prüfungen eines Johanniterordensnovizen, unter häufig beigezogener Hilfe der Hundepeitsche zum »fermen Weidgesellen« ausgebildet wurden, war Herr von Driesch als ein jüngerer Sohn zu den Jesuiten in die Schule gegeben worden und hatte von ihnen ein sehr gutes Latein und viel mehr Griechisch gelernt, als er später, nach dem Tode des älteren Bruders, zur Regierung seiner Güter anwendbar fand. Trotzdem war er bis jetzt ein Liebhaber der Humaniora geblieben und übersetzte Anakreon und Vergils Eklogen im Geschmacke der zweiten schlesischen Dichterschule; er war Mitglied des Pegnitzer Blumenordens und seinen Mitschäfern unter dem Namen »der Säuberliche« bekannt.

Im Besitze einer größeren Bildung und Wissenschaft, als die seiner meisten Standesgenossen war, mochte Herr von Driesch seiner Erhaltung auch größere Rücksichten schuldig zu sein glauben; er hatte zum Symbolum, weil ein solches jeder ausgezeichnete Mann damals führen mußte, die Eule der Minerva gewählt, die sehr tiefsinnig auf einer kahlen Leimrute saß und die Spatzen betrachtete, die festgeklebt an den kleinen Stangen flatterten. Darüber stand: »Wer sich unnütz in Gefahr begibt, kommt darin um.« Der Hofrat, Freiherr von Katterbach, der jedem Menschen etwas Schlechtes nachsagte, behauptete, daß Driesch an jedem Hasen vorbeischieße, sei lauter Sympathie. Dies war eine abscheuliche Verleumdung; es war nichts anderes, als eine sehr lebendige Phantasie, die Herrn von Driesch bei einzelnen Gelegenheiten auf Augenblicke zaghaft erscheinen ließ.

Er war ein gutmütiger Mann, solange es nicht wider seinen eigenen Vorteil lief, und liebte den Frieden und das Geld, aber von allen Dingen Zänkereien und Feindschaften am wenigsten. Ein wahres Herzeleid war ihm deshalb, daß ihm so nahe, drüben auf Diependahl, der Hofrat saß, der die Unverschämtheit hatte, seine Koppeljagd auf dem Mühlberge, einem Distrikte inmitten beider Güter, in Anspruch zu nehmen und ihm nebenbei alles mögliche Leid zu tun. – Schon die Familie von Schemmey, die vor den Katterbachs Diependahl und die andern Güter des Hofrats besessen, hatte den Prozeß über die Koppeljagdgerechtsame auf dem Mühlenberge mit den Grünscheidtern begonnen; aber sie hatte dem Rechte seinen Lauf gelassen und die Driesch waren im Besitze geblieben. Der Hofrat dagegen, obwohl er mit Driesch verwandt war und diesen nach seinem Tode zum Lehnsfolger gehabt haben würde, schritt, nach langjährigem Harren auf ein Urteil, auf dem Wege der Tat vor, ließ auf dem Mühlenberge keine Rebhuhnfeder übrig und versicherte, er werde jeden totschießen, der sich mit Hund und Flinte in seiner Hofesaat sehen lasse.

Laßt nur den ersten Jagdtag kommen, hatte Herr von Driesch schon oft mit Würde gesagt; ihr sollt sehen, wie ich mich werde zu maintenieren wissen. – Der erste Jagdtag war nun gekommen. Herr von Driesch erhob sich vor Sonnenaufgang, weckte seinen Sohn Johannes, einen vielversprechenden Jüngling von bedeutender Körperkraft, fast weißen Haaren und mit einem Gesichte, das an Ausdruck rührender Kindlichkeit mit einem weinenden Säugling wetteifern konnte, und stieg, von ihm, einem Jäger und seinen Hunden begleitet, auf den Mühlenberg.

Oben angekommen mußten Johannes und der Jäger sich auf eine Wallhecke stellen und die Jagdsignale der Grünscheidter blasen. Die Töne schmetterten hell und lustig durch die frische, duftige Morgenluft; eine Fanfare nach der anderen rollte über die tauglänzenden Gebüsche, durch die dünnen, flockigen Nebelwolken, die auf den Talgründen standen und jetzt, unter den Strahlen der aufsteigenden Sonne sich kräuselnd, leise verflatterten. Hoch in den Lüften schmetterten die Lerchen, die Hunde liefen suchend den Hang hinan und hinab, brachen schnuppernd durch den Ginster und die Brombeerranken. Dann schlugen sie plötzlich laut an und machten wütende Sätze im Kreise umher, denn der Pegnitzschäfer hatte aus lauter Vergnügen über die schöne Natur und den herrlichen Morgen seine Flinte in die Luft abgeschossen.

»Ei, ei! Ew. Gnaden!« sagte der Jäger, indem er das Horn absetzte und ein saures Gesicht machte.

»Was willst du, Anton? Blas' weiter! Immer lustig drein! Wir wollen uns maintenieren, wir wollen den jüngsten Besitz wahren! Hurra! Geblasen, Johannes!«

»Aber, Gnaden Papa, jetzt wird's Zeit; die Diependahler könnten kommen; der Rauch steht schon lange über ihrem Dach!«

»Ei was, die schlafen, die Sonne ist ja kaum auf; und laß sie kommen! Noch eins, Anton! So, immer zu! Hurra, hoho!« – Herr, von Driesch feuert den zweiten Schuß in die Luft ab; dann sprang er in die Höhe und sang, so heiter wie eine Meise im Hanfsamen, mit improvisierter Melodie seine jüngste Uebersetzung aus dem Vergil:

O Tityrus, der du im Buchenschatten ruhst,
Auf magrem Haberrohr ein Liedchen pfeifen tust,
Wir fliehn die Grenze jetzt und süße Vatermatten,
Indes du, Tityrus, ganz faul gelehnt im Schatten,
Läßt widerhallen Feld und Wald, das ist gewiß,
Vom Lob der schön' und zarten Amaryllidas! – Hurra!

»So, Anton, immer lustig fort! Das ist die possessio novissima, Johannes! Merk' das, Junker! Der Teufel hole die Diependahler! 's ist doch ein wunderschöner Morgen. Da, Anton, lade die Flinte mal wieder.«

Anton zögerte mit dem Laden, da er gar nicht für angemessen fand, seinem Herrn in der abscheulichen Angewohnheit Vorschub zu leisten, das gute Pulver in die Luft ab- und so sich selber anzufeuern. – »Ew. Gnaden, Ew. Gnaden!« sagte er kopfschüttelnd, »wir können's anderswo nötig haben!«

»Um Gottes willen, Papa!« rief jetzt Johannes, indem er von der Wallhecke heruntersprang.

»Was ist's, Schlingel? Du fürchtest dich? Junker, willst du blasen!«

In diesem Augenblick knallte seitwärts ein Schuß – noch einer. – »0 Gott, die Juno, die Juno!« rief Anton, der oben stand; »Herr von Katterbach haben die Juno totgeschossen!« Er griff nach seinem Gewehr und wollte in das nahe Gebüsch eilen.

»Bleib hier, Anton, hier!« rief Herr von Driesch, der blaß geworden war und zu zittern anfing. Die Zweige des Gebüsches öffneten sich, und Türk, der andere Hund, kam heraus mit blutigem, zerschossenem Hinterlauf und hüpfte winselnd auf seinen Herrn zu. Gleich darauf wurden die tauspritzenden Aeste höher noch einmal bewegt, schlugen auseinander und heraustrat der Hofrat, Freiherr von Katterbach, mit verzerrten Mienen, ohne Mütze, die Haare wild ums Gesicht und den Kolben seines Gewehrs an die Wange schlagend; hinter ihm stand lachend der lange Philipp.

Jetzt schrie Herr von Driesch laut auf und nahm Reißaus, Johannes hinter ihm her. Ein Schuß fiel. »Fort, fort, Papa!« rief Johannes. Papa bedurfte des Sporns nicht. Ein donnerndes Hoho! schallte hinter ihm her.

»Mord, Mord!« keuchte er und lief durch frischgepflügte Ackerschollen, durch Gestrüpp und Dorn, über Gräben und Hecken in die weite Welt hinein.

Der letzte Schuß war jedoch kein Mordversuch gewesen; es war Anton, der, wütend geworden über den Schmerz seines Lieblings Türk, die gelbe Bracke des Hofrats totgeschossen hatte und dann gleichfalls davonlief, ins nächste Gebüsch hinein. Der Hofrat und Philipp folgten nun diesem in raschem Laufe. – Trotzdem gönnte Herr von Driesch sich fürs erste keine Ruhe. Johannes, der längere Beine hatte, fand endlich Spaß an dieser Jagd. – »Gnaden Papa«, sagte er:

»Wir fliehn die Grenze jetzt und süße Vatermatten.«

»Schau einmal um, schau mal um«, sagte Herr von Driesch.

Johannes schaute um. – »Ich sehe niemand, Papa!«

Herr von Driesch blieb stehen und holte Atem. »In der Tat, niemand!« sagte er dann, nachdem er sein Auge hatte über die Gegend schweifen lassen. »Sie werden meinen, wir wären nach Grünscheidt gelaufen, und uns dahin folgen wollen; sie werden uns in unserm eigenen Hause erschießen wollen. O canina rabies! Aber wart', das soll euch betrügen. Johannes, da wir nun doch einmal auf dem Wege sind, so wollen wir gleich weiter gehen bis nach Bechenburg; wir können heut' abend da sein. Dann hat der Waldteufel, der Mörder doch seinen Weg nach Grünscheidt umsonst gemacht!«

Johannes war's schon recht, und beide wanderten weiter. Nach einer Weile hub Herr von Driesch wieder an: »Johannes, ich mag Bechenburg wohl!«

»Ja, Gnaden Papa, aber die Hexe!«

»Ist immer besser als solch ein Waldteufel. Ich denke, wir wollen auf Bechenburg fürs erste wohnen bleiben, Johannes.«

»Nein, Papa, auf Bechenburg sind lauter alte Binsenstühle.«

»Verwöhnter Schlingel, sollen wir uns in Grünscheidt totschießen lassen?«

Johannes antwortete nicht; nach einer Weile Trabens sagte er: »Wenn Papa mir den falben Fritze schenkt.«

»Den falben Fritz? Daß du ihn in drei Wochen zuschanden reitest? Nichts da. Aber ein Sofa will ich dir auf Bechenburg anschaffen.«

Johannes gab seine Einwilligung anfangs nicht zu erkennen. Je weiter aber die beiden Wanderer fortschritten und je müder die Gliedmaßen des Junkers wurden, desto mehr Wert und Reiz bekam für ihn das gepolsterte Möbel, worauf das Versprechen des Vaters lautete.

Nachdem sie etwa noch zwei Stunden schweigend zurückgelegt hatten, blieb er endlich stehen, um auszuruhen und sagte dann zögernd: »Aber es muß von Roßhaaren sein, Gnaden Papa!«

»O Junkerlein, wie wird es dir ergehen!« seufzte Herr von Driesch.

Die beiden Reisenden schritten fürder. Nachdem sie in einer kleinen Stadt Mittagsruhe gehalten und sich gelabt, erhob sich ein Zank zwischen beiden, weil Johannes durchaus verlangte, daß man Extrapost nehme, wogegen Herr von Driesch einwandte, daß er erstens noch heute und zweitens ungefährdeten Leibes und heiler Gliedmaßen auf Bechenburg ankommen wolle.

»Wer sich in Gefahr begibt, kommt darin um, Johannes«, sagte Herr von Driesch.

Wege und Posten waren damals so, daß Johannes gegen diese Argumente endlich nichts mehr anzuführen wußte. Sie kamen nun in Westfalen hinein. Das Land zeigte sich ihnen anfangs von seiner schlechten Seite; es waren stundenlange Heiden, über die sie oft, um gerader zu gehen, auf wenig betretenen Schäferpfaden wandern mußten. Der Tag war heiß, und Herr von Driesch mußte häufig stehen bleiben, um sich die Stirn abzuwischen. Endlich gegen Abend zog ein Gewitter am Horizonte auf. Herr von Driesch war durchaus kein Liebhaber dieser Naturerscheinung; Das Toben der Elemente verschwendete alle seine Großartigkeit an ihn umsonst, denn er pflegte Türen und Läden schließen zu lassen und sich in den tiefsten Keller zurückzuziehen, um ein De profundis anzustimmen, solange er Gott in den Donnern hörte. Und nun auf offener Heide! Er schritt weit, weit aus; der Sturm begann, schwere Tropfen fielen einzeln auf seine Stirn, dicke Staubwirbel wehten über die Heide. Endlich war der Saum eines Gehölzes erreicht, dessen Aeste und Stämme gepeitscht wurden, als seien es schlanke Kornhalme. Johannes stellte' sich unter einen der nächsten Wipfel, Herr von Driesch aber hielt die Nähe der hohen Bäume zu gefährlich; er schritt wieder auf die Heide hinaus und legte sich der Länge nach in ein tiefausgefahrenes Wagengleis. Die Blitze schienen ihm alle bloß nach seinem Kopfe zu zielen, so nahe zuckten sie über die Erde hin. Ein prasselnder Donnerschlag schmetterte in den andern; – »Johannes, Johannes!« rief Herr von Driesch.

»Was soll ich, Papa?«

»Gott möge ihnen vergelten, was sie heute an mir tun«, stöhnte der geängstigte Schäfer der Pegnitz, die in dem tiefen Gleis von den Regengüssen nachgebildet wurde und um ihn rauschte – »O Johannes, mein lieber Sohn Johannes!« – Johannes kam heran. – »So, Kind, du verlässest mich nicht; du sollst Vater und Mutter ehren, Johannes; komm, tritt hierhin, über mich, auf beide Ufer von diesem Gleise – mit gespreizten Beinen, so – etwas weiter die Beine auseinander, so!«

»Aber, was hilft's? Ich werde naß und Gnaden Papa auch.«

»Tut nichts, mein Sohn, bleib' nur so stehen, Kind!«

»Nein, Papa, laß mich unter den Baum zurück.«

»Bleib, sage ich oder« – fuhr Herr von Driesch zornig auf; dann bekreuzigte er sich: »Gott verzeih' mir die Sünde!«

»Aber Papa, wenn ich nur wüßte, was es bedeuten soll?«

»Sollst es erfahren, nachher; steh nur, steh!«

»Soll ich den falben Fritze haben, Papa? – Ich kann's gar nicht mehr aushalten.«

»Nimm ihn, nimm ihn, lieber Sohn, Herzensjunge, aber steh!«

Johannes stand wie der Koloß von Rhodus in verjüngtem Maßstab, die Beine über seinen Vater spreizend, der unten im Gleise lag und nur zuweilen hin und her ruckte, wenn das Wasser in gar zu starken Güssen auf ihn zubrodelte; sooft aber ein Blitz und fast im Augenblicke darauf der Donnerschlag kam, schnellte er vor Angst aus der Flut in die Höhe wie ein Fisch an warmen Sommertagen. So verging fast eine halbe Stunde, worauf die Zwischenräume zwischen Blitz und Donner länger wurden und das Rollen des letztern aus knatterndem Rasseln in ein dumpfes und fernes Getöse überging.

»Gott sei Dank!« sagte Herr von Driesch; »laß mich jetzt aufstehen, Johannes!« Er erhob sich; sein Schäfername, der Säuberliche, war im eigentlichen Wortverstande beschmutzt, und alle Versuche, ihn wieder zu Ehren zu bringen, blieben ohne Erfolg.

»Papa,« sagte Johannes und schlenkerte rechts und links seinen Hut, um das Wasser daraus zu spritzen; »weshalb habe ich so stehen müssen, Papa?«

»Das will ich dir jetzt sagen, mein Sohn. Sieh, der Blitz trifft immer die höchsten Gegenstände und fährt an ihnen herunter in die Erde hinein, wo er den Donnerkeil stecken läßt. Hätte der Blitz nun heute hier einschlagen wollen, so wäre er unfehlbar in deinen Kopf, als den höchsten Gegenstand in der Nähe, geschlagen und hätte alsdann seinen weiteren Verlauf durch deinen Leib, ferner durch eines deiner Beine genommen und das Bein hätte ihn ganz unschädlich in die Erde abgeleitet.«

»O?!« sagte Johannes voll Verwunderung über die tiefe Naturkunde seines Vaters. – »Aber, Papa, ich wäre doch totgeschlagen?«

»Lieber Sohn, du hättest das neidenswerte Los gehabt, für deinen Vater den Heldentod zu sterben; dulce est pro patre mori!«

»Aber 's nächste Mal tu' ich's nicht wieder, Gnaden Papa,« brummte Johannes.

Drittes Kapitel

Das Gut Bechenburg liegt nahe bei dem Städtchen L. in Westfalen. Man geht an einem breiten Graben her, den ein Wald alter gewaltiger Kastanienbäume beschattet, wendet sich dann rechts und hat nun nach zwanzig Schritten eine tiefliegende Mühle, mit Wiesengründen dahinter, zu seiner Linken; zur Rechten das erste Tor des Gutes, zwei Steinsäulen, auf deren einer ein wappenhaltender Löwe, ein höchst blutdürstiges Ungeheuer, kauert, während sein Nachbar, von der andern heruntergefallen, im Schilf des versumpfenden Grabens liegt, von einer üppig grünenden Vegetation Schlammpflanzen bedeckt. Die Zugbrücke war ehemals in gutem Stande; man kann noch die eisernen Rollen oben an den Torsäulen sehen, über die ihre Ketten liefen. Das zweite Tor bildet eine niedere Durchfahrt, so niedrig, daß ein verdeckter Wagen vergeblich versuchte hindurchzukommen; man darf daraus auf das Alter der Burg schließen, die, klein und eng zusammengebaut, nicht jünger als das fünfzehnte Jahrhundert sein mag und jedenfalls für Menschen mit bescheidenen Ansprüchen auf Bequemlichkeit und äußeren Glanz gebaut ward, als unsre Generation hegt.

Unsre Reisenden hatten nach ihrem Unfall ein Unterkommen für die Nacht gesucht und im nächsten Kirchdorfe bei dem Pfarrer gefunden. So schritten sie erst am andern Tage, fast gegen Mittag, in den Hof ihres Gutes ein und gelangten, um einige Haufen aufgeschichteten Bauholzes her, durch ein ganzes Volk durcheinanderstäubender Hühner, endlich über eine auf den Treppenstufen sich sonnende Katze, der Johannes nicht unterließ auf den Schwanz zu treten, in das Innere. In der kirchengroßen Küche saß eine Frau am Feuer und reihte Zwiebeln auf.

»Guten Morgen, Frau Fahrstein,« sagte Herr von Driesch.

»Ach, Ew. Gnaden! Sieh mal, sieh mal, schon da! Ich wußte wohl, daß Ew. Gnaden kommen würden.«

»Ihr wußtet das?« fragte Johannes.

Herr von Driesch stieß ihn in die Seite.

»Frag' doch nicht nach ihren Hexenstücken,« flüsterte er.

»Ei freilich, Junker,« sagte Frau Fahrstein; »das kleine Hütchen hat schon alles in Bereitschaft gesetzt, auch den Großvaterstuhl für den jungen Herrn abgestäubt und an den Kamin geschoben; dann weiß ich immer, wieviel die Uhr geschlagen.« Sie war aufgestanden und suchte nach ihren Schlüsseln. Johannes blickte unterdes in der Küche umher; dann ging er in den Hintergrund und schaute durch die Fenster in den Garten, zuletzt durch eine halb offenstehende Tür in das Schlafkämmerchen der Frau Fahrstein: »Wer schläft denn da noch?« sagte er.

»Johannes, Johannes!« rief Herr von Driesch ängstlich.

Frau Fahrstein näherte sich der Kammertür und schaute mit verschmitzten Blicken hinein.

»Still, still, Junker,« flüsterte sie, »mein Mann schläft noch; der arme Schelm ist schwachen Leibes.«

»Aber,« sagte Johannes, »ihr Mann? Der ist ja lange – er hat ja tote Augen!«

Johannes starrte den Schläfer an, der ihn mit hohlen gläsernen Augen aus den Kissen anblickte; es war nichts als eine Maske, über einem, wie es schien, ausgestopften Biberwams befestigt und eine Schlafmütze darüber. Der Junker sah fragend nach dem Vater hin, der noch am Herde stand und hinter Frau Fahrsteins Rücken seinem Sohne ein Zeichen nach dem andern machte. Die Frau schien Johannes' letzte Worte überhört zu haben und klapperte in ihren Holzschuhen zur Küche hinaus, um ihrer Herrschaft die Wohnzimmer aufzuschließen.

Herr von Driesch trug der Verwalterin auf, ihm einen Boten zu besorgen, der seine Domestiken und Sachen von Grünscheidt nach Bechenburg beordern sollte. Als sie gegangen war, sagte er: »Johannes, was deines Amtes nicht ist, da laß deinen Fürwitz. Was geht es dich an, wenn die Alte lieber einen Strohmann mit sich zu Bette nimmt als gar keinen. Reize sie nicht; ihr ist nicht zu trauen. Sonst ist sie ein gutes Weib, und wenn sie etwas wirre ist, so hat sie in ihrer Jugend auch viel aushalten müssen, wovon mehr Leute zu viel bekommen haben würden; laß sie in Frieden, sag' ich dir.«

Johannes setzte sich in seinen Großvaterstuhl und Herr von Driesch machte Anstalten zu einem Bericht wegen Mordanfalls und Landfriedensbruchs von Seiten des P. P. von Katterbach auf Diependahl an eine Kurfürstlich Pfälzische hochpreisliche Landesregierung zu Düsseldorf.

Den Nachmittag brachte der Gutsherr mit Schreiben zu, während Johannes draußen wilde Holztauben jagte. Als der Abend eingebrochen war, fühlte er schmerzlich den Mangel seines Vergil und Horaz; er hatte nur des Erasmus Colloquia in die Jagdtasche gesteckt, als er zu seiner glorreichen Wahrung der possessio novissima des Mühlenbergs ausgezogen war; leider war es eine Elzevirausgabe in Duodez; und Herr von Driesch konnte die kleinen Lettern abends nicht mehr lesen. Die Langeweile führte ihn zu der Verwalterin hinunter. Die Frau saß wieder allein an ihrem Herde, hatte ihre Katze auf den Schoß genommen und sprach leise Worte vor sich hin. Das knisternde Holzfeuer, das hoch um eine aufgehängte Eierkuchenpfanne lohte, erleuchtete den weiten Rauchfang voll Wintervorräte an Zwiebeln, Fenchelbüscheln, Würsten und Speckseiten; der große übrige Raum wurde nur zuweilen erhellt, je nachdem die Flamme sich bewegte, so daß bald die hölzerne Wendelstiege in der Ecke, bald die entgegengesetzte Wand mit den Hirschgeweihen, den paar verrosteten Jagdgewehren und dem Blasinstrumente, das Jäger den halben Mond nennen, grell beschienen, hervortrat. In dem Winkel unter der Treppe saß eine Magd und reinigte den Salat zum Abendessen. Der Gutsherr setzte sich ans Feuer, aber so, daß er die Tür zu der Schlafkammer, wohin er zuweilen einen scheuen Blick streifen ließ, nicht im Rücken hatte.

Herr von Driesch hatte immer ein unheimliches Gefühl der Alten gegenüber; um sich zu beruhigen, begann er zu sprechen und erzählte ihr von seinem Abenteuer mit dem Hofrat. Bei dem Namen Katterbach zuckte das Gesicht der Alten leise zusammen; ihre grauen Augen blickten wie bohrend durch die langen weißen Wimpern den Gutsherrn an.

»Herr,« sagte sie, »ich bin eine alte Frau und weiß nicht, ob die Diependähler oder ob Ihr das Recht habt, auf dem Berge zu jagen; aber das weiß ich, daß Ihr den Mann, so Ihr da nanntet, in Gottes Namen jagen lassen würdet, wo er will, wenn Ihr sehen könntet, was ich sehe –« sie stockte.

»Was habt Ihr gesehen, Margaret?« sagte Driesch gespannt.

»O Herr, ich bin alt geworden und habe vieles gesehen in diesem Lande und auch in andern Ländern bei den Welschen.«

»Ja, Margret, das mein’ ich nicht; Ihr könnt mehr sehen als andre Leute, und ich möchte wissen, was Ihr von Katterbach gesehen habt – Ihr versteht mich wohl – so des Naehts,« flüsterte der Gutsherr und fügte laut hinzu: »Lene, geh mal hinaus.«

»Laßt das Mädchen nur bleiben,« sagte die Verwalterin, »ich habe nichts gesehen.«

Der Schein der Flamme fiel in ihr Gesieht, in dessen markierten Zügen der Freiherr eine starke innere Bewegung sich abspiegeln sah; vielleicht täuschte er sich auch, denn es konnte der grelle gelbe Lichtschein sein, was die Wirkung hervorbrachte.

»Aber Margret,« hub der Freiherr, dem alles daran gelegen war, die Frau zum Sprechen zu bringen, nach einer Pause wieder an, »wie war es, als Ihr den Gellers Kotten brennen sahet, der ein Halbjahr später wirklich in Asche lag?«

»O Herr, es ist keine Freude, so in der Nacht heraus zu müssen; in den Mondstrahlen ist viel scharfes Gift für manche Leute, wenn sie ihnen auf dem Kopfe stehen. Die Nächte sind kalt; aber man merkt es nicht, daß man friert, und ging es auch bis auf die Knochen.«

»Und dann seht Ihr die Flammen und die Menschen so deutlich, als wenn es wirklich geschehe? Und könnt Ihr das Rufen und das Glockenläuten auch hören?«

Die Verwalterin stand auf, rückte einen Stuhl und zündete die Oellampe an, die ein hölzerner Arm, der aus der Außenseite des Rauchfangs sich in die Küche erstreckte, vor einem gebräunten Magdalenenbilde hielt: »Es ist morgen Schutzengelfest,« sagte sie. Dann nahmen ihre Züge plötzlich einen sehr heitern Ausdruck an: »Guten Abend, junger Herr, da setzt Euch, Ihr seid gewiß kalt geworden. Mein Sohn, Ew. Gnaden!«

Der Eintretende war ein junger Mensch von etwas über zwanzig Jahren; in seiner Haltung lag viel Schüchternheit, etwas sehr Befangenes; er war so verlegen, daß er zur Begrüßung des Gutsherrn nur einige rasch wiederholte Verbeugungen, aber keine Worte hatte. Herr von Driesch hätte freilich für sein Leben gern mehr von der Alten vernommen, was sie denn eigentlich von seinem Feinde wisse; aber dennoch war ihm der Eintritt des jungen Menschen willkommen, weil er ihm einen Anflug von ängstlichem Grausen vertrieb, das bei den Reden der Frau ihn immer kälter angeweht hatte. Beide waren bald in ein Gespräch vertieft, das des Gutsherrn Ideen eine ganz andre Richtung gab und großes Interesse für ihn bekam. Der Sohn der Verwalterin war ein Dichter wie er, aber statt daß Herr von Driesch darüber eine gewisse Unbehaglichkeit gefühlt hätte, mit einem Plebejer auf demselben Felde sich zu begegnen, beteuerte er, der junge Mann sei der einzige, von dem man etwas lernen könne, das nicht in Büchern stehe.

Viertes Kapitel

Es war eine wunderliche Frau, die Verwalterin von Bechenburg, Margret Fahrstein oder auch die Römische Margret genannt. Einige sagten gerade heraus, sie sei nicht besser als eine Hexe, und der Pfarrer schüttelte bloß den Kopf und zuckte die Achseln, wenn man das sagte, aber gar nicht so, als wolle er mit dem Kopf schütteln die Behauptung in Abrede stellen. Sie saß immer auf dem alten Kastell und kam nicht einmal in der österlichen Zeit herunter, um in ihrer Pfarrkirche, wie es doch deutlich in den fünf Geboten der heiligen Kirche geschrieben steht und eines jeden Christenmenschen Pflicht ist, zur Beichte und zur Kommunion zu gehen. Sie könne die Kirchenluft nicht vertragen, sagte sie. Das war aber nur ein leerer Vorwand, denn wäre sie in der Tat so kränklich gewesen, dann hätte sie's nur sagen dürfen, und der Pfarrer wäre gern zu ihr gekommen und hätte ihr das Sakrament ins Haus gebracht. Nun wäre kein altes Weib männlichen oder weiblichen Geschlechtes, von jungen oder alten Jahren, in dem Städtchen L. gewesen, das nicht dreist behauptet hätte, der Teufel habe es ihr verboten in Gottes Kirchen zu gehen, wenn nicht ein merkwürdiger Umstand laut dagegen gesprochen: Frau Margret war nämlich vor vielen Jahren, als sie noch kräftig und gesund und blühend gewesen, einmal nach Sankt Jago di Compostella in dem fernen Lande Galicia, das noch hinter den Spaniolen liegt, einmal sogar nach Jerusalem und zweimal nach Rom gewallfahrtet; das letztemal, nach Rom, mit nackten Füßen; auf dem Wege hatte sie zur Ehre Gottes gebettelt und nachts ein Obdach in den Klöstern erhalten, da man damals noch gar keine lange Tagereise zu machen brauchte, um von einem Kloster zu dem andern zu kommen. Später war sie noch jedes Jahr um Pfingsten zu dem wundertätigen Christus nach Coesfeld gepilgert. Freilich sagten die Leute, das habe sie nur getan, um ihren Mann tot zu beten. Aber das sei dummes Zeug, meinte die Küsterin, die sich immer ihrer anzunehmen pflegte; dann hätte sie nach Werl zu der heiligen Mutter Gottes gehen müssen, denn die Mannsleute ständen immer einander bei.

So viel war gewiß, daß die Römische Margret – diesen Namen hatten ihre Pilgerfahrten ihr eingebracht – aus einer Familie war, auf der kein Segen lag. Dies verhielt sich so: Ihr Vater, ein wohlhabender Schulze in einem mehrere Stunden entfernten Dorfe und ein sehr stolzer, hartnäckiger Mann, dessen Nacken so steif schien wie das Holz seiner hohen Eichen, stand eines schönen Nachmittags auf dem Anger vor seinem Hause. Es war ein warmer Tag, auf Kreuzerhöhung, wenn die Gemeinde jährlich einen feierlichen Umzug mit dem Sakramente und den Fahnen hielt, daß der liebe Gott eine gesegnete Ernte verleihe. Die Prozession zog dann um die sämtlichen Getreidefelder des Dorfes und auch über ein Kornstück des Schulzen, durch das ein schmaler Fußpfad von seinem Hofe nach der Kirche und dem Mittelpunkt des Dorfes lief. Eigentlich brauchte der Schulze den Fußpfad nicht zu leiden, denn niemand konnte sagen, daß er dies als Servitut auf seinem Grundstücke habe; aber da es zur Bequemlichkeit seines eignen Hofes war, hatte er es so einreißen lassen und auch geduldet, daß andre Kirchengänger sich des Richtweges bedienten. Seit einigen Jahren war nun auch die Prozession denselben Pfad gezogen. Das war aber ein andres; das war eine ganze Flut von Leuten, die ihm seine Saat zwei Ellen breit an jeder Seite niederstampften. Der Schulze wollte das nicht ferner dulden und war jetzt da, um seine Protestation einzulegen. Er hatte das Wams abgeworfen und ging, eine lange Tabakspfeife im Munde, unter den Eichen seines Kampes auf und ab, aus deren Schatten er die üppig aufgeschossenen Saaten seiner Felder überschauen konnte. Aus der Ferne hörte er das Singen; helle, etwas kreischende Stimmen der Frauenzimmer und dann als Chor den tieferen Gesang der ganzen Gemeinde; von seinen Leuten war niemand dabei, er hatte sie alle zu Hause gehalten, und sie kamen jetzt heraus und stellten sich auf die Wallhecke des Kampes, um zuzuschauen. Die Prozession kam näher; zuerst ein Chorknabe mit dem Kreuz, nach ihm zwei andre mit den beiden Kirchenfahnen und nun die Weiber zuerst, alle in buntem Sonntagsstaat. Dann schritt der Pfarrer heran, unter dem Baldachin, und die Männer schlossen mit der Bruderschaftsfahne den Zug. So gingen sie eine Strecke zwischen den Eichen und dem Ackerfelde den grünen Rain entlang; als die vordersten nun da angekommen waren, wo der Weg links abbog und über des Schulzen Grundstück lief, entstand ein Gedränge; die Fahnen- und Kreuzträger hielten still, die Mädchen drängten sich aufeinander, und der ihnen folgende Pfarrer begann zu schelten, weshalb sie den Zug in Unordnung brächten.

»Herr Ohm,« sagte eines der Mädchen, indem sie so den Pfarrer nach der Sitte des Landes zum Verwandten machte, »Schulze Wellmeyer hat einen Schlag vor den Pfad machen lassen.«

Das war in der Tat so; es war ein breiter Schlag quer über den Weg gezogen; an beiden Seiten war ein Wall aufgeworfen und Dorngestrüpp darüber gelegt.

Hierüber ward der Pfarrer erzürnt, denn wenn der Schulze eine solche Neuerung anfangen wollte und Recht dazu zu haben glaubte, so hätte er's den Tag vorher ja anzeigen können.

»Oeffnet den Schlag, Schulze!« sagte der Pfarrer laut, indem er sich nach dem Eichkamp wandte. Da stand der lange Schlingel – er hatte nicht so viel getan, sein Wams wieder anzuziehen – und schüttelte den Kopf, denn laut zu antworten wagte er doch nicht, und drohte mit geballter Faust ein paar Buben, die von seinem Wall die Dornsträucher wegzureißen im Begriff waren. Der Pfarrer aber besann sich, was in seinen Händen ruhte, und daß es sich deshalb für ihn nicht zieme, einen Streit anzufangen. Darum ließ er die vordersten sich wieder ordnen und befahl, daß sie auf demselben Wege zurückziehen sollten; bevor er aber selbst umkehrte, sagte er: »Wellmeyer, Wellmeyer, du verschließest nicht mir deine Wege, sondern unserm Herrgott!«

»Ei, ob der Pfaffe was schwatzt!« sagte Wellmeyer; innerlich schien er aber betroffen; er räsonierte wenigstens den ganzen Tag über aufs grimmigste. Endlich ward es Zeit zum Schlafengehen; Wellmeyer, der zumeist der letzte im Hause auf war, hatte auch schon die Mütze über die Ohren gezogen und drückte sie müde in die Kissen. Auf einmal hob er den Kopf wieder. »Das ist doch wunderbarlich,« sagte er langsam, fuhr mit der flachen Hand über die Augen und machte seine Ohren von der Schlafmütze frei; dann schüttelte er heftig den Kopf und horchte nun wieder: »Ja, immer noch – immerzu,« sagte er leise; »ei, mein Gott, sollte das einem so ins Geblüt fahren können? – Aber es ist ja deutlich draußen!« – Er sprang auf und trat ans Fenster. Draußen war heller Mondschein; das war alles, was Wellmeyer sah. Er legte sich wieder hin, aber schlafen konnte er die Nacht nicht; er mußte immerzu horchen, bis nach drei Uhr, wo es aufhörte.

Als er des Morgens aufstand und in die Küche ging, standen seine beiden Töchter und der Großknecht am Herd und flüsterten mit verstörten Gesichtern untereinander. Er fragte mürrisch, was sie hätten. »Vater,« sagte Thekla, »wir haben die ganze Nacht draußen laut die Prozession singen gehört. Hermann ist auch aufgestanden, aber er hat nichts sehen können; nur Margret hat etwas gesehen, aber sie will nicht mit der Sprache heraus.« Der Schulze ward blaß, er wendete ihnen schnell den Rücken zu und sagte: »Dummes Zeug! – Wollt ihrs Maul halten!?« Dann ging er, ohne das Frühstück anzusehen, auf den Eichkamp hinaus. Es war nicht viel Gutes, was Schulze Wellmeyer sah, als er auf dem Eichkamp stand: drüben auf dem Grundstücke, worüber der Fußweg lief, war rechts und links den Pfad entlang alle Saat niedergetreten, als ob nun doch eine Menge Menschen sich hinübergedrängt hätte; sein Schlagbaum und der Wall, den er aufgeworfen, mit dem Dorngestrüpp, die waren unbeschädigt, aber alle Frucht am Wege war verdorben.

Von nun an ging es dem Schulzen schlecht. Es schien, als ob Hagelschlag und Gewitter es allein auf des Schulzen Acker abgesehen hätten; drei Jahre nachher – es war just in der Oktave von Kreuzerhöhung – brannte sein Haus und der Speicher ab; seine Frau bekam die fallende Sucht, und, was das Merkwürdigste, noch bis auf diese Stunde ist auf dem Wellmeyershofe nie ein männlicher Anerbe geboren, ebensowenig wie jetzt seit über tausend Jahren auf dem Mordhofe zu Apierbeck, wo man in heidnischen Zeiten die heiligen Brüder Ewaldi erschlagen hat.

So war der reiche Schulze nach und nach heruntergekommen, daß seine Töchter, von denen nur die jüngste, die ihrem Mann den Hof zubrachte, heiraten konnte, bei fremden Leuten dienen mußten. Margret kam als Magd nach Diependahl, zu der Familie von Schemmey, die dort wohnte und aus einer alten Dame und ihrem Stiefsohne bestand. Sie wohnte lange dort; sie war schön, bildschön, sagten die Leute, die sie damals gesehen hatten, aber auch hoffärtig, eigensinnig und verschlossen, gerade so wie ihr Vater, der alte Wellmeyer. Nun, es ist auch eine harte Sache, fremder Leute Brot essen zu müssen, für die Tochter eines freien Schulzen, der vielleicht über Karls des Großen Schwert gesetzt ist, damit zu richten über alles, was Femwroege, und der jedenfalls weiß, daß seine Vorfahren seit uranfänglichen Zeiten auf seinem Hofe gesessen haben und die eigentlichen Herren des Landes sind, so daß der heutige Adel nur braucht auszusterben, und es kann dann nicht fehlen, daß alle seine Güter und Grundstücke wieder den Schulzen zufallen. Wer kann es der schönen Margret also verargen, daß sie sich nichts wollte bieten lassen? Die von Schemmey behandelten sie auch gut; denn als der letzte Baron geheiratet hatte, ward sie Wärterin bei seinen Kindern. Und doch hatten sie so viel Not mit den Kindern und ließen von allen Domestiken keinen ihnen nahe kommen als nur die schöne Margret, die auch mit nach Paris mußte, als die Herrschaft dahin zog.

Die Schemmeys waren gestorben. Nach ihrem Tode war sie noch eine Zeitlang auf dem Gute gewesen, bei dem neuen Herrn von Katterbach, der als Lehnsfolger die Besitzungen der erloschenen Familie angetreten hatte. Darauf folgten ihre weiten Pilgerfahrten und nach diesen ihre Heirat. Mit der war es auch sonderbar zugegangen. Als sie das letztemal wieder nach Hause gekommen, hörte sie, daß es dem Schulmeister ihres Dorfes so erbärmlich gehe. Der arme Mann hatte die Gicht so stark in allen Gliedern, daß man ihm seine Stelle hatte nehmen müssen; zu gleicher Zeit waren ihm zwei Kühe, sein einziger Reichtum, innerhalb dreier Wochen nacheinander gefallen; und nun lag der arme Mensch kontrakt in seiner Hütte, ohne daß sich jemand um ihn kümmerte und ihn pflegte; seine Frau war lange tot, und seinen Sohn, einen baumlangen Menschen, hatten die Preußen für die Potsdamer Wachtparade gestohlen. Der Mann hätte durchaus wieder eine Frau haben müssen, die Tag und Nacht um ihn wäre; aber wer wollte den kranken Schulmeister nehmen, um mit ihm auf dem blanken Stroh zu liegen und sich was vorstöhnen zu lassen?

Margret ging zu ihm und sagte ihm, daß sie es wolle. Der arme Schelm traute seinen Ohren nicht, aber als sie damit anfing, ihn zu pflegen und einen Doktor herbeizuholen, der nur aufschreiben durfte – Margret bezahlte alles – brachte sie ihn bald so weit, daß er mit ihr den Kirchgang machen konnte. Und weil sie so gut angeschrieben stand bei den vornehmen Leuten auf Diependahl und da herum, kostete es ihr nur eine oder zwei kleine Fußreisen – und der arme Schulmeister ward plötzlich als Verwalter auf Bechenburg angestellt, wo freilich nicht viel zu verwalten war denn die Grundstücke des Gutes waren alle verpachtet. Endlich starb er ihr ab; Margret schien sich aber so an ihn gewöhnt zu haben, daß sie auch nach dem Tode nicht von ihm lassen konnte; wer ihn sehen wollte, dem zeigte sie ihn, wie er in ihrem Bette lag, das heißt seine Schlafmütze und sein Nachtwams mit einer Maske dazwischen.

Nur zwei Umstände blieben geheimnisvoll an ihr. Ich meine nicht den, daß Margret für eine Vorgeschichtenseherin galt, denn das ist nichts Verwunderliches in Westfalen, daß es einzelne Leute gibt, die es nachts heraustreibt – zumeist wenn der Vollmond am Himmel steht – um Dinge zu sehen, die sich erst später wirklich zutragen sollen und die aus ihrer Zukunft herauf einen Schatten werfen, der ihnen oft um lange Zeit vorausgeht. Das hab' ich selber schon erlebt. Es sind meistens Leute mit hellblonden Haaren und nixhaften Augen, aus denen eigentümlich bohrende Blicke kommen, diese Seher; und sie klagen sehr über diese Gabe, als ob Gott sie damit strafen wolle; aber jeder Mensch hat seine Gaben, und was einem auferlegt ist, das muß man tragen. Nein, Margret besaß zwei Dinge, von denen niemand recht wußte, woher sie kamen; das eine war viel Geld und das zweite ein Sohn.

Die Leute wußten nur, daß sie den Sohn als Knaben von drei Jahren zu sich genommen, als sie Haushälterin bei dem von Katterbach auf Diependahl war, und daß sie ihm eine außerordentliche Sorgfalt widmete; auch nannte sie ihn »junger Herr« und »Ihr«, was darauf hindeutete, daß er wohl einen vornehmen Vater haben mußte; doch konnte man darauf keine Schlüsse bauen, denn Margret war in allen Dingen wunderlich. Woher sie aber das Geld bekam, ihn studieren zu lassen, das wußte und begriff anfangs keiner. Zuerst war er in M*** auf dem Gymnasium gewesen; dann hatte sie ihn zu Altdorf und Helmstedt studieren lassen, als wär er weiß Gott welcher vornehme Junker gewesen, und nachdem er nun zurückgekommen, sollte er, wie es hieß, noch nach Harderwyk gehen, um sich dort zum Doktor beider Rechte machen zu lassen, was doch, wie der Pfarrer sagte, nur für hundert holländische Dukaten zu haben war. Er war übrigens ein stiller und sanfter, aber etwas grillenhafter Mensch, den jeder lieb hatte, obwohl man selten eigentlich verstand, was er sagen wollte, wenn er sprach; er sah alles mit andern Augen an als andre Leute, und es hätte keinen gewundert, wenn Bernhard Fahrstein – er hatte den Namen mitbekommen in Ermangelung eines andern – behauptet hätte, der aufgehängte Buntekuh sei ein braver Mensch gewesen und er selbst sei ein Galgenstrick. Er hatte ein etwas blasses Gesicht, das zart und fein geschnitten war, und sehr weiche Züge. Weil er so zart gebaut war, schien er auch nicht groß; doch war er über mittlere Größe. Sein Auge war so blau und treu wie das einer zahmen Taube, sein ganzes Wesen aber jungfräulich und sanft; ich glaube, er war so unschuldig wie ein neugeborenes Kind.

Fünftes Kapitel

Der Grundzug im Charakter Bernhards war ein sinniges, tiefes Gemüt, das still und ohne äußern Prunk wie eine zarte, rotblühende Erika auf den Heiden Westfalens erwachsen. Seine rätselhafte Abstammung, deren Geheimnis die Mutter nicht lüften wollte, diese still und wechsellos dahinfließende Kindheit – die Mauern eines alten verfallenen Ritterschlosses, dem nur der dunkle Wald drüben seine Grüße zurauschte, an dessen Toren nur der kalte Nordwest, wie ein durchfrorener Pilger, um Einlaß pochte, den ihm die klappernden Bohlen nicht verwehrten; – die wunderlichen Bilder, welche die abergläubische und abenteuerliche Gestalt der Römischen Marget in einer empfänglichen Phantasie wecken mußte; die Erziehung, die eine solche Frau nur geben konnte, alles das hatte seinem Gemüt eine ganz eigentümliche Richtung erteilt. Wer zweifelt, daß die fessellosen Aussprudelungen desselben originell, tief wehmütig und voll echter Poesie gewesen, wenn sie auch formlos waren? – Sie waren voll der Poesie, die auf der Heide wächst, die mit schlichten, gelben Ginsterblüten sich begnügen muß, voll Muttersorge über das Nest der Lerche sich beugt und das Rieseln und Pfeifen des Windes in den Aesten einer einsamen Föhre belauscht; die aber, wenn sie ihren Aufschwung nehmen will, gleich zum blauen Himmel hinauf muß, weil die Heide keine andern Höhen hat.

Als Bernhard größer geworden und von den Schulen zurückgekommen war, begann sein Leben reicher an Ereignissen zu werden, als seine Kindheit gewesen. In der Nähe von Bechenburg war ein adliges, freiweltliches Damenstift, zu dem er häufig von seiner Mutter gern gesehene Ausflüge machte. Wir wollen ihn auf einem derselben begleiten.

Es war ein heißer Nachmittag am Tage nach Herrn von Drieschs Ankunft auf seinem Gute. Als Bernhard aus dem Forste trat, der nach zwei Seiten hin das Gut umgibt, flimmerte die Luft wie lauter Silberfäden über den Pflanzen der Heide. Sie lag wie ein großes braunes Tuch ausgespannt vor ihm, von den Blüten der Immortelle hier und da rötlich überhaucht; dazwischen hielt eine Orchis den stämmigen Stengel mit der Blütenperücke dem Luftzuge entgegen oder ließ die Gentiane ihre tiefblauen Glocken im Winde spielen. Den Horizont besäumten blaue Waldungen; aus näheren Baumgruppen lauschten einzelne Strohdächer hervor, hier und dort auch mehrere zusammen, von denen das größte dann zum Teil mit Ziegeln gedeckt war, ein ansehnlicheres Gehöft. Auf der Mitte des Weges stand eine alte Buche mit einem Marienbild am Stamme und darunter eine Steinbank. Bernhard rastete dort, denn es knüpften sich liebe Erinnerungen für ihn an diese moosige Steinplatte; er überblickte seinen Pfad, den er so oft jetzt, trotz Regen und Wetter, trotz prellender Sonnenstrahlen zurückgelegt hatte; er kannte jeden Stein, jeden Baumstumpf am Wege, und jedes Ding hatte ein besonderes Auge, mit dem es ihn ansah; vor allen das Muttergottesbild, das nicht schlecht gehauen, wenn auch etwas verwittert war und ihm mit den Zweigen, die es oben schützten, zu sprechen schien. Als Knabe hatte er es oft genug mit dem Kopfe nicken gesehen, vorzüglich in der Dämmerung; und wenn er fortgegangen, winkten ihn die Zweige zurück.

Er schritt weiter, immer über die Heide fort; als er fast eine Stunde zurückgelegt, kamen Wiesengründe mit Erlengebüsch, dahinter eine Mühle an einem von Schwertlilien umgebenen Weiher, auf dem Enten in der grünen Wasserlinsendecke schnatterten und lange Fäden aus dem Grunde zogen. Am Ufer stand ein zwölfjähriges Mädchen mit hochblondem Lockenhaar und wasserblauen Augen, das einen zierlichen Knicks machte und dem jungen Herrn eine Kußhand gab; sie war nett gekleidet, ein Drahthäubchen mit Bandschleifen, ein weißes Fürtuch – sie sah nicht aus wie ein Bauernmädchen, sondern wie eine Kammerzofe in Miniatur.

»Wie heißt du, Kleine?« fragte Bernhard.

»Müllers Veronika«, antwortete sie ohne Anstand.

»So, Veronika? Dann ist wohl die gnädige Frau Aebtissin deine Pate?«

»Ja, Onkel, sie hat mir noch heute etwas geschenkt.« Die Kleine zeigte ein auf Pergament gemaltes Bildchen mit einem Rand, der künstlich durchbrochen war, wie die sauberste Filigranarbeit. Man sah, die Kleine war gewohnt, von vorüberwandelnden Fremden angeredet zu werden und zugleich zu einem jüngferlich sittigen Betragen angehalten worden.

Bernhard hatte die Immunitas sancti Cyriaci oder die Abteifreiheit betreten, wie eine am Wege stehende Steinsäule zeigte; nun kam ein langer, hölzerner Steg, der wie eine Brücke über sumpfige Wiesengründe führte. Die ganze Fläche unten war blau von Vergißmeinnicht; an den tieferen Stellen standen kleine Wasserflächen, in denen gelbe Nymphäen sich auf ihrem breiten glänzenden Blatte schaukelten, wie eine Orange auf ihrem Fruchtteller. Geißblatt und weiße Winden überrankten das Weidengebüsch, das sich hier und dort an den Steg drängte und wie müde Arme seine Aeste auf das Geländer gelegt hatte: es war ein Spaziergang, wie ein Stiftsfräulein mit Trillers Gedichten in der Hand ihn nur wünschen konnte. Der Steg endete an dem Gehölze, das unmittelbar die Abtei umgab; ein recht gut gehaltener Forst, in dem sich an vielen Bäumen saubere Täfelchen mit Nummern zeigten, als Beweis, daß die Aebtissin ihren Förster hielt, der ein sehr ordentlicher Mann war und unter tausend unnützen Umständlichkeiten – Kapuzinerarbeit nennt man's bei uns – seinen Mangel an eigentlicher Arbeit zu verbergen suchte. Hier und dort waren Alleen angelegt und Points de vue ausgeschlagen; in alle Bäume am Wege waren Namenszüge und brennende Herzen eingeschnitten, auch Verse an Phyllis oder Chimene in Ueberfluß, wo sich irgendeine glatte Rinde zeigte. Auf einer Rasenbank in einer der Alleen saß eine Stiftsdame, ein Buch, in dem der Wind blätterte, in der Hand. Sie stand auf und entfloh bei der Annäherung des jungen Mannes in das Gebüsch wie eine scheue Hinde; doch sah Bernhard bald nachher, wie sie in einem Seitenwege, der parallel mit dem seinen lief, gleichen Schritt mit ihm hielt und zuweilen durch die Lücken des Unterholzes verstohlene Seitenblicke nach ihm aussandte. Wo die Wege zusammentrafen, war sie verschwunden.

Vor dem Tore begegneten ihm drei Zofen, die Arme umeinander schlagend, wie drei Grazien, mit feinen Drahthäubchen und glänzend weißen Schürzen, deren Bruststück nonnenhaft bis an die Schultern hinaufging, daß sich das gekrönte Herzchen von Goldfiligran mit den blutroten Tiroler Granaten in der Mitte desto glänzender abhob. Bernhard zog artig sein Käppchen vor ihnen; sie gingen knicksend und mit niedergeschlagenen Augen an ihm vorüber, aber drei Schritte weit hinter seinem Rücken hörte er sie lebhaft flüstern und kichern.

Der Hof war groß und von den Häusern der Stiftsdamen umschlossen, von denen immer eines von dem andern durch den Garten, der es umgab, getrennt war. Die Kurien waren ansehnlich, jede mit einer hohen Treppe und ihrem Wappen über der Eingangstür. Nur die Abtei hatte auch einen Balkon und bekam dadurch den vornehmern Charakter; auch stand eine ausgespannte, schwerfällige Karosse davor, und ein Knecht war beschäftigt, das Leder einer Sänfte abzuseifen. Hinter ihr sah man die drei spitzen Türme und die Giebel der Abteikirche sich emporheben. Das Ganze bot ein stilles Bild: das Klappern von Flachsbrechen, das aus den Oekonomiegebäuden scholl, und einige Pfauen, die auf dem Hofe gellend das Wetter anschrien, machten den einzigen Lärm darin, wenn man die Kanarienvögel nicht rechnet, denn an jedem Fenster hingen mindestens drei Käfige voll dieser gelben Musikanten.

Bernhard öffnete ein Gitter vor einer der Kurien, die rechts nahe bei der Abtei lag, und schritt über den gelben Sand des Blumengartens, an verblühten Aurikelbeeten her, durch zwei lange Reihen von Blumenscherben mit herrlichen, farbenglühenden Nelken, bis er auf der obersten Treppenstufe stand. Die Tür wurde von einer Magd geöffnet, die ganz ihre Bauerntracht beibehalten hatte, dieselbe, die auch der alten Margret so gut stand, eine seidene Nebelkappe mit silberner Tresse, ein Tuchrock mit schweren Falten, an den Aermeln offen, die Jacke von demselben Stoff und ein schweres Silberkreuz an einem Samtbande auf der Brust.

»Ist das gnädige Fräulein zu Hause? Guten Tag, Anne- Marie, wie geht's?« sagte Bernhard, durch die halbgeöffnete Tür schlüpfend.

»Ach, junger Herr, ja wohl, gewiß wohl, sie hat schon zweimal gefragt, ob Ihr noch nicht da wäret. So, hier nur herein, ich will sie gleich rufen.« Bernhard pochte das Herz, als er das Empfangszimmer, den sogenannten Saal betrat, den Anne-Marie aufschloß. Weshalb? wußte er selbst nicht; er sah sie ja zweimal in jeder Woche, seine Gönnerin, und stolz war sie auch nicht, sondern die Freundlichkeit selber; aber er war beklommen, als er wieder in dem bekannten Räume wartete und, ohne zu schauen, seine Blicke auf den ernsten Herrn im blauen Fürstenmantel heftete, der über dem Kamine hing und auf die Domtürme von M. wies, die man hinter einem zurückgeschlagenen Vorhang im Hintergrunde des lebensgroßen Gemäldes erblickte. Es war der letzte Fürstbischof, der Oheim der Stiftsdame, die Bernhard erwartete. Sonst war das Zimmer einfach; weiße Wände, an der Decke das Gebälke sichtbar, aber mit Stukkaturarbeit bedeckt, Kanapee und Stühle von rotem Plüsch mit gelben Nägeln beschlagen; auf der Kommode Porzellanfiguren, ein Topf mit Potpourri in der Mitte und eine bronzene Uhr, an die sich ein flötender Schläfer lehnte mit einem Geschöpf zu seinen Füßen, das ebensogut Fidel, das treue Tier, als ein Lamm sein konnte – das und noch zwei Konsolen zu beiden Seiten des Kanapees mit großen blauen Vasen aus chinesischem Porzellan machten das Ameublement aus, alles in dem hübschen und phantasiereichen Geschmack, der nicht allein das Bedürfnis befriedigt sehen will durch eckige, schneidende Linien, wie wir sie vorziehen, sondern auch geschweifte Schönheitslinien, Schnitzarbeiten und Schnörkel verlangt, zum Zeichen, daß ein übriges vorhanden, das zugunsten der Zierlichkeit verwendet werden mag.

Das Stiftsfräulein trat herein. Sie begrüßte ihn mit einem sehr feierlichen Knicks und einem freundlich-ernsten: »Guten Tag, wie geht es Ihnen, Herr Doktor?« – so hieß in den guten alten Zeiten jeder, der von der Universität heimkam – und setzte sich dann. Anne-Marie stand an der Tür, um auf ihre Befehle zu warten, als diese gegeben waren, ging die Alte und brachte gleich darauf eine Flasche Landwein mit einer Zuckerdose und einem Teller voll geschälter Mandelkerne und Traubenrosinen herein; ein andrer voll duftiger blauer Pflaumen, von der eignen Hand des Fräuleins für ihren Gast gepflückt, stand schon auf dem Tische. Sobald Anne-Marie aus der Tür war, stand die Dame wieder auf, ergriff mit ihren spottkleinen weißen Händen die beiden Bernhards und sagte: »Wie geht's meinem Jungen?« mit einem viel weicheren Tone, als ihre erste Begrüßungsformel trug. Bernhard sah sie mit einer schweigenden Innigkeit an und es konnte nun nur ein innerliches Seelenergötzen verursachen, ein Paar dieser treuen blauen Augen so in das andre blicken zu sehen, als ob es darin die Seele wiedersuche, die aus dem eignen hinüberschlüpfe.

Habt ihr wohl je eine Stiftsdame gesehen? ich meine eine rechte ordentliche Stiftsdame, die von einer jetzigen gerade so verschieden ist, wie ein jetziger Johanniter-Ordensritter von den panzerklirrenden Söhnen des heiligen Johannes von Jerusalem, damals, als sie noch den weißbekreuzten Mantel trugen und ihrer zwei auf einem Pferde saßen. Nein, eine solche Stiftsdame habt ihr noch nicht gesehen, ihr seid zu jung dazu, ihr seid sogar jung und eure Gedanken sind Wickelkinder; wenn sie schon im Jahre 1830 ein Schattenspiel angeschrien haben, so ist es viel, sehr viel.

Ich muß euch die Stiftsdame beschreiben. Sie trug ein weißes faltiges Kleid, das die volle, schöne Büste bis an den Hals hoch hinauf umschloß und von der schlanken Taille bis über den Fuß niederhing; es war schade für den Fuß. Die Aermel waren an den Ellbogen offen und mit langen herabhängenden Spitzen-Engageanten geziert; auch die Schürze hatte einen breiten Spitzenbesatz. Das Haar war zum Teil von dem Wimpel bedeckt, was wieder schade war für das goldne, fabelhaft reiche und seidenweiche Haar. Der Wimpel ist ein weißes gefälteltes Tuch von sehr dünnem, Linon genanntem Zeuge, das, um das Kinn gelegt, auf dem Scheitel zusammengenestelt wird und dann seine zwei Enden lang auf den Rücken hinabhängen läßt. Am Nacken, mitten zwischen den Schultern, war ein schmales Stück schwarzen faltigen Zeuges befestigt, das bis auf den Boden hinabflatterte, ganz wie ein Domherrnmantel.

Das Stiftsfräulein – sie hieß Katharina und war eine geborne Reichsfreiin von Plassenstein – war eine große, volle und blühende Gestalt. Das Gesicht war ein regelmäßiges Oval, die Stirne hoch und schön geschwungen, das große blaue Auge hatte etwas Träumerisches; wenn sie die langen Lider schloß, konnte man deutlich darunter die Bewegungen sehen, die der Apfel machte. Die Nase war lang und fein geschnitten, und der Mund klein; die ganze Partie umher hatte einen weichen kindlichen Charakter behalten. So nannte jeder das Fräulein von Plassenstein schön; freilich, man hätte manches gegen die unbeschränkte Anwendung dieses Beiworts auf ihre Züge einwerfen können, zum Beispiel, daß die Röte der Gesundheit nicht auf ihre Wangen sich beschränkte, ferner, daß die Nase, ganz scharf betrachtet, eine geringe Abweichung von der geraden Linie zeige, wie das gewöhnlich bei klugen Leuten der Fall ist. Aber, wer hätte das bei einem Gesichte, wie das ihrige, bemerkt? Es verschwand unter dem Eindrucke, den das Ganze machte, und dieser Eindruck war im höchsten Grade anziehend. Das Alter der Frauen ist zwar ein Geheimnis, außer bei den armen Prinzessinnen, die im Staatskalender stehen; aber man konnte es bei ihr doch ungefähr bestimmen. Sie hatte vor zwei Jahren ihre eigne Kurie bekommen; das geschah, wenn die Stiftsdamen fünfundzwanzig Jahre zählten; so lange mußten sie als Residenzfräulein bei einer ältern Chanoinesse wohnen: also war sie mindestens siebenundzwanzig Jahre alt. Aber Menschen mit umfassendem Geiste, wie der Katharinens war, sind jung und alt zu gleicher Zeit; sie haben alle inneren Schätze und Gefühle des Kindes, seine lebhaften Empfindungen und seine Lust an allen kräftig gefärbten Erscheinungen sich gerettet und zugleich durch Intuition alle Erfahrungen des Alters vorweggenommen. Sie umfassen auf einem Standpunkte das ganze Leben. Das ist das Geheimnis des Genies.

Uebrigens hatte Katharina von Plassenstein mehrere Gesichter; am auffallendsten war das, wenn sie auf dem Klavier phantasierte; es war nicht das schönste, denn sah man auch in ihren emporgeschlagenen Augen dann eine innere, Zeit und Erde überflügelnde Erhebung, so war doch damit der Ausdruck eines Stolzes verbunden, der sie unschön machte. Sie fühlte sich alsdann zu sehr als Kaiserin über ein Gebiet von Tönen und Gefühlen, über eine ganze, ihr gehörende Welt; dies nahm ihren Zügen an gewinnendem Reiz, was es ihnen an imponierender Hoheit zurückgab. Sie sah dabei aus wie eine Prätendenten-Majestät. Schöner war ihr Gesicht beim Nachsinnen, wobei leicht ihre Wimper naß wurde. Sie bekam dann etwas Veledaartiges, das die ernste Ordenstracht nur noch mehr hervorhob; auch dann, wenn sie erzählte, was meist höchst seltsame Geschichten waren, die man besser bei Tage, als an dunklen stürmischen Abenden hört. Sie hatte noch ein Gesicht, das hatte Bernhard aber erst einigemal gesehen; einst, als er Abschied von ihr nahm, um eine Reise zu machen. Dann sah sie so freundlich – sie sah aus wie eine trauernde Lachtaube.

Sie hatte kaum eine Weile mit ihrem Gaste sich unterhalten, als der Schäfer an der Bronzeuhr flötete; gleich darauf schlug die Glocke der Abteikirche vier Schläge an und das Vesperglöckchen läutete. Ein Kammermädchen trat ein und küßte ihrer Herrin die Schürze. Dann stellte sie sich mit dem Brevier derselben an die Tür, um ihr zum Chore zu folgen. Bernhard begleitete sie dahin, durch einen etwas feuchten und modrig duftenden Kreuzgang, der das enge, immer im Schatten begrabene Quadrum neben der Abteikirche mit seinen gotischen Arkaden umschloß. Am Ende desselben führte eine hohe Steintreppe durch eine kleine Spitzbogentür auf das Chor, das wie eine Emporkirche die hintere Hälfte des Münsters einnahm und eine Art zweiten Stockwerks darin bildete, vorn nach dem Altar hin mit einem niedern Geländer geschlossen, aus dessen Mitte ein großes steinernes Kruzifix hervorragte. Die andern Fräulein saßen zumeist schon in ihren geschnitzten Chorstühlen; keine verriet, daß sie dem Begleiter Katharinens irgend Aufmerksamkeit schenke. An der linken Seite des Chors, etwas in die Kirche hinausragend, war der Erker, in dem die Frau Aebtissin steckte, von den Fräulein ungesehen, aber mit scheuen Bücken bewacht; ihm gegenüber an der rechten Wand der Kirche hing das lebensgroße Bild des Schutzheiligen, recht gut in Oel gemalt; einige der älteren Damen schienen eine besondere Andacht zu ihm zu tragen, wie sich aus ihren tiefen Verbeugungen, als sie daran vorübergingen, und ihren Blicken, die zuweilen darauf hafteten, schließen ließ. Sankt Cyriakus war aber auch ein schöner Patron, blühend und hoch gewachsen; er saß in goldner Rüstung auf einem bäumenden und schnaubenden Apfelschimmel, der staunenswert gut im Futter gehalten war.

Als die Vesper geendet, waren Katharina und Bernhard fast die letzten, die das Chor verließen. Sie gingen eine Zeitlang in dem schmalen und düstern Kreuzgang auf und ab. Bernhard besah die vielen Epitaphien, die an Wänden eingemauert waren, die meisten in dem schlechten Jesuitenstil des sechzehnten und siebzehnten Jahrhunderts, einige aber weit älter, deren Unterschrift kaum mehr leserlich und auf denen der Donatar noch im Ringelpanzer und der Halsberge kniete, einen Helm von der Form des elften Jahrhunderts neben sich; ihm gegenüber sein wohl verhülltes steinernes Ehegemahl und hinter ihr eine ganze Reihe kleiner Burgfräulein wie Orgelpfeifen nach ihrer Größe geordnet; Katharina wußte von den meisten irgendeine seltsame Geschichte. »Das hier ist ein Miles von Schwalenberg«, sagte sie: »Sie sehen ihn allein, ohne Gespons. Er hatte in seiner frühesten Jugend einer Verwandten Treue gelobt, die einer verarmten Familie abgenommen und von seinen Eltern aufgezogen war; er hatte ihr hundertmal geschworen, sie allein solle alle seine Güter haben, und werde dann reich genug sein, wenn sie ihm einwarf, sie sei zu arm, um an eine Verbindung mit ihm denken zu dürfen; die schwalenbergischen Besitzungen waren ausgedehnt und das Gesohlecht gehörte zu den angesehensten jener Zeit. Aber eines Morgens war Agnes verschwunden; seine Eltern hatten sie in diese Abtei gesehickt, die damals noch ein Nonnenkloster war und eine strenge Klausur hatte; und nun half kein Beten, Agnes mußte den Weihel nehmen. Der junge Edelknecht sollte eine andre Jungfrau aufsuchen, mit der er den Namen fortsetze, aber ein Ritter des zwölften Jahrhunderts wußte sein Wort zu halten; er wollte nicht und es war nichts mit ihm anzufangen. Er wartete den Tod seiner Eltern ab und dann war das erste, was er tat, daß er alle seine Güter ohne Ausnahme diesem Kloster schenkte, mit der Bedingung, daß bei der nächsten Wahl Agnes zur Aebtissin gekoren werde, worauf der Konvent natürlich gern einging. So hatte Agnes doch seine Güter bekommen. Er selbst behielt sich nur eine Jahrrente und seine väterliche Burg vor, auf der er die Bücher der damals berühmtesten Dichter abschrieb. Eines davon besitze ich, das Sie nächstens sehen sollen; seine Handschrift ist nicht besonders; aber die Bilder werden Sie freuen. Er war der letzte Schwalenberg; darum ist das Wappen umgekehrt. – Sehen Sie, dieser hier ist mein Held,« fuhr sie fort, indem sie auf einen Ritter deutete, der ganz aufrecht an der Wand stand, dunkelbraun bemalt und auf zwei gelbe Hündchen seine Eisenstiefel stellend, »das ist Bernhard von Horstmar, auch der letzte dieses Dynastengeschlechts; er war ein Hauptanführer im zweiten Kreuzzuge und der westfälische Coeur de Lion; was mir ihn so lieb macht, ist, daß er neben seiner Tapferkeit so klug und brav war, und gewiß nicht seinen Vater totgeärgert hätte, wie der englische. – Aber nun kommen Sie, Sie haben ja alle diese Geschichten schon einmal gehört.«

»Aber Sie wissen, ich bin wie ein Kind, das am liebsten die Geschichte wieder hört, die es schon kennt.«

»Gut, Sie sollen alles noch einmal hören, aber nur draußen in der frischen Luft; es ist abscheulich feucht und dunstig hier.« Sie gingen durch einen von Rebenlaub umzogenen offenen Spitzbogen in einen großen Gemüsegarten hinaus, der durch einen Baumhof am Ende eine fast unabsehbare Verlängerung erhielt.

»An jenem Brunnen, dort unter den drei Mispelbäumen,« erzählte Katharina weiter, »spukt es in einigen Nächten des Jahres: vorzüglich zwischen Weihnachten und Dreikönigsfest will abends keiner der Leute mehr hinaus, um frisches Wasser zu holen. Man sagt, eine weiße Nonne komme dann dort aus der Kurie des Dechanten her, gehe quer durch die beiden nächsten Blumengärten trotz Geländer und Hecken, dann über den Hof, durch das Tor, bis an diesen Brunnen, wo sie einen Eimer Wasser nach dem andern schöpfe und nur zuweilen einhalte, um die Hände zu ringen. Einmal im Winter hat ein Knecht behauptet, eine ganze Flut Wasser habe, zu einem Eishügel gefroren, morgens neben dem Brunnen gelegen, der, das könne er beschwören, am Abende vorher nicht dagewesen sei.«

»Was mag sie denn daraus schöpfen wollen?«

»Die Sage behauptet allerlei Widersprechendes; ich weiß es nicht«, sagte Katharina.

Sie gingen an einer Hecke entlang. An der andern Seite kam ihnen das lesende Fräulein von Vorhin entgegen, das vor Bernhard entflohen war. Sie erwiderte seinen Gruß mit großer Nachlässigkeit, schritt aber jetzt mit erhöhter Anmut und Würde drüben auf und ab. Auf Katharinens Gesicht zeigte sich ein Anflug von lächelndem Spott, sie wußte, daß jenseits an der Hecke kein Pfad herlief, sondern daß das majestätische Fräulein mühsam mit den Füßen durch ein weiches Feld voll Kraut und Rüben sich arbeiten mußte. Katharina lenkte bald darauf in einen andern Pfad ein, bis sie eine Rasenbank erreicht hatten, die in dem Baumhofe angelegt war und sich an den mächtigen Stamm einer prachtvollen Buche lehnte, die über die birnen- und äpfeltragenden Nachbarn weit hinausragte. Diese Höhe und der majestätische Umfang des Wipfels hatte sie wahrscheinlich vor dem Untergange gerettet, als man den Baumhof anlegte. Katharina setzte sich und fuhr in ihren Erzählungen fort. Bernhard stand vor ihr und bemerkte, wie sie einigemal verstohlen nach einer Stelle des Baumstammes blickte. Er brachte sein Auge näher an die Rinde und fand mit einem Bleistift darauf geschrieben:

Wenn du anhero kommst, o göttliche Celinde,
Und in dem Schatten ruhst von dieser breiten Linde,
Bedenke, daß dein Hirt so manche Sternennacht
Mit kläglichem Gestöhn an diesem Stamm vollbracht.

Darunter war ein von zwei Pfeilen durchschossenes Herz gezeichnet. Bernhard fühlte einen Anflug von Aerger über die Verse, weil er an Katharinens Miene zu sehen glaubte, daß sie auf diese selbst von irgendeinem vornehmen und zierlichen Anbeter gemünzt seien; auf ihrem Gesichte zeigte sich übrigens wieder derselbe Ausdruck lächelnden Spottes, den eben das krautdurchwatende Fräulein hervorgerufen hatte.

Sechstes Kapitel

O Zeit der goldenen Tabatieren und der gestickten Westen mit den großen, großen schönen Blumen darauf! Deine Menschen hatten selber etwas Blumenhaftes; sie dufteten ja so süß – von Bisam und Poudre à la Maréchale; schimmernde Tauperlen lagen in den Kelchen dieser Blumen, jene Perlen, welche die zarte Empfindung weint. Es war nicht bloße Mode, daß die Poesie jener Tage immer im Schäfergewande auftrat und alle Verhältnisse mit dem roten Hirtenbande durchflocht. Diese Menschen der Mitte des achtzehnten Jahrhunderts waren in der Tat sehr nahe den Lämmern verwandt.

Die gescholtene Unnatur jener Zeit bestand darin, daß man in jedem Schloßpark ein Arkadien sah, daß jedes Hoffräulein eine Celinde, jeder gepuderte Kavalier ein Damöt werden mußte, wenn man irgendeine der verschiedenen Situationen, in die ein Kavalier mit einem Hoffräulein in einem Park geraten kann, poetisch verklären wollte. Nun, was ist denn so viel Lächerliches daran? Kann denn eine solche Situation nicht in der Tat und Wirklichkeit sehr schäferlich ausfallen?

Und sind wir weniger unnatürlich? Wir nehmen die konkave Schale des Himmels in die Faust und schlagen den konvexen Erdball hinein, daß es klappt; und zu dem Donner blitzen wir Gedanken. Hat je einer – die Hand aufs Herz! – einen dieser Blitzkerle in der Tat und Wirklichkeit Gedanken blitzen gesehen?

Katharina von Plassenstein gehörte dieser Zeit an und wieder nicht an. Sie teilte die zarte Empfindung derselben; auch in dem Kelche ihres Gemüts lagen viele jener Tauperlen, die leicht in ihre Augen traten; schon als Kind hatte sie viel Weiches, Anschmiegsames, ja Liebeseliges gehabt und zuweilen ganz ernsthaft die Mutter um die Erlaubnis gebeten, jetzt etwas weinen zu dürfen. Wenn die erteilt wurde, stieg sie ruhig die Treppe zu einem Bodenkämmerchen hinauf, schloß bedachtsam die Tür ab und sobald der Riegel vorgeschoben, schossen die Tränen in Strömen über ihre Wangen, bis gerade zu dem Augenblick, wo die erlaubte halbe Stunde vorüber war. Das konnte aber auch eine bloße Nervenschwäche sein; wenigstens nahm diese Empfindsamkeit ihren Gedanken nichts an Kraft, ihren Entschlüssen nichts an Entschiedenheit. Mit den nach Bewußtsein strebenden Gedanken stand sie über ihrer Zeit, mit der sie überhaupt unzufrieden war und die sie weit dem Mittelalter nachsetzte. Sie mochte damals weit und breit die einzige Person sein, die mit diesem sich viel beschäftigte.

Jedenfalls stand sie mit allen ihren Liebhabereien und geistigen Beschäftigungen, die ebensowohl bei den römischen Dichtern verweilten, als bei den spanischen und französischen, und nur die deutschen ausschlossen, die damals in der Tat zu langweilig waren – außerhalb der Kreise ihrer Umgebung. Bernhard war ihr eine desto willkommenere Erscheinung. Sie hatte ihn zuerst bei einem der Canonici ihres Stiftes – denn auch für einen Dechanten und sechs Canonici hatte das reiche Stift Pfründen – gesehen, war mit ihm befreundet geworden, hatte immer größere Teilnahme für ihn bekommen und sich endlich immer fester verpflichtet gefühlt, für den jungen, unerfahrenen Menschen, der gar nicht in die Welt paßte und sich schicken konnte, der wie eine exotische Pflanze war, die nie aus dem mütterlichen Treibhaus in die rauhe Luft gestellt werden darf, Sorge zu tragen. Wer sollte es auch anders? Seine Mutter war ja eine so wunderliche Frau. Dazu haftete ein Flecken auf seiner Geburt. Er war nur um so schlimmer daran. Und sie war unabhängig, eine Heirat hatte sie sich aus dem Sinne geschlagen; wozu hätte eine einzelnstehende Dame einige Tage ihres Lebens besser anwenden können, als die geistige Entwicklung und die äußerliche Wohlfahrt eines jungen Mannes befördern zu helfen, der es verdiente? Sie hatte ihm gesagt, weil er nun einmal eine so wunderliche Mutter habe, wolle sie sein Tantchen sein.

Ich weiß nicht, ob alle so jugendlichen und hübschen Tantchen ein so merkwürdiges Herzpochen und eine fast unerträgliche Spannung aller Nerven fühlen, wenn sie einem Neffen entgegensehen, wie Katharina von Plassenstein, an den Tagen, wo sie Bernhard erwartete. Gewiß ist aber, daß sie sich hütete, diese Frage an sich selbst zu stellen.

Als Bernhard das nächste Mal zu ihr kam, wurde er in ihr Wohnzimmer im zweiten Stock geführt; sie war nicht darin, aber ihre Stimme, die hinter einem grünen Vorhange her erscholl, rief ihn in das Allerheiligste ihres Gedankentempels. Er hob den Vorhang, der statt einer weggenommenen Tür diente, die früher die spitzbögige Maueröffnung geschlossen hatte, und trat in ein rundes Turmzimmer; es war ein allerliebst ausstaffiertes Gemach. Die Fenster hatten noch die runden bleigefaßten Scheiben mit Wappenmalereien; die Nachmittagssonne fiel schräg hindurch und legte einen blauen Glanz auf einen an der gegenüberstehenden Wand hängenden runden Ritterschild von Eisen mit getriebenen Figuren, in deren Mitte ein zürnender Achill mit einem großen Federbusch prangte. Ein schöner Speer mit zerrissenem Fähnchen hing darunter; zur Seite ein Helm von seltsamer Form; an der andern Seite hing eine kleine schottische Harfe, wie man sie damals viel gebrauchte. Dem Vorhang gegenüber stand eine Rüstung wie ein vollständiger Ritter, an dessen Brust sich die Ranken einer wuchernden Passionsblume schmiegten, die von ihrer Konsole bis zu dem Helden hinangeklommen waren.

»Sie haben beinahe eine Rüstkammer aus Ihrem Zimmer gemacht!« sagte Bernhard, sich umschauend. »Es muß sich hier gut und selig träumen lassen.«

»Versuchen Sie's einmal.«

»Mir ist bange, meine Gedanken machen es wie die Blume und ranken sich um Dinge, die tot sind, und darüber könnten sie leicht zu denselben blassen Schmerzenskelchen aufblühen, die an dem Gewächs dort niederhangen.«

»Armer Schelm, weshalb denn? Sind sie hier nicht gut aufgehoben?« sagte Katharina, indem sie von ihrem Taburett aufstand und ihm mit der Hand das Stirnhaar scheitelte und plötzlich wie verlegen zurücktrat.

Er sah sie eine Weile schweigend an, dann trat er an das Fenster und blickte auf Wiesengründe hinaus, wo sich Buben zwischen frischgemähten Grumthaufen umtrieben.

»Ich will Kapuziner werden«, sagte er nach einer Weile halb im Scherze, halb im Ernste.

»Dann können Sie eine so fromme Seele werden, Wie hier in dem Buche abgemalt ist; schauen Sie her. Das nenne ich noch Frömmigkeit; so wahrhaft kindlich sollen Sie werden und dem lieben Gott ›die Sorge lan‹. Schauen Sie, das ist das Buch, das der letzte Schwalenberg abgeschrieben hat.«

Katharina öffnete die schweren Holzdecken einer alten, etwas vergilbten Pergamenthandschrift, die sie bei Bernhards Kommen fortgelegt hatte. Sie mußte sehr alt sein, denn die Schrift war schön und leserlich. Randzeichnungen hatte sie nicht, dafür aber sehr schöne und auffallend gut gezeichnete Miniaturgemälde jedesmal auf der vierten Seite; nur hatte man leider hier und da eines, wahrscheinlich um es Kindern zu schenken, herausgeschnitten. Der Inhalt war ein Gedicht von Jesus und der Seele und beider Liebe zueinander. Auf dem ersten Bilde stand der Herr zu Füßen des kleinen Bettes der Seele – sie war ein hübsches, rotwangiges Kind mit blondem Haar und blaßblauen Augen; er, im violetten, goldgestickten Gewände, groß und schlank, ein blasses, ernstes Jünglingsgesicht. Er hatte mit der Rechten ihre seidene Decke gefaßt und darüber stand geschrieben;

Hie haist er sy uffston
und zu der Metten gon.

Auf einem andern Blatte saß sie, in einem rotsamtnen, faltigen Kleide, über das tief hinab die reichen, vollen Locken niederhingen, auf einem Schemel; der Herr hatte ihr scheltend den Rocken fortgenommen:

Hy wil er sy nit lan spinnen.
Noch vil zittlichs Gut gewinnen.

Nun kam ein Bild, wo er das arme Seelchen gar mit einem Stricke um den Hals an einen Galgen in die Höhe zog:

Hy wil er sy hencken,
Das sy von im nit mug wenken.

Sie hatte die Hände über der Brust gefaltet und ließ sich verschämt und sittig die harte Prüfung ihrer Zärtlichkeit gefallen. Dann ein Blatt, worauf die Seele einen großen golden Pokal aus seinen Händen nahm, worüber geschrieben stand:

Hie gitt er ir ain liebe trank,

Das sy von im tun mug kainen wank.

Bernhard hatte eine innige Freude an diesen kindlich naiven Auffassungen und Katharina legte sie ihm mit allerlei halbernsten Scherzen aus, wobei sie in ein seliges Schwatzen geriet, das kein Ende nahm, aber Bernhard um desto lieber war.

Er besah das folgende Bild: Die gute Seele lief hochgeschürzt und flink wie ein Reh lachend über die blumige Aue, der Herr ebenso rasch hinter ihr drein, um sie zu erhaschen. Dann kam, wie sie mutwillig einen großen Bogen gespannt hatte; der Pfeil war mit den Widerhaken mitten in sein rotes Herz gedrungen, darüber stand:

Mit der Minne stral schusset sy in.

Das wil sy han für ainen gwin.

»Wenn es solche Bogen noch gäb', es wär gefährlicher einem Stift nahe zu kommen, als im Mai in den Wald zu gehen, wenn die Gräser schießen und die Bäume ausschlagen«, sagte Bernhard lachend. Dann schlug er das letzte Blatt auf; die Seele und der Herr waren jetzt alles Neckens überdrüssig, sie drückte ihn an ihr Herz und er hatte um das rote Samtgewand die Arme geschlungen:

Hie sind sy kommen yber ain

Vnd wend nun alle ding han gemain.

»Nein, nein«, rief Katharina; »sehen Sie erst dies, das ist allerliebst!« Sie schlug ein früheres Blatt auf: zwischen der minnenden Seele und dem Herrn hing ein großer, blauseidner Vorhang mit goldgestickten Sternen darauf; zur Linken dahinter stand sie, er an der andern Seite:

Hie verbirgt er sich vor ir,

Das entzündet werd ihr begir.

»Ist das nicht hübsch? Wie sie traurig ist und klagt! Aber das ist auch bitter. – Sehen Sie, so!« Katharina sprang auf und huschte lachend hinter den Vorhang, der ihr Turmzimmer schloß.

»Ich finde Sie schon wieder, Fräulein«, rief Bernhard; »hören Sie nur, was hier steht. O kommen Sie wieder, das ist gar zu –« er trat an den Vorhang und schlug ihn zurück.

»Wo sind Sie, Fräulein? Fräulein?«

Das Stiftsfräulein war verschwunden.

Bernhard schaute in alle Ecken und öffnete leise ein paar Türen. Sie war nicht da. Er wartete, eine Viertelstunde, eine halbe – er mußte sich auf den Heimweg machen und konnte nicht begreifen, was dem Fräulein eingefallen sei. Wir können es auch nicht begreifen. Wer weiß alle die wundersamen Regungen eines Frauengemüts zu deuten, das sich selbst nicht zu deuten weiß und in dem jedenfalls die Gedanken mehr als duftige Blüten, denn als gereifte Früchte aufsprießen?

Siebentes Kapitel

In dem Wohnzimmer zu Diependahl, wo die bestäubten Ahnenbilder hingen, hatten der lange Jagdjunker Philipp sich halb auf den gebohnten Klapptisch gesetzt und ließ eines seiner Beine in vergnügter Stimmung hin und her baumeln, während das andre den Teil seines Körpers stützte, den der Tisch nicht trug. Der anmutige junge Mann war damit beschäftigt, seine Base Josina zu necken, die sanftmütig genug war, keinen seiner derben Scherze übel zu deuten.

»Ach, wie wird es hübsch sein!« sagte sie, ihre Filetarbeit fortwerfend und sich in die Sofaecke zurücklehnend, »O kommen Sie, setzen Sie sich hierher; hören Sie nur, welches Leben das sein wird: immer abends, wenn Sie von der Jagd zurückkommen, finden Sie Ihr Zimmerchen voll der schönsten Blumen und Ihren Meerschaum ganz blank und glänzend daneben; alle Pfeifen sind gestopft; wenn es kalt ist, dann hänge ich Ihren Schlafrock an den Ofen, daß er ganz, ganz warm ist, wenn Sie kommen.«

»Und die Pantoffeln?« sagte Philipp lachend.

»O, für die werd' ich auch schon sorgen. Die Zeitung les' ich Ihnen vor.«

»Wenn ich sie hören mag.«

»Ja und das alte Klavier lassen wir stimmen – o ich spiele so hübsch, wenn Sie's nur einmal anhören wollten.«

»Aber jeden Abend muß Juno ihren Pfannkuchen und ich Reisbrei haben!«

»Jeden Abend, Philipp!«

Sie sprang auf und umarmte ihn. »Wir wollen leben wie Bruder und Schwester zusammen!«

Philipp lachte in toller Freude laut auf, drückte seine unschuldsvolle Braut an sein Herz und tanzte mit ihr zweimal im Zimmer umher.

In diesem Augenblicke öffnete sich die Tür und beiden unerwartet – denn noch nicht die halbe Zeit seiner Nachmittagsruhe war verflossen – trat der Hofrat ins Zimmer.

»Alle Teufel, welche Wirtschaft ist das! Ruhe da! Hier, lest einmal!«

Der Freiherr von Katterbach machte ein Gesicht, auf dem sich ein ungemessener Zorn spiegelte. Er warf ein Papier auf den Tisch. »Da, lest einmal! Nein, nun wird's mir zu toll, meiner Seel! Ich, ein Mörder! Den Hals will ich dem Schuft umdrehen!«

Josina ordnete ihren etwas zerrütteten Anzug wieder und las das Papier. Es war die Insinuation der von Driesch eingereichten Klage mit der Vorladung des Freiherrn von Katterbach vor sein zuständiges Forum, um sich wegen des angeschuldigten Mordversuchs und Landfriedensbruchs zu verantworten, sub poena manu forti vorgeführt zu werden.

Philipp und Josina fühlten einigen Schrecken bei den gefährlich lautenden Phrasen; aber Katterbach, der mehr damit vertraut war, fühlte nur Ingrimm gegen den Kläger.

Nachdem er ausgetobt hatte, setzte er sich in die Sofaecke und ließ eine Weile schweigend seine blauen Augen rollen. Dann sprang er auf und sagte: »Nein, so soll's ihm nicht hingehen! Philipp, komm mal mit.« Er ging hinaus, Josina hörte sie darauf im Vorzimmer zusammen sprechen; endlich lachte Philipp, wie er noch nie gelacht und dann sah sie beide über den Hof in einen Speicher gehen. Nach einer Weile bewegte sich erst Philipps, dann Katterbachs Kopf an einer Dachluke des Bodenraums vorüber; später kamen sie wieder heraus, und Philipp trug einen ausgespannten Sack, in dem irgendein umfangreiches Instrument stecken mußte, denn er war an einigen Stellen wie von inneren Reifen ausgespannt. Philipp ging damit auf sein Zimmer, holte Hammer, Nägel und eine Schale mit Oel dazu und schloß sich dann ab, worauf man ihn hämmern und raspeln hörte. Der Hofrat sagte, er wolle noch den Abend nach Düsseldorf abreisen, obwohl der in der Ladung anberaumte Termin erst nach vierzehn Tagen eintraf. Er machte sogleich Anstalten dazu, ließ zwei Pferde satteln und ein drittes für einen Reitknecht, und als es dämmerte, ritten er, Philipp, der seinen Sack hinter sich hatte, und der Knecht zum Hofe hinaus.

Am Abende des zweiten Tages nachher saß Herr von Driesch wieder allein der alten Margret gegenüber am Herdfeuer der Küche auf Bechenburg. Er hatte Bernhard, ihren Sohn gebeten, seinem Johannes eine Lektion im Lateinischen zu geben; sie saßen oben auf seinem Zimmer.

Die Domestiken hatte er hinausgeschickt, und nachdem Lene, das Küchenmädchen, einen neu-
en Bündel Reisig auf die Flamme gelegt hatte, war auch sie fortgewiesen. Margret hatte einen
Haspel auf ihre Knie gestellt und wand Garn auf.

»Hört mal, Frau Fahrstein,« hub Herr von Driesch leise an, »da ist diesen Morgen ein wunderliches Subjekt bei mir gewesen.«

»Unser Herrgott hat viel wunderliche Kostgänger«, sagte Margret.

»Ja, aber dieser war, befürcht' ich, jemand anders, als des lieben Herrgotts Kostgänger. Er
war ein Schatzgräber.«

»So,« versetzte Margret ohne Teilnahme; »was wollte der hier?«

»Er sagte, er habe einen Schatz gefunden, hinter dem Busch am Teigenkamp.«

»Weshalb hebt er ihn nicht?«

»Ja, das ist mir auch eingefallen, Margret; aber er sagt, er sei ein alter schwacher Mann, der
nicht allein Kraft genug dazu habe; und wenn er's einem hier herum anvertraue, der stärker sei
als er, laufe er Gefahr, daß der alles nehme und statt seines Parts ihm eine Tracht Prügel gebe.
Und das ist auch wahr; alt und schwach schien mir der Mensch. Er wollte, ich sollt' ihm helfen,
weil er wisse, daß ein Kavalier nicht einen armen Schelm um das Seine bringen würde.«

»So?« sagte Margret gedehnt; »und wollt Ihr denn hin, Ew. Graden?«

»Ja, Margret, das wollt' ich wohl, ein Schatz ist nicht alle Tage zu finden; aber des Nachts,
so allein – seht, Margret, Ihr wißt so allerlei; ich dachte, ob Ihr nicht auch ein Mittel hättet,
bei Tage die Stelle zu finden; dann könnt' es ohne Gefahr abgehen.«

Margret schwing.

»Habt Ihr keine Wünschelrute?«

»Da hinterm Bauchfang liegt noch eine alte,« sagte sie.

»Ei, so wären wir ja fertig; wollt Ihr morgen mit mir den Teigenkamp entlang gehen?«

»Herr, ich bin eine alte Frau, und das Gehen wird mir sauer.«

»Aber es soll Euer Schade nicht sein; ein Zehntel, ein Fünftel wollt' ich sagen –«

»Ew. Gnaden, Ihr braucht kein Geld, und ich hab's gerade auch so nötig nicht. Laßt den
Schatzgräber sehen, wie er fertig wird.«

»Ihr wollt nicht, Frau Fahrstein?«

»Herr, man kann dabei auf allerhand Dinge stoßen und etwas anderes finden, als wonach
man ausgegangen Ist. Laßt's unterwegs.

Frau Fahrstein haspelte schweigend weiter, und Herr von Driesch schaute in unheimlicher
Stimmung und mißvergnügt die Schatten an, die über die Wand flogen; es war so still in der weiten Küche, daß jeder aus der Holzflamme sprühende Funken wie ein lauter Schall hineintönte.

»Margret,« fragte der Gutsherr nach einer Weile, »wißt Ihr nicht ein Mittel, sich unsichtbar
zu machen? Dann könnte man's immer wagen!«

»Was meint Ihr, was ich wär', Ew. Gnaden?« fuhr Margret auf.

»Eine kreuzbrave Frau, die lange gelebt hat und die Augen offen gehalten hat. Dann lernt
sich manches.«

»Wißt Ihr, was dazu gehört, sich unsichtbar zu machen?«

»Nein, Margret, deshalb frag' ich.«

»So will ich's Euch sagen. Ihr müßt –« sie stockte einen Augenblick, dann faßte sie sich und
sprach leise weiter: »Ihr müßt sieben Herzen von ungeborenen Kindern essen; die müßt Ihr
tot gemacht haben, nun ja, das freilich, sonst könntet Ihr's nicht, aber die Kinder müssen Eure
eigenen sein.«

Der Gutsherr zwinkerte mit den Augen wie ein schläfriger Raubvogel; dann schüttelte er sich
und rückte seinen Stuhl einen halben Schritt von Margret weiter fort.

»Man kann auch nebenbei sich ein Mittel machen, wenn man nachts in ein Haus gehen will,
daß niemand darin aus dem Schlafe aufwachen kann, so lange man will. Man braucht nur den
Talg von einer der Kinderleichen zusammenzuschmelzen und eine Kerze daraus zu gießen; so
lange die brennt, wacht niemand auf. Was man dabei sagen muß, sind wunderliche Worte; aber
ich habe mich nie um solche gottlose Dinge viel gekümmert.«

Margret warf einen verstohlenen pfiffigen Blick auf den Gutsherrn; dieser vermochte nicht mehr seine Augen von ihrem Gesicht zu wenden. »Leibhaftiger Satan!« murmelte er. Margret drehte immerzu ruhig ihren Haspel um; durch den Kreis, den seine Schwingungen beschrieben, schaute ihr seltsames, markiertes Gesicht, und die blauen Augen lugten bohrend hindurch. Von Zeit zu Zeit knackte die hölzerne Feder, um das Zeichen zu geben.

Der Gutsherr mußte sie unverwandt anschauen; ihre Züge wurden ihm immer unheimlicher, ihr Gesicht, deuchte ihm, verzerrte sich; die Augen traten immer größer, immer quecksilberartig lebendiger hervor; ihm schien – ja wahrhaftig, sie fingen jetzt an, sich, ebenso wie der Haspel, in ihren Höhlen herumzudrehen. Er stemmte beide Arme auf seine Knie und legte sich mit vorgebeugtem Oberkörper darauf; es war ihm zumute wie einem armen Vogel, den eine Klapperschlange mit ihren Blicken fängt. – »Hinter den Augen hat der Teufel seine Talgkerze angezündet,« flüsterte er. Der Haspel knackte. – »Ja, fletsch' du nur mit deinen Zähnen!« murmelte Herr von Driesch. Jetzt – o Herr Gott! – jetzt fing ihr ganzes Gesicht an, sich mit den kreisenden Garnfäden in die Runde zu drehen.

»Was willst du, Lene?« sagte Margret ruhig zu der eintretenden Magd.

»Frau Fahrstein, es geht ein fremder Mensch ums Haus her; erst stand er eine Weile auf der Mühlenbrücke still, und jetzt ist er unter die Kastanienbäume gegangen,« sagte Lene schüchtern.

»So laßt den Jäger Sr. Gnaden ihm aufpassen!« Mit diesen Worten hob Margret ihr Gesicht zu Lene in die Höhe, und damit war auch der Zauber verschwunden, der Herrn von Driesch gefesselt hielt.

»Hu!« rief er aus, sprang auf und schüttelte sich. Dann brach er in ein unmäßiges Gelächter über sich selber aus.

»Torheit ohne Ende!« sagte er für sich; »das war der Mühe wert! ein altes Weibergesicht! Na, am Telgenkamp wird's auch nicht schlimmer sein. Lene, zünde mal die Laterne an. Soll mich der Teufel holen, wenn ich je wieder mich fürchten will!«

Er ging hinaus und kam gleich darauf zurück, im Oberrock, einen schweren Hirschfänger an der Seite. Dann zog er am Feuer seine Stulpstiefel in die Höhe und nahm die Laterne.

»Wollt Ihr gehen, Ew. Gnaden? die Nacht ist niemands Freund!«

»Ei was, Alte, bleibt Ihr nur ruhig hier am Feuer sitzen, dann wird's draußen schon sicher sein.«

»Lene sagt, ein fremder Mensch treibe sich ums Haus her.«

»So, Ist er da? desto besser; dann können wir zusammen durchs Holz gehen. Nun, mit Gott, Alte; sollt Euch wundern, was ich heimbringe.«

»Es wird viel sein,« sagte Margret, als er aus der Tür war, und sandte dann Lene hinauf, um Bernhard herunter zu rufen, mit dem sie einige Worte wechselte und der dann gleichfalls Anstalten zum Ausgehen machte.

Als Herr von Driesch vor den Toren seines Gutes stand, war alles still. Die Nacht war nicht gerade finster, aber doch spärlich erhellt. Er schaute sich um, ging einigemal an dem äußern Graben auf und ab und hielt die Laterne hoch, um sie weiterscheinen zu lassen; aber niemand war da als ein Nachtvogel, der durch die Kastanienzweige am andern Ufer schoß. Endlich glaubte er eine Gestalt aus dem Schatten der Mühle treten zu sehen; ja ein leiser Pfiff tönte daher; dann ging sie langsam auf die Wiesenfläche hinab, die jenseits an den Wald stieß, hinter dem der Telgenkamp lag. In der Ferne bellte ein Hund. Herr von Driesch stand eine Weile still. Ich könnte es vor Kind und Kindeskind nicht verantworten, wenn ich die Gelegenheit in den Wind schlüge, sagte er darauf; in dem Busch wird auch nicht mehr sein, als bei Tage drin ist. Dummer Schnack! Altweibergeschwätz. Geh ritterlich drauf los, Säuberlicher! Heda, Karo, du kannst mitmarschieren! 's ist doch etwas.

Er ging rasch in den innern Hof zurück und häkelte Karo, einen dicken, zottigen Siebenschläfer, von seiner Kette los; der Rüde wollte ihm anfangs nicht folgen, und als er ihn am Halsband zerrte, schnappte er knurrend nach seiner Hand.

»Verfluchte Bestie!« Ein paar heftige Tritte mit dem Stiefelabsatz brachten ihn zum Gehorsam; er trabte nun dicht hinter den Fersen seines Herrn her, die weit auszuschreiten begannen und über die Wiesengründe, so rasch es der moorige und weiche Boden erlaubte, dem Walde zustrebten. Am Saume desselben angekommen, hielt Herr von Driesch wieder ein; er hob die Laterne in die Höhe und spähte rechts und links in den Wald hinein; nichts als hohe, graue Eichstämme, auf deren unterer Hälfte der gelbe Lichtschein zitterte. Nun wurde die Leuchte geöffnet, der Docht der Kerze vorsichtig mit den Fingern geschneuzt, und Herr von Driesch schritt, mit gellenden Pfiffen, die zusammengenommen eine damals moderne Opernarie vorstellen sollten, in den Wald hinein, Karo mit gesenktem Haupte, baumelnden Ohren und den Schwanz zwischen die Beine ziehend dicht hinter ihm.

Der Abfall mehrerer Laubgenerationen, der den Fußpfad nach dem Telgenkamp bedeckte, raschelte unter seinen Füßen; hier und da knackte ein zertretener dürrer Zweig auf; zuweilen ein leises Windregen oben in den Aesten, das ihm ein gelbes Blatt auf das Dach der Laterne warf, oder ein morsches Reis, das knisternd abbrach und ihm zur Seite niederfiel: das schien alles zu sein, was der Wald für die Nacht an Ereignissen habe. Nur einmal war Herr von Driesch erschrocken zusammengefahren; aber es war nur eine Eule, die dicht an seiner Nase vorbeischnurrte.

Er war schon über halb Weg durch den Wald und jetzt etwa zehn Minuten von Bechenburg entfernt, als Karo stehen blieb, den Kopf hob und rechts und links hin eine Bewegung damit machte, als wittere er etwas.

»Was hast du, Karo?«

Der Hund knurrte. »Es wird ein Igel sein oder so etwas,« sagte Herr von Driesch, streckte aber die Leuchte weit vor, lockerte seinen Hirschfänger in der Scheide und ging, indem er nach allen Seiten umschaute, mit so langen Schritten, als er sie nur machen konnte, leise und behutsam weiter.

»Hui!« schrie er auf einmal gellend auf – ein plötzliches Gerassel unten an der Erde tönte dazwischen, der Arm mit der Leuchte schnellte konvulsivisch in die Höhe, und eins der Beine hüpfte ebenso hurtig auf, während der andere Fuß wie festgemauert am Boden stehen blieb. »O Gott, o mein Heiland, Hilfe, Hilfe!« Karo hob ein wütendes Gebell an.

»O gütiger Jesus!« stöhnte Herr von Driesch fort, wie von Todesangst regungslos; aber ein infamer Schmerz an seinem Beine machte ihn bald wieder lebendig. Er bückte sich und fuhr mit der Hand danach; er fühlte eine dicke Eisenstange; als er hinleuchtete, sah er, daß sein Fuß in einer unmenschlich großen und tief in der Erde festgerammten Wolfsfalle stak, die um sein Schienbein geschlagen und mit langen eisernen Spitzen durch den Stulpstiefel bis in das Fleisch gedrungen war. Er setzte die Laterne auf den Boden, um sie aufspringen zu machen; aber sie war ganz anders, schien es ihm, als gewöhnliche Wolfsfallen, das Federwerk war eingeschnellt und wollte nicht wieder aufgehen – er riß und drückte – es vermehrte nur den höllischen Schmerz an den Spitzen – plötzlich fuhr ihm ein heftiger Stoß in die Rippen, von der andern Seite ein zweiter – er fuhr auf und fühlte sich einer Ohnmacht nahe. Zur Rechten, hinter dem nächsten Baumstamm her, blickte ihn ein Gesicht an, ein scheußliches Gesicht, und darunter streckte sich ein Arm aus, der mit einer langen Stange auf ihn losdrosch. Das Gesicht war verzerrt, tolle Freude und der grimmigste Hohn jauchzte heraus; und obgleich das Licht, das aus der am Boden stehenden Leuchte fiel, nur matt flackerte, sah Herr von Driesch doch gleich, daß es das Gesicht seines Feindes Katterbach war; ihm gegenüber, hinter einer andern Eiche zur Linken, stand der lange Philipp, ebenso bewaffnet, ebenso rüstig mit seiner Stange ausholend. Hinter ihm trat ein Dritter aus dem Gebüsch – es schien der Schatzgräber zu sein – und ging mit gezogenem Hirschfänger auf Karo los, der anfing mörderlich zu heulen und dann alle viere in die angestrengteste Tätigkeit setzte.

Herr von Driesch saß im eigentlichsten Sinne in der schrecklichsten Klemme. Befreien konnte er sich nicht, und die langen. Stangen fielen wie Dreschflegel auf ihn nieder. – »Mord, Mord, Hilfe!« schrie er dann; »infernalische Bosheit, o ihr Hunde!« – Sein Schrecken ging in Verzweiflung über. Er zog den Hirschfänger, reckte sich rechts und links, so weit ihm die Falle erlaubte, sich auszulegen, und haute wie ein Rasender um sich; aber die Hiebe trafen nur die Rinde der Eichenstämme, hinter denen seine Peiniger standen.

Nach fünf Minuten warf Philipp seine Stange fort. »Nein, haltet ein, Herr Vetter,« sagte er, »das ist mein Seel' ein schlechter Kram, zwei über einen, der in der Falle sitzt. Ein Schuft, der ihm weiter was anhat. Laßt'n in der Klemme brummen diese Nacht, das ist genug!«

Philipp ging in weitem Umkreise um den Angegriffenen her und trat hinter den fortwütenden Vetter, um ihm die Stange fortzunehmen. Aber noch bevor er sie gefaßt hatte, hörte man etwa fünfzig Schritt weit hinten im Walde Geräusch –ein Knall, ein Schuß blitzte, und eine Kugel schlug über Katterbachs Kopf in den Baum. Dieser fuhr zurück, wenige Augenblicke, und ein junger Mensch stand vor ihm, der mit einem geschickten Griff in seine Halsbinde fuhr, sie zusammendrehte und im Nu den dicken Körper des Hofrats an die Erde schleuderte, worauf er seinen Fuß ihm auf den Nacken setzte, die Arme über der Brust zusammenschlug und dastand, so voll leuchtenden Zornes, als sei er der Erzengel Michael, der den Feind unter seine Füße geworfen hat. Sein Hut war ihm abgefallen, sein blondes Haar hing in ungeordneten Locken um den Kopf, das Gesicht glänzte, von dem dürftigen Lichtschimmer beschienen, und die ganze Erscheinung war so fremdartig schön, daß Philipp einen Augenblick stutzte und dann an Flucht dachte, statt seinem Vetter zu Hilfe zu kommen. Aber Philipp hatte Herz und Bravour; er faßte sich und griff mit der Hand nach den Locken des Fremden, um ihn von Katterbach fortzureißen.

Es mißglückte; die Mündung eines blitzenden Büchsenlaufs fuhr ihm ins Gesicht, daß er taumelte.

»Ruhig, Schufte, sonst fahrt ihr alle beide stantepeh zum Teufel!« rief ein zweiter Heraneilender, der dies Manöver mit der Büchse gemacht hatte. Es war der Jäger des Herrn von Driesch; er hatte nur gezögert, heranzukommen, um erst sein Gewehr wieder zu laden, was ihm in der Dunkelheit aber nicht gelingen wollte; nun sprang er herbei, um Bernhard zu unterstützen, der der zuerst Angreifende gewesen. Der Jäger wollte Philipp fassen, dieser aber war behend genug, zur Seite zu springen, mit einer raschen Fußbewegung die Laterne umzustoßen und dann das Weite zu suchen, wo keine Verfolgung mehr möglich war und wohin sich längst der Reitknecht in Sicherheit gebracht hatte. Er hätte gern den gefangenen Katterbach befreit; aber er war ohne andere Waffen als ein Weidmesser; mit den Reiterpistolen war der Knecht beladen und fort damit; Philipp konnte gegen zwei mit einer Büchse Bewaffnete nichts ausrichten und floh in den dunklen Wald hinein.

»Die Spitzbuben,« sagte Anton, indem er mit dem Kolben seiner Büchse Katterbach einen heftigen Stoß in die Seite gab; »aber wart', dem wollen wir's eintränken.«

»Ich will ihn schon halten, Anton! Geh nur, geh und mache den gnädigen Herrn frei.«

Anton richtete die Laterne wieder auf und sah jetzt erst, weshalb Herr von Driesch so unbeweglich, den gebückten Oberkörper auf seine Arme stützend, die wieder auf dem in die Erde gesenkten Hirschfänger ruhten, dastand und leise, vor sich hinstöhnte.

»Herr Jesus! Um Gottes willen! 'n Menschen wie'n unvernünftiges Tier in 'ne Wolfsfalle zu kriegen! O was 'ne Bosheit! Ach, Ew. arme Gnaden! – Mit der Hundepeitsche sollt' man drüber her; wart' nur! Halten Sie fest, Herr!« Anton brachte seine Büchse zwischen die Stangen, die sich um das Bein seines Herrn geklemmt hatten, um, wie mit einem Hebel sie so auseinander zu sprengen. Es wollte lange nicht gelingen, er hatte zu arbeiten, daß ihm der Schweiß von der Stirn troff.

Unterdes lag seitwärts der Drache noch immer auf dem gelben Laube, des Erzengels Fuß noch immer auf seinem Nacken. Katterbach war korpulent und unbehilflich; er hätte Mühe gehabt, nach einem bloßen Falle sich wieder zu erheben; so fest niedergehalten, war es ihm unmöglich. Bernhard fühlte und sah sein fortwährendes Hin-und Herzucken und Arbeiten; dazwischen hörte er ihn murmeln, als ob er von Sinnen sei; hier und da ein vernehmliches Wort; es war ein Fluch. Aber er war und blieb gefangen; Bernhard war zu empört über den feigen, grausamen Streich; mochte daraus werden, was es wolle – er hielt fest.

Der Hofrat wandte mit einem Male heftig den Kopf mit den von allerhand inneren Grimmigkeiten und Schärfen furchtbar zerschnittenen Zügen – Herr von Driesch hätte nur so von der Vogelperspektive aus auf dies halbbeleuchtete wütig verzerrte Gesieht blicken dürfen, um zu schwören, es sei ein Waldteufel – er wandte den Kopf nach Bernhard hin, daß dessen Fuß auf seinen Hals zu stehen kam.

»Junge,« sagte er leise, »du bist Bernhard Fahrstein!«

Bernhard würdigte ihn keiner Antwort, neigte sich aber zu ihm nieder, um ihn besser zu verstehen.

Der Hofrat murmelte leise einige Worte; dann noch einige; plötzlich fuhr Bernhards Fuß von ihm zurück, als hätte ihn eine Viper hineingestochen. Er stand starr wie eine Bildsäule; dann schlug er die Hände heftig an die Stirn und lehnte diese, als habe er eine Stütze nötig, an den Stamm der nächsten Eiche.

Katterbach arbeitete sich in die Höhe; er reckte sich aus, gab einen Ruf von sich wie das Gewieher eines Tieres und stolperte davon in den dunklen Wald hinein. Antons Büchse war blitzschnell gerichtet, der Hahn knickte und sprühte eine ganze Funkengarbe, aber kein Schuß; – sie war nicht geladen; den Hofrat nahm die Nacht in ihre rettenden Arme.

»Alle Teufel! Was habt Ihr ihn laufen lassen? Das ist ja infamig dummes Zeug von Euch!« fluchte Anton; »ja, nun steht nur da, als wenn ihr behext wäret!« Er brachte zornig den Lauf wieder in die Falle. »Nun, Herr Bernhard, was ist Euch denn?«

Bernhard antwortete nicht; auch Herr von Driesch war seit einigen Augenblicken so stille geworden, daß es Anton ganz unheimlich ward; er bot seine letzte Kraft auf; die Falle knackte; sie war zersprungen, endlich, mitten auseinander. In demselben Augenblick fing Herr von Driesch an zu wanken, stolperte einen Schritt voran und lag ohnmächtig in Antons Armen.

»Der arme Ew. Gnaden!« sagte Anton tiefbetrübt; »nun, Herr, helft jetzt, in drei Teufels Namen!«

Bernhard ermannte sich, und beide brachten den Gutsherrn mit vieler Mühe nach Bechenburg zurück. Dort tat man alles mögliche zu seiner Erquickung und Heilung von den Folgen der Mißhandlung; der Rücken, die Schultern und die Seiten hatten einige blaue Flecke, doch hatte der wattierte Ueberrock ihn sehr geschützt; als man die Stiefel ihm abzog, war der eine ganz voll Blut; darüber geriet Johannes außer sich; er heulte wie ein Schoßhund und niemand konnte ihn jetzt mehr abhalten, zu seinem Vater in dasselbe Bett zu kriechen, um ihn die ganze Nacht nicht wieder zu verlassen, bis beide, der eine müde von seinen Schlägen, der andere vom Weinen darüber, in einen ruhigen Schlummer fielen.

Daß Herr von Driesch aus seiner Klemme gerettet worden, hatte er Margret zu verdanken; sie hatte Bernhard und dieser den Jäger aufgefordert, ihm nachzugehen, um im Falle der Not bei der Hand zu sein.

Achtes Kapitel

Am anderen Tage nachmittag wanderte Bernhard wieder den Weg zum Stifte. Er war tief, tief betrübt. Fast ohne Fassung warf er einmal auf dem Wege sich in das Heidekraut, rupfte mechanisch einen Strauß von Enzian und verkümmerten Vergißmeinnicht zusammen, und dann sahen ihn die abgerissenen Blüten so eigen traurig an, daß er das Gesicht in die Kräuter drückte und heftig schluchzte. Die Hoffnung, daß er bei Katharinen Trost finden würde, erhob ihn wieder; er raffte sich auf, wusch die Tränen in dem nächsten Bache ab, der wie eine breite, grüne Schlange mit seinen Grasufern über die braune Fläche sich gelegt hatte, und schritt hastig weiter. Er wollte ihr alles sagen, was ihn drückte; er wollte einmal so rückhaltslos mit ihr reden, wie er es noch nie über seine angeborene Verschlossenheit vermocht hatte. Aber als er vor ihr stand – sie war so heiter, so lächelnd freundlich, etwas verschämt im Andenken über ihr letztes Verschwinden; er konnte seinen Kummer nicht über die Lippen bringen. Ihre Heiterkeit wies seine so ganz verschiedene Stimmung auf sich selbst zurück; er fühlte sich ihr fremder denn sonst. Er hätte sie etwas ärgern mögen, weil sie so heiter war, weit lieber, als ihr noch eine Freude durch den Beweis seines rückhaltslosesten Vertrauens zu machen. Kurz, er vermochte es nicht und flüchtete vor sich selbst hinter die Ausrede, er wolle sie in ihrer heiteren Stimmung nicht stören.

Katharina merkte aber bald seine Traurigkeit, und weil diese sonst oft in seinem Verhältnis zu seiner wunderlichen Mutter ihren Grund hatte, lenkte sie das Gespräch auf diese, um ihm so schonend wie möglich seinen Kummer abzulocken.

»Ich muß gestehen,« sagte sie im Verlaufe dieses Gesprächs, »ich würde mich wenig wundern, wäre Ihre Mutter auch eine noch so seltsamere Frau als sie jetzt ist; ja, ich glaube nicht, daß ich selber noch diesen scharfen und ruhigen Verstand, welcher der Grundton unter all ihren wunderlichen Meinungen bleibt, mir bewahrt haben würde, wäre meine Jugend von denselben Schrecken begleitet gewesen wie die Ihrige; ich würde es nicht ertragen haben; ich wäre wahnsinnig geworden.«

»Nun,« sagte Bernhard, »ihre Jugend war keine frohe, soviel ich weiß; es liegt ein besonderes Unglück auf unserer Familie; es ist ein Fluch, den sie sich zugezogen hat – und gegen den es vergebens ist, anzukämpfen«, setzte er seufzend hinzu.

»Mein armer Junge! Lassen Sie uns ein Paar« – sie stockte und lächelte, dann fuhr sie fort: »Lassen Sie uns ein Paar anhänglicher Familienglieder sein die aus dem gebannten Kreise heraustreten; – Sie mißverstehen mich nicht; ich meinte, Sie sollten sich anhänglich und vertrauend an Ihr Adoptivtantchen halten; dann kommen Sie vielleicht heraus. Ja, Sie verstehen mich. Sie sind ein guter, guter Mensch, und, nicht wahr, Sie sind wie ein Tor? Ich will Ihnen ganz vertrauen; Sie werden kein erbärmlicher Geck sein und meinem Betragen Auslegungen unterschieben, die mich lächerlich machen würden, die aber bei Ihnen Verdorbenheit bewiesen. Nein, Sie tun es jetzt nicht, und auch später, wenn das Leben und allerhand Abenteuer Sie mißtrauischer gemacht haben, werden Sie es nicht tun! O Gott, ich müßte meinen guten Jungen dann verloren geben!«

»Glauben Sie, gnädiges Fräulein, ich könnte jemals etwas denken, was einen Schatten auf Sie würfe?«

»Nein, ich hoffe, Sie sind unfähig dazu; aber wenn es jemals der Fall wäre – o ich könnte meine Verachtung nicht stark genug ausdrücken; es wäre gemein, niedrig – abscheulich wäre es. – Ich will wie eine Verwandte für Sie sorgen; ich will Sie wie einen Bruder liebhaben; ich will jemand haben, für den ich sorgen kann wie ein Weib; an dem ich eine geistige Stütze habe, denn meine Umgebung reicht nicht für mich aus; meine Gedanken gehen darüber hinaus und bewegen sich in einem Felde, das nur Sie auch betreten; aber wenn ich auch so gedankenarm wäre wie meine Köchin – es wär' doch dasselbe, ich will jemand haben, der mein ist und dem ich wie einem geduldigen Kamel alles aufpacken kann, was an Liebe und Wärme, an Drang, zu pflegen und zu hegen, zu beschützen und zu leiten, in mir ist und übersprudelt!« Sie fuhr bei diesen Worten heftig in seine Locken und küßte ihn auf die Stirn.

»Aber wenn Sie Kamel deshalb glauben oder jemals sich einbilden, ich wäre verliebt in Sie, ich wäre eine Törin und würfe mich Ihnen an den Hals, so sind Sie nicht nur ein eitler Geck, sondern Sie sind etwas Schlimmeres, ein verdorbener Mensch, der von einem reinen und edlen Verhältnis keinen Begriff hat. Sie wissen, was ich von der Liebe halte; ich mag freilich zu streng darüber urteilen, denn ich kenne Sie nicht und fühle auch kein Organ dafür in mir, so daß ich sie nie kennenlernen kann; aber das weiß ich, daß sie keinen Wert hat, weil keine Dauer; keine echte Tiefe, weil keine Ruhe; daß sie nicht, glücklich macht, weil ihr beides fehlt, und daß sie endlich viel zu sehr mit allerlei physischen Dingen in Rapport steht, als daß ich sie je achten könnte. Dafür halte ich alle Bande des Blutes für das Höchste im Leben; sie machen ein Verhältnis, das innig, tief und ewig ist, und dessen Pflichten die heiligsten auf der Welt sind. Ich könnte mich nie als Braut, recht wohl aber als Frau denken. Und Ihnen, ja wahrhaftig Ihnen müßte auch wunderlich zumute sein – es müßte Ihnen lächerlich schlecht stehen, wenn Sie den Liebhaber spielen sollten.«

»Wenn ich ihn spielen müßte, freilich; aber wenn ich es nun wirklich wäre?«

»O, das ist's eben, Sie können es nicht sein; ich weiß, Sie fühlen wie ich und können es nicht.«

Bernhard glaubte in der Tat zum großen Teile ebenso zu fühlen, wie das Stiftsfräulein mit einer gewissen Heftigkeit es ausgesprochen hatte. Er gab ihr deshalb endlich recht, obwohl er ihr allerhand Paradoxen einwarf. Aber im Grunde war ihm etwas in ihrer Rede nichts weniger als erfreulich. Zwar hatte er sich nie klar und bewußt gesagt, Katharina liebe ihn; aber dennoch wurde ihm ein wenig gewissenbeschwert bei ihrer entschiedenen Protestation zumute. Das Ende war übrigens, daß er sie jetzt nur noch mehr liebte. Seine Neigung schoß im ersten Augenblick zurück wie eine arme, spielende Welle, die ein kalter Windstoß plötzlich zurückwirft; aber sie kehrte höher angeschwollen gleich darauf wieder. Katharina war in seinen Augen nur größer und edler, ihre ganze Erscheinung nur erhabener geworden.

Und sie – ein großer jungfräulicher und vielleicht auch ein gewisser aristokratischer Stolz – wäre so tödlich verletzt worden, wenn sie hätte glauben müssen, Bernhard gebe ihrem Betragen eine demütigende, eine gemeine Auslegung, daß sie alle Seelenkräfte aufbot, um sich zu überzeugen, Bernhard sei durchaus unfähig dazu, er sei die Unschuld, die Reinheit, die Kindlichkeit selbst; er sei ein Engel. Ja, man konnte es ja schon seinem Aeußeren, dieser bescheidenen Milde, diesen spiegelklaren, blauen Augen, deren Innigkeit so tief war wie der tiefste Bergsee, diesen weichen klaren Zügen seines glänzend schönen Gesichtes ansehen, daß er ein Engel sei – sie ward über Nacht bis zum Sterben verliebt in ihn, bloß deshalb, weil er nie die dumme Einbildung haben konnte, daß sie es sei –

O süße Logik eines Frauenherzens!

Katharina lenkte das Gespräch nach einiger Zeit dahin zurück, von wo es ausgegangen. Bernhard äußerte sich über seine Mutter heute noch weniger als sonst; aber er sagte mit einer Betonung, als kämen die Worte tief aus einem wunden Herzen, daß eine Mutter nie eine Sünderin sei.

»Eine Sünderin? Was wollen Sie damit sagen, Bernhard?«

Bernhard schwieg.

»Ich glaube fast,« fuhr das Stiftsfräulein fort, »Sie tun Ihrer Mutter, welch guter Sohn Sie auch immer sind, doch in Ihrem geheimsten Denken unrecht, lediglich weil Ihnen der Schlüssel zu all ihrem Wesen fehlt.«

»Den glaub' ich zu haben; Gott hat ihr ein tiefes Gemüt gegeben, das ebenso viel Kraft schlauen Verstandes als Schwäche der Vernunft hat, wo Leidenschaften zu bekämpfen sind. Sie ist ein großartiger, gewaltiger Charakter; der Mann und das Weib sind gleich stark in ihr.«

»Lieber Bernhard, der Mensch wird wie ihn die Welt erzieht; ich achte Ihre Mutter, aber ich glaube, daß die Großartigkeit ihres Charakters nur Folge großartiger Schrecken sei, die sich ihrer jugendlichen Phantasie eingeprägt haben. Sie wäre vielleicht ein sanftes, weiblich liebenswürdiges Weib geblieben, hätten sie nicht unbegreifliche Ereignisse gewaltsam in einen Gedankenkreis gezogen, dem sie bei aller Verstandeskraft doch nichts weniger als gewachsen ist.«

»Schreiben Sie jenen Ereignissen auf meines Großvaters Hofe eine solche Gewalt zu?«

»Auf Ihres Großvaters Hof? Kennen Sie denn die wunderbare Geschichte mit den Kindern nicht?«

»Mit den Kindern? Mit welchen Kindern?«

»Ich kann mir denken, daß Ihre Mutter nicht davon sprechen mag.«

Das Fräulein blickte, einen Augenblick nachsinnend, durch die Fensterscheiben und zuckte mit ihren langen Wimpern. »Sie wissen,« sagte sie dann, »daß Ihre Mutter in Diependahl wohnte, wo jetzt der Herr von Katterbach haust, der den armen Driesch so mißhandelt hat.«

Ueber Bernhards Gesicht zuckte der Ausdruck einer plötzlichen, krampfhaften, inneren Bewegung; er barg sein Gesicht in der Fläche seiner Hand und horchte in dieser Stellung der folgenden Erzählung.

»Damals,« sagte Katharina, »wohnten die Schemmeys noch dort. Der letzte Schemmey war ein lustiger Bruder, leichtsinnig, gutmütig, schwach, wie diese Art Menschen ist; ausschweifend wahrscheinlich auch. Vor Ihrer Mutter soll er immer einen gewissen Respekt bewiesen haben, sagt man; jedenfalls war ihre Stellung im Hause eine sehr gute, und sie hatte manches Vorrecht, vorzüglich, als die alte Frau von Schemmey noch lebte; diese Frau von Schemmey war eine seltsame Person, die ich Ihnen hier nicht weiter schildern will; sie zeichnete sich durch Stolz, Verschwendung und Härte aus und hatte einen schlechten Ruf durch diese Eigenschaften. Nun, sie mag sie in der Jugend nicht gehabt haben – aber auch sie hatte die Welt erzogen. Sie hatte ihren alten Truchseß von Schemmey mit dem größten Widerwillen genommen; man hatte keine Umstände mit ihr gemacht; die Folge war, daß auch sie keine Umstände mit ihrem Gemahl machte und ihm und allem, was seinen Namen trug, jedes mögliche Unheil auf den Hals wünschte. Sie war eine von Katterbach. Ihr beständiges Streben soll gewesen sein, die Güter der Schemmeys an ihres Bruders Sohn zu bringen und zu dem Ende jede Heirat ihres Stiefsohnes, des einzigen, den der alte Truchseß nach des letzteren Tode hatte, zu hintertreiben. Daß eine Heirat ihres Sohnes sie vom Hauptgute vertrieben hätte, um, mit einem Wittum abgefunden, einer regierenden Schwiegertochter Platz zu machen, mag ein anderer Grund gewesen sein, der sie bestimmte. Kurz, der letzte Herr von Schemmey heiratete nicht, solange sie lebte; als sie aber gestorben war, noch in demselben Jahre. Seine Frau ward gesegnet und gebar einen gesunden und starken Knaben. Als das Kind sechs oder sieben Wochen alt war, hatte Herr von Schemmey seine Frau zum erstenmal ins Freie geführt und kehrte nach einer Weile mit ihr in das Haus zurück; es war ein stiller Nachmittag, die Domestiken, außer einem alten Rentmeister, der im Speisezimmer auf den Herrn wartete, befanden sich draußen auf dem Felde. Während der Herr von Schemmey nun mit dem Rentmeister spricht, geht die junge Mutter, um nach dem Kinde zu sehen. Im ersten Zimmer sitzt Ihre Mutter am Fenster und näht; im zweiten steht die Wiege des Kindes; der einzige Eingang dorthin ist durch dies erste Zimmer; nur hat das zweite, das Kinderzimmer, eine Tapetentür zu einer verborgenen Treppe, die aber schon lange nicht mehr geöffnet worden ist.

Stille, Ew. Gnaden, das Kind schläft, sagt Ihre Mutter, als Frau von Schemmey vorüberschreitet, indem sie ruhig das Gesicht von ihrer Arbeit emporhebt.

Frau von Schemmey geht sanft in das mit grünen Rouleaus verhangene Gemach, tritt an die Wiege, schlägt die weißen Vorhänge zurück, reißt die Decke auf und schreit heftig auf: »Margret, Margret, wo ist das Kind?«

In der Wiege, gnädige Frau – es schläft in der – Jesus Maria, wo ist das Kind?

Die beiden Frauen sehen sich mit starren Blicken an, Frau von Schemmey mit todesbleichem Gesicht und blauen Lippen, Ihre Mutter die Hände über dem Kopf zusammenschlagend. Das Kind ist fort. Als Herr von Schemmey den der Schrei Ihrer Mutter herbeigezogen, in das Zimmer tritt, fällt die letztere, Ihre Mutter, in Ohnmacht.

Das Kind war und blieb fort; alles Suchen alle Nachforschungen, alle, auch die schärfsten Verhöre aller Domestiken leiteten auf keine Spur, die sein rätselhaftes Verschwinden erklärt hätte. Wenn auf jemand Verdacht fiel, so mußte es natürlich allein Ihre Mutter sein; Frau von Schemmey sprach ihn auch wirklich in ihrem ersten Schmerze laut aus. Aber Margret behauptete fortwährend mit der größten Ruhe, das Kind sei anfangs sehr unruhig gewesen, sie habe sich damit auf einen Stuhl gesetzt, um es durch Hin- und Herschaukeln einzuschläfern und als es endlich in Schlaf gefallen, es in die Wiege gelegt, um sich an ihre Arbeit zu setzen. Sie habe niemanden gesehen und könne auch nicht sagen, daß sie etwas gehört habe. Allerdings sei ihr einmal gewesen, als ob die Tapetentür sich geöffnet habe; wirklich gehört habe sie es nicht, aber es sei ihr einmal so halb durch den Kopf gegangen, als wenn es in dem Augenblick geschehe: sie habe auch aufgesehen, die Tür habe aber ganz ruhig, wie immer, fest in der Wand gelegen. Die Tapetentür war wirklich in ihren Riegeln und Angeln so eingerostet, daß das Schloß nicht ohne Hilfe eines Schmiedes sich aufbringen lassen wollte und ein großes Geräusch machte, als es sich in den Angeln drehte.

Welchen Beweggrund sollte Ihre Mutter auch gehabt haben? Nein, es war töricht, einen Verdacht gegen sie auszusprechen, die bei dem traurigen Ereignisse sich ebenso tief ergriffen zeigte wie die eigene Mutter des Kindes. Herr von Schemmey schnitt auch sehr heftig und fast erzürnt jedes Wort, das eine argwöhnische Hindeutung auf Margret enthielt, für immer ab. Er nahm überhaupt, so erschüttert er war, an den vielen Nachforschungen und Vermutungen den wenigsten Anteil; ja, sie schienen ihm unangenehm zu sein; man glaubt, Herr von Schemmey habe seine eigenen Gedanken von der Sache gehabt; Gedanken, die nur Margret, Ihre Mutter, ahnen mochte; sie war ja, außer Herrn von Schemmey selbst, von allen die längste Zeit im Hause gewesen und hätte allerhand erzählen können von dem, was früher darin vorgegangen und welcher Gemütsart gewisse Leute gewesen, die jetzt freilich mit den Füßen zuerst herausgetragen.

Nach einigen Tagen fand man das Kind wieder. Ein starker Geruch leitete auf die Spur; eben unter jener verborgenen Treppe unter einem Haufen Holzscheite lag es; es sah schrecklich aus; das Gesichtchen blau, gedunsen im Nacken; der Hals war dem armen Wurm umgedreht.

Nach einem Jahre ward Frau von Schemmey wieder entbunden; es war ein Mädchen, ein Kind, das gleich ziemlich schwach und armselig gewesen sein soll. Von den Eltern wurde jetzt die größte Sorgfalt angewendet, es zu hüten. Die Tapetentür ward vermauert; Herr und Frau von Schemmey schlugen ihr eignes Nachtlager in dem Zimmer vor der Kinderstube auf; Margret mußte die heiligsten Versicherungen geben, das Kind nie aus den Augen zu lassen oder es der Mutter zu bringen. Alle früheren Domestiken wurden gewechselt, eine Maßregel, die Herr von Schemmey übrigens gegen seinen Willen, nur seiner Frau zuliebe, ergriff. Es ging mehrere Wochen gut; die kleine Therese ward stärker und gedieh sichtlich; da, in einer Nacht, hören die schlafenden Eltern einen Schrei, noch einen, hell und kreischend – es war Margrets Stimme. Diese lag ohnmächtig neben der Wiege, in der das Kind laut wimmerte und röchelte. Das Nachtlicht war verlöscht. Als Margret wieder zu sich kam, war einer ihrer Arme gelähmt; auch hatte sie anfangs die Sprache verloren, sie sah wie innerlich zerstört, wie wahnsinnig aus. Erst am andern Tage bekamen ihre Reden Zusammenhang; sie hatte etwas bröckeln, dann ein leises Schlürfen gehört, war an die Wiege gesprungen und sah nun, wie sich ein dunkles, fremdes Wesen, flockenartig weich in seinen Umrissen, darüber beugte und mit den Händen dem Kinde nahe kam, das in diesem Augenblicke aufwachte und wimmerte. Sie hatte in Todesangst wie von Verzweiflung gefaßt, sich auf die Gestalt geworfen, da habe sie das Bewußtsein verlassen, sagte sie, doch habe sie zuerst noch einen Schmerz, ein Gefühl, als ob sie Eis geworden, an der linken Seite gehabt. Ihr linker Arm war mehrere Wochen lang lahm.

Als Margret ihre Aussage machte, sah sie mit einem gewissen bedeutsamen Blicke Herrn von Schemmey an und sagte, ihm allein könne sie mehr sagen. Herr von Schemmey bedachte sich einen Augenblick unschlüssig und ängstlich; dann, wandte er sich ab und sagte, es sei genug.«

»Aber das Kind?« fragte Bernhard.

»Das Kind war nach dieser Nacht wie verwandelt; es mußte Ihm angetan sein; es kränkelte und verkümmerte und nach zwei Monaten war es wo sein Brüderchen.«

»Das ist eine grausige Geschichte, gnädiges Fräulein; war die alte Frau von Schemmey in ihrem Leben ein solches Ungeheuer, um einen Schlüssel zu dem zu geben, was sie nach ihrem Tode getan zu haben scheint?«

»Ich habe Ihnen gesagt, was ich von ihr weiß; aber die Geschichte selbst habe ich zehnmal in meinem väterlichen Hause erzählen hören; ich war damals fast noch ein Kind, aber sie hat sich mir tief eingeprägt.«

»Hatten die Schemmeys keine Kinder mehr?«

»Ja, noch eins; um es zu retten, waren sie nach Paris gezogen und dort hatte Frau von Schemmey ihre Niederkunft gehalten. Aber das Unheil verfolgte sie auch dahin; die näheren Umstände sind hier nicht so bekannt geworden wie die, welche ich Ihnen erzählte; man weiß nur, daß das Kind ein Knabe war, daß es ebenso rätselhaft verschwand wie das erste, und man sagte damals, es sei mit abgeschnittenem Hälschen oben auf einem alten Kleiderschranke liegend wieder gefunden worden.«

»O Gott, und meine arme Mutter mußte auch das noch erleben?«

»Sie war mitgenommen worden nach Paris.«

»Nein, davon habe ich in der Tat nie eine Ahnung gehabt,« sagte Bernhard; »die arme Frau! Es wäre schlecht, wenn jetzt noch der leiseste Gedanke eines Vorwurfs gegen sie in mir aufkeimte – solche Leiden, solche Schrecken können das festeste Gemüt zerrütten und geben, wenn sie mit Kraft bestanden werden, eine Art Verklärung. Eine Dornenkrone ist doch immer eine Krone. Und nun ihr eigner Sohn – warum habe ich das nicht früher gewußt!«

Bernhard war sehr erschüttert und versank in sich selbst; er hatte Augenblicke, wo die Welt für ihn nicht da war und wo er mit seinen Gedanken in einer andern sich befand, in der es freilich höchst seltsam, kraus und bunt hergehen mußte, nach den wunderlichen Satzschnitzeln zu urteilen, die man alsdann mit großer Mühe als Antworten aus ihm herausholte. Diese Welt umspann ihn auch jetzt mit ihren Passionsblumenranken, mit ihrem absorbierenden Blütenduft. Er überließ dem Stiftsfräulein die Unterhaltung zu führen, und erst, als es Zeit war, zu gehen, fuhr er auf und bedauerte, daß der Nachmittag hin sei, weil er ihr so viel zu sagen gehabt.

»Ich würde Sie über den Hof begleiten,« sagte Katharina, »aber ich weiß, Sie haben doch nicht zwei Worte herausgebracht, wenn ich auch der halben Weg mit Ihnen mache. Sie waren heut einmal wieder wie eine Wasserpumpe, die zwar kristallklares, frisches Bergwasser führt, aber nur unten im tiefsten Grunde; man arbeitet sich so müde und erhitzt, es herauszubringen, daß man's nicht mehr trinken mag, wenn es endlich kommt. Adieu, mein guter Junge; seien Sie hübsch wohlgemut; mit Gott! – Gehen Sie, es ist spät.«

Bernhard küßte ihre Hand und wanderte durch die Dämmerung nach Bechenburg zurück.

Neuntes Kapitel

Ein paar Stunden vor der Zurückkunft Bernhards war in dem alten Schlosse eine Szene vorgefallen, von der er zu seinem und des Gutsherrn Glück kein Zeuge gewesen.

Johannes stand vor dem Bette seines Vaters, das dieser, obwohl gar nicht schwer verletzt, für gut fand, fürs erste noch zu hüten. Es waren drei Dinge in der Welt, die Herr von Driesch scheute wie ein wütender Hund das Wasser; das erste war Schmerz, das zweite Krankheit und das dritte der Tod. Alle seine aus den Klassikern geschöpfte Philosophie hatte nicht vermocht, ihm nur eines derselben in einem mildern Lichte zu zeigen; und so tief er auch in die Denkweise der Alten eingedrungen zu sein behauptete, so durfte doch keiner in seinem Hause einen Sterbefall erzählen, ohne einen seiner Zornausbrüche zu wecken, und wer nicht wenigstens auf vierundzwanzig Stunden in Ungnade fallen wollte, tat besser, das Wort Tod gar nicht auszusprechen, wenn er zugegen war. War einmal einem Gespräch darüber nicht auszuweichen, so gestand er mit einem tiefen Seufzer, er würde die unendliche Weisheit des Schöpfers nur dann ganz anerkannt haben, wenn dieser es so eingerichtet, daß der Mensch im Anfange seines Lebens den Tod abmache, statt daß nun diese fatale Geschichte im Hintergrunde laure und dadurch das ganze Leben vergälle durch Sorge, Angst und Zweifel. Wenn Herr von Driesch diesen originellen, metaphysischen Gedanken ausgesprochen hatte, lenkte er gewöhnlich kurz ab und kam am liebsten endlich auf die fruchtbringende Gesellschaft der Blumenschäfer an der Pegnitz zu sprechen, deren Mitglied er unter dem geachteten Namen »der Säuberliche« war und in deren voluminöse Aktensammlung seine Poesien eingeschrieben wurden; – es war, als ob der in ihm aufgeregte Zweifel an die Unsterblichkeit nach irgendeiner Beruhigung strebe.

»Gnaden Herr Papa,« sagte Johannes, der mit einer Schalÿe voll Kaffee vor seinem Vater stand, »die alte Margret hat Geld bekommen.«

»Meinetwegen, Junkerlein; da ist die Tasse wieder; aber zerbrich sie nicht und reich mir den Boethius de consolatione dort vom Tische her.«

»Als ich in die Küche ging, um zu sehen, wo der Kaffee bleibe, war niemand da; ich hörte aber die Alte in ihrem Schlafzimmer Geld zählen,« sagte Johannes, dem seine Geschichte viel wichtiger schien als der schweinslederne Boethius. »Ich mag nicht gern in ihre Kammer gehn weil sie da immer einen im Bette liegen hat, der so gläsern unter der Decke hervorguckt. Deshalb wollte ich gerade rufen, als ein großer Bauernjunge, den ich wohl in Grünscheidt oder da herum mal gesehen, aus ihrer Kammer trat und die alte Margret ihm nachrief, etwas leise, aber ich konnt's doch deutlich hören: »Ja, sagt dem Herrn von Katterbach nur, richtig sei's; aber ich laß ihn fragen, ob's heute der erste September sei? sagt ihm – na geht nur in Gottes Namen.‹ Das sagte die Alte; der Bauernjunge grüßte mich und ging fort, die Margret aber schien ein wenig verstört, als sie mich in der Küche sah.«

»Junge! Junkerlein!« fuhr Herr von Driesch empor, »ist das wahr oder verführt dich der Teufel? Geld zählte sie?«

»Ja, ja, Gnaden Papa! Als ihre Tür aufging, sah ich's auf dem Tische liegen.«

»War's viel?«

»Es mochten wohl fünfzig bis sechzig Taler sein.«

Herr von Driesch fuhr konvulsivisch zusammen: »O Gott! O du mein gekreuzigter Heiland!« stöhnte er; »von dem Katterbach! sie soll mich ermorden, mich vergiften – o Menschen, Menschen! Geld, so viel Geld von meinem Todfeinde; Oh, der gibt nichts umsonst, der Judas! Sie hat mich schon vergiftet – ja, ja – Johannes, mein Kind, wie seh' ich aus? Oh, sag' es mir – meine Lippen sind blau – mein Gesicht ist aufgedunsen, mein Körper hat blaue Flecke; meine Augen quellen mir aus dem Kopfe – ich habe den Aussatz, die Pest hat sie mir angehext – o Gekreuzigter! Sprich, Johannes – oh, sage alles!«

»Gnaden Papa werden jetzt etwas blaß,« sagte Johannes, »eben sahen Sie noch ganz gut aus. Ein paar blaue Flecke mögen Sie auch noch wohl haben?«

»So! sah ich ganz gut aus? Wart', du verfluchte Hexe! Ich will über dich kommen, du sollst vor meinen Augen durch den Schornstein zum Blocksberg fahren. Fort damit!« Die Kaffeetasse, die Johannes hielt, fuhr samt ihrem Inhalte durch die klirrenden Scheiben zum Fenster hinaus. »Es ist Gift darin!« schrie er, raffte einige Kleidungsstücke zusammen, warf sie über und stürzte zum Zimmer hinaus.

Einige Augenblicke nachher war Margret sehr verwundert, die Küchentür aufgestoßen und ihren Gutsherrn auf die Schwelle treten zu sehen, wo er stehenblieb, ein höchst wunderliches Bild im Rahmen. Seine Rechte hielt eine blanke Degenklinge hochgeschwungen über dem Kopf, wie parierend gegen jeden Anfall, der seine hohe weiße Nachtmütze bedrohen könnte; sein Körper war von einem großblumigen Kattunschlafrock umhüllt und von den pantoffelbekleideten Beinen war das eine dick mit allerlei Tüchern umwunden.

»Herr, was ist Euch?« sagte Margret, indem sie ruhig bis in die Mitte der Küche ihm entgegentrat; »was ist Euch?«

»Keinen Schritt weiter,« schrie Herr von Driesch; »keinen Schritt komm mir näher auf den Leib. O du Verkörperung infernalischer Bosheit!«

Margret trat trotzdem noch ein paar Schritte näher und Herr von Driesch trat einen zurück.

»Fürchtet Ihr Euch vor einer alten Frau, Ew. Gnaden?«

»Fürchten!« Herr von Driesch hieb mit seiner Klinge Prim, Terz und Tiefquart durch die Luft, daß es pfiff.

»Alle Wetter, bange vor dir? Aber du bist eine Hexe, du bist eine Giftmischerin, du bist das inkarnierte Uebel, das in Altweibergestalt durch die Welt geht; du bist der Satan, du willst mich vergiften für Geld, du Judas, du Silberling du! O du Bestie! Ich will dich hängen lassen, ersäufen, verbrennen sollst du, auf den Holzstoß mit dir, durch den Rauchfang soll dich der Teufel holen!«

Rasch wie ein sprudelndes Bergwasser strömten diese Worte von den Lippen des Gutsherrn. Herr von Driesch hatte immer die alte Römische Margret nicht recht leiden können; er begriff oft selbst nicht, wie er dazu gekommen, sie als Verwalterin anzunehmen – nun ja, damals kannte er sie nicht; aber seitdem hatte sie ihm so oft ein unheimliches Gefühl gemacht, sie hatte ihm fast sein eignes Gut verleidet – es war ihm außerordentlich angenehm, sie endlich einmal mit Ehren aus dem Hause werfen zu können.

Margret ward weiß wie Kreide im Gesicht, aber sie hielt sich aufrecht und horchte den Worten ihres Gutsherrn mit einem Ausdruck der peinlichsten Spannung zu. »Was ist denn? – was ist? –« unterbrach sie ihn jeden Augenblick, bis Herr von Driesch herausgepoltert hatte: »Hast du nicht Geld angenommen, Geld von meinem Todfeinde, um mich zu vergiften oder zu behexen?«

Als Margret so endlich herausgebracht hatte, worin ihr Verbrechen bestehe, ging sie gefaßt zu ihrem Platz am Herde zurück, stemmte die Ellbogen auf die Knie und barg ihr Gesicht in beide Hände. Unterdes hatte der Lärm die Domestiken herbeigezogen; sie füllten scheu die Zugänge, nur Anton stellte sich dreist hinter die Alte, um auf einen Wink seines Herrn, für den er durchs Feuer gelaufen wäre, sie beim Kragen zu fassen. Die andern schauten zu, einige mit heimlicher Freude; die Römische Margret war durch ihr schneidendes, gebieterisches Wesen gar nicht besonders beliebt bei ihnen; andre teilnahmslos, aber doch immerhin durch den Umstand in eine gewisse behagliche Stimmung gesetzt, daß es etwas Neues gebe, das sie aufregte und nicht auf ihre Kosten ging.

Margret, wenn sie auch regungslos dasaß, sah das alles recht wohl; sie breitete ihre Finger um ein Unmerkliches auseinander und schaute nun ganz ungehindert hindurch und in die Gesichter der Anwesenden. Was sie sah, versetzte sie in einen heftigen innern Kampf; sie war ehrgeizig bis zur Leidenschaft, und dies Volk, das sie insgesamt nicht leiden konnte, mit dem sie beständig in Hader lag, um ihm Respekt und eine gewisse abergläubische Scheu einzuflößen, wollte über sie triumphieren! »Herr,« sagte sie, sich erhebend und strack und fest wie eine Säule dastehend, »Herr, geht einen Augenblick mit mir dort in meine Kammer und ich will Euch eine Antwort geben, die Euch befriedigen soll.«

»In deine Kammer? Mit dir allein? Daß du mir den Hals umdrehst!« rief Herr von Driesch, der unterdes bis in die Mitte der Küche vorgerückt war.

»Ew. Gnaden ist einmal wieder außer sich! Ihr denkt nicht, was Ihr sagt. Es ist nicht schön von Euch, Herr, daß Ihr mich zwingt, es hier vor dem Volke zu sagen! Ihr solltet gegen eine arme Frau besser wissen, was Schonung und christliche Liebe ist. Abei ich will es Euch sagen: Herr von Katterbach schickt mir kein Geld, sondern meinem Sohne, den er studieren läßt und gegen den er – nun, dem er es wohl schuldig ist, sich seiner anzunehmen.«

Als Margret dies – die letzteren Worte etwas unschlüssig und stammelnd gesagt hatte, setzte sie sich wieder, in ihre frühere Stellung zurücksinkend.

Herr von Driesch war durch ihr Bekenntnis keineswegs besänftig. »Und Euch soll ich in meinem Hause dulden, Euch Gesindel,« schrie er, »die Brut von dem Schuft, der mir nach dem Leben stellt? Morgen vor zwölf Uhr mittags seid Ihr aus dem Hause. Anton, du passest auf; sind sie nicht fort, sowie es zwölf schlägt, nimmst du ihre Siebensachen, den ganzen Plunder, und wirfst ihn vor die Tür!« Damit ging Herr von Driesch hinaus und warf die Tür heftig hinter sich ins Schloß.

Als Bernhard in der Dämmerung durch den Wald nach Bechenburg heimging, sah er plötzlich Lene, die Magd seiner Mutter, aus dem Gebüsche vor ihm auftauchen. Sie kam von einem Wacholderstrauche her, an dem sie, wie es schien, bis jetzt gestanden hatte.

»Du, Lene, woher kommst du so spät?«

»Ich wollte Wacholderbeeren sammeln, Ihr eßt sie so gern an den Kramtsvögeln,« sagte Lene und öffnete ihre Schürze, in der etwas zusammengerafftes grünes Zeug lag.

»Jetzt? Wacholderbeeren? Es ist ja ganz finster hier, und die Beeren sind grün und frisch; kann man die brauchen?«

Lene antwortete nicht, sondern trat hinter ihn, um ihm auf dem Wege nach Hause zu folgen. Bernhard wanderte weiter.

»Eure Mutter ist nicht ganz wohl,« sagte Lene nach einer Weile.

»Nicht? Was fehlt ihr denn?«

»Etwas Kopfweh mag's sein; sie hat sich zu Bett gelegt; 's wird nicht viel zu bedeuten haben.«

»Du erschreckst mich! Sie ist sonst nie krank! Hat sie sich erkältet?«

»Ich weiß nicht; vielleicht wohl, vielleicht auch etwas geärgert. Der gnäd'ge Herr war übel gelaunt, und da sie eine alte Frau ist und sich wohl nicht viel darum kümmern mag, ob der heute so und morgen wieder anders ist, hat sie gesagt, sie wolle nicht länger auf Bechenburg wohnen bleiben, sondern fortziehen.«

»Fortziehen? und wohin?«

»Ich weiß nicht, Herr.«

»Ei, Lene, was sind das für Geschichten? sag' gerade heraus, was ist vorgefallen?«

»Nichts, Herr, als was ich Euch gesagt habe.«

Bernhard schritt beunruhigt weiter aus; als er auf Bechenburg ankam, standen Anton und zwei andere Domestiken zusammen flüsternd auf dem Hofe. Als er grüßend an ihnen vorüberschritt, schwiegen sie und sahen ihn an, als habe er etwas an sich, das ihre Neugierde erregte. ›Um den Doktor da ist's mir leid!‹ hörte er Anton sagen. Er stürzte nun in die Küche, dem Schlafzimmer seiner Mutter zu. Es war verschlossen. Er rief und pochte. Keine Antwort. Underdes kam Lene heran, die vor dem Gute etwas hinter ihm zurückgeblieben war. Sie zog ruhig einen Schlüssel aus dem Busen und öffnete damit.

In der Kammer lag Margret auf ihrem Bette, die Blicke starr an die Zimmerdecke heftend und leise vor sich hinmurmelnd.

Bernhard ergriff ihre Hand – sie war fieberheiß.

»Mutter, was ist Euch? Mutter?«

»Seid Ihr da, junger Herr, so wollen wir fort. Hast du den Wagen bestellt, Lene?«

»Ja, Frau Fahrstein, auf morgen früh; um elf Uhr will der Bauer mit den Pferden kommen. Ihr müßt jetzt noch ruhen; Ihr seid nicht wohl, auch bin ich mit dem Einpacken nicht fertig.«

Margret lag eine Weile apathisch da. Dann fuhr sie mit der Hand über die Stirn und faßte Bernhards Rechte.

»Kind,« sagte sie, »wir müssen fortreisen; seid nicht traurig darum; die Welt ist groß und weit, und wir haben beide gesehen, daß die Sonne auch anderswo am Himmel steht, und daß ein warmes Herdfeuer flackert, wo man's anzündet. Ein Kind, das seine Mutter hat, ist nicht verlassen. Ich habe Lene gesagt, daß sie Eure Bücher einpackt. Wir haben schon so viel, daß wir uns durchschlagen.«

Bernhard warf sich ermüdet in einen Stuhl neben ihrem Bette und bewachte ängstlich ihr Wesen. Sie hatte ein Fieber, das immer heftiger wurde. Gegen zehn Uhr aber schlief sie ein; ihr Schlummer war ruhig, und die Krankheit schien vorüber ziehen zu wollen. Bernhard wagte jedoch nicht, sie zu verlassen; er beschloß, die Nacht über bei ihr zu wachen; er war überhaupt viel zu aufgeregt, um an Schlaf denken zu können.

Es ist ein seltsam unheimliches und trauriges Gefühl, wenn man den Ort verlassen soll, wo man seine Jugend oder einen großen Teil seines Lebens zugebracht hat. Das Dach, das sich so lange über uns wölbte, die Wände, die uns so lange beschützt haben, alle die Stellen, welche die Zeichen unsrer Neigungen, unsrer Tätigkeit tragen, alle die Geräte, die zur Befriedigung unsrer Bedürfnisse beitrugen, haben etwas Lebendiges, haben eine Sprache für uns bekommen. Die Eindrücke, die sie auf uns machten, waren die Hebel vieler unsrer Gedanken, und weil Gedanken den Charakter bilden, wie viele Blätter eine Blume, so ist es von dem wesentlichsten Einfluß, ob ihr in einem Schlosse, wo alles um euch weit, groß und licht, wo dieses an ein großartiges Gebiet des menschlichen Geistes, jenes an ein andres ebenso imposantes euch erinnert, oder ob ihr in einer Dorfschenke erzogen seid.

Immer aber haben unsre Umgebungen, wie sie auf uns Einfluß üben, auch von unserem Leben einen Teil zurückbekommen. Sie sind die sicheren Bewahrer von Gefühlen geworden, die ohne sie in die Winde zerflattert sein würden. Gedanken und Erlebnisse können in stumme schweigende Räume eingeschlossen sein, wie lebendige Geister durch ein Salomonssiegel in eine Flasche, wie geheimnisvolle Geschichten in dunkle Herzkammern. Ihr habt sie vergessen und ganz andres zu denken, zu tun – bis ein Zufall euch das rostige Schloß öffnen und die knarrenden Angeln aufschieben läßt. Dann weht es euch an, als wäret ihr plötzlich in einem bestimmten Moment der Vergangenheit zurückversetzt; es ist, als tönte das Wort, dem ihr einst darin gelauscht, noch von den Wänden nach.

Hat man sie nun auf immer zu verlassen, die Räume, die man mit seinen eignen Gedanken und Eindrücken lebendig gemacht hat, dann bekommen sie etwas leichenhaft Unheimliches; sie sind wie ein Körper, aus dem die Seele fortgezogen ist; die Erinnerung an sie spricht nur von einem Stück toter Vergangenheit. Was ein Tempel eurer Phantasien war, wird ein leerer Steinhaufe; und auf euren Weg nehmt ihr das Bild von einem Zustande mit, der ein Ende nahm, ohne daß – für euch – sich ein andrer an seiner Stelle entwickelte – der gestorben ist, ohne wieder zu erwachen. Der Gedanke an den Tod ohne Unsterblichkeit tritt in euer Leben.

Durch Berhards Seele mochten derartige Betrachtungen ziehen, als er die Nacht über bei seiner kranken Mutter wachte. Er saß stille und in sich gekehrt, von einem schwachen Nachtlichte angeflimmert und das Haupt zuweilen müde, mit geschlossenen Augen, auf die hohe Rückenlehne seines Armsessels zurücklegend. Mit einer größern Lampe ging Lene ab und zu, um Sachen aus dem Zimmer zu holen, die sie draußen in Koffer einpacken wollte.

»Da ist der Mantel für morgen«, sagte sie, indem sie sich dicht an Bernhards Stuhl mit den auf einer Kommode liegenden Kleidungsstücken Margrets zu schaffen machte. Dann trat sie an einen Koffer und öffnete ihn.

»Was hast du in dem Koffer zu suchen, Lene«, fragte Bernhard, ohne die Augen zu öffnen.

»Ich will nur reines Nachtzeug herausnehmen, daß er auf der Reise nicht aufgeschlossen zu werden braucht.«

»Hat meine Mutter dir den Schlüssel gegeben?«

»Ja, Herr.«

»Hast du da nicht Papiere, Lene?« fragte Bernhard einige Augenblicke später und blickte auf.

»Hier? Nein, das ist ein reines Schnupftuch.« Sie zeigte ihm ein weißes Tuch.

»Ah so, ich glaubte, ich hätte Papiere rispeln gehört.«

Es war Morgen. Margret war erwacht, wie sie behauptete, durchaus genesen. Lene sagte, sie sei mit dem Einpacken fertig und ging, sich etwas auszuruhen. Bernhard stärkte sich ebenfalls durch einen kurzen Morgenschlummer, und als es spät genug geworden, um ohne Auffallen einen Besuch im Stifte machen zu können, ging er dorthin, um von Katharinen Abschied zu nehmen, ihr die Wendung die sein Geschick genommen, mitzuteilen und mit ihr zu verabreden, wann er sie wiedersehen könne. Um elf Uhr konnte er längst wieder da sein. Er stand bald auf der Heide unter dem Baume mit dem Muttergottesbilde. Auch von ihm mußte er Abschied nehmen; von dieser Steinbank, auf der er so oft gesessen, wenn ihn das Wetter überrascht; dann hatten ihn die Zweige überdacht, daß er ganz behaglich und warm über die Ebene hinausgeschaut, wo die Tropfen niederrieselten und dunstig von dem Heidekraut wieder aufsýtäubten, wo das leise Plätschern ihn in allerhand Träumereien gelullt hatte. Aber er hatte jetzt nicht Zeit, sie fortzuspinnen; er wollte sich nach wenigen Minuten von der Bank wieder erheben, als er hinter dem Baume, in einiger Entfernung, eine lustige Hörnerfanfare schmettern hörte; gleich darauf Hufschläge, die über die Heide pochten; zwei Pikörs in glänzender, scharlachroter Livree sprengten vorüber, hinter ihnen her kam nach einer Weile der »Meisterjäger« mit seinem großen Leid- oder Spürhunde, den eram Seile hielt, beide in vollem Laufe, der Jäger von den wüsten Rüden gezogen und gezerrt, daß er jeden Augenblick sich der Länge nach auf den Boden legen zu wollen schien. Das Tier hatte die Fährte und setzte jetzt in schweren Sprüngen, die Nase immer am Grund, lautlos an Bernhard vorüber. Dieser überschaute die Heide und sah, daß sie zum Schauplatz des ersten Aktes einer Tragödie ausersehen war, die sich durch rasche Handlung vor allen andern vorteilhaft auszeichnet und immer endet mit dem beweinenswerten Tode des einzigen, nicht ganz unvernünftigen Wesens, das auf die Bühne kommt und deshalb auch billig der Held ist.

Der Kurfürst Klemens August, Erzbischof von Köln, Hoch- und Deutschmeister, zugleich Fürstbischof von Münster und aller andern Bistümer in Norddeutschland, so gewiß, daß er nur bedauern konnte, daß Karl der Große ihrer nicht mehr gemacht, ein Mann, reicher als der Kaiser – der übrigens sein Bruder war –, baulustiger und prachtliebender als Ludwig XIV., war ein gewaltiger Jäger vor dem Herrn. Er jagte allerlei Wild, gleichviel, ob es zur hohen oder zur niedern Jagd gehörte; vorzüglich aber Hirsche, und nur diese parforce.

Solch eine Parforcejagd hatte heute die Heide zum Sammelplatz erlesen. Hier und da, in großen Entfernungen, sah man Gruppen von Reitknechten mit Sattelpferden aufgestellt oder weiter voranziehen. Fern am Walde trabte ein Trupp uniformierter Träger mit mehreren Sänften ihnen nach; es waren also auch Damen bei der Hetzjagd, für deren Ermüdung man vorgesehen.

Der Kern des Zuges begann an Bernhard vorüberzustürmen; es war die Meute, mindestens zweihundert Bracken. Der Spürhund hatte noch nicht angeschlagen oder Laut gegeben, sie waren deshalb noch in der Koppel und bellten, heulten, zerrten an den Seilen – schmiegten sich unter den Peitschenhieben, die wie Pistolenschüsse jedesmal in den dicksten Haufen klatschten, sprangen und schlängelten die gegeißelten Leiber – es war eine fast ekelhafte Herde, wie eine zahllose Menge Blutegel. Jäger zu Pferde mit Hörnern an bunten Fesseln, Büchsenspanner, Jagdschmiede, Sattelknechte, Piköre, Stallmeister und Bereiter mit losen Pferden, zahlloses Volk, jeder in demselben scharlachroten, mit Goldtressen reich besetzten Jagdkostüme folgten im Trab und Galopp; lachend, sich Scherze zurufend, hier einer, der seinen Klepper zu einer Kurbette spornte, dort ein anderer, der einen kurzen Signalstoß aus dem Horne schmettern ließ; so setzten alle an der großen Buche her, quer über den Weg und dann weiter, um der Herrschaft Platz zu machen. Diese kam, weniger zusammengedrängt, an Bernhard vorüber; Pagen in einer Schar, dann der Kurfürst selbst, eine hohe, imposante Gestalt, die bloß durch das Gewicht ihrer Majestät den mutigen Schimmel zu bändigen schien, umgeben von vier bis fünf Kavalieren; ihm zur Seite ritt eine anmutige glänzende Frauengestalt, mit der der Kurfürst sich unterhielt. Alle waren in demselben Anzuge; nur überflatterte die kleinen dreieckigen Hüte ein Busch von blau und weiß gefärbten Straußfedern: der Kurfürst war aus dem bayrischen Hause, und die Farben der Wittelsbacher tanzten lustig über die westfälischen Heiden.

Bernhard war verlegen und wußte nicht, ob er sein Käppchen abziehen und so die hohen Herrschaften mit einem Rückgeben des Grußes bemühen dürfe; er ward der Sorge schnell überhoben; sie ritten vorüber, ohne ihn zu beachten. Zwei Damen folgten, eine Anzahl Herren, wie ein schützender Kortege um sie geschart; dann noch eine Dame ebenfalls zwischen zwei Herren, die angelegentlichst um das Glück, sie unterhalten zu dürfen, sich bemühten. Bernhard kannte diese Dame, obwohl er sie nie in dem fast theatralischen Kostüme, in dieser roten Jagdkontusche über der langen veilchenblauen Robe, in dem kleinen runden Federhute, der so keck über den Locken hing, so stolz im Quersattel sich schaukeln gesehen. Ja, sie sah stolz und kalt von ihrer Höhe berab; in demselben Augenblicke aber, wo sie Bernhard erblickte, wie er mit entblößtem Kopfe demütig am Wege stand, begann sie rasch ein lautes, scherzendes Gespräch, dann grüßte sie freundlich, aber herablassend, mit einem Kopfnicken, wie sie jeden Landmann am Wege grüßte, ritt vorüber und ließ ihr braunes Pferd wie die geschickteste Reiterin über den Graben jenseits des Fußpfades setzen, obwohl das Tier recht gut, wie die Pferde der beiden Kavaliere, im Schritte hinübergekommen wäre. Ihre Begleiter sahen sich nicht nach Bernhard um, sie schienen nur Augen für sie zu haben. Sie waren die letzten; der Jagdzug war vorüber; in der Ferne aber begann das Heulen der Hunde in ein lautes, hitziges Gebell überzugehen; der Hirsch mußte gefunden sein und die Meute entkoppelt; die Fanfaren schmetterten jetzt anhaltend über die Gegend hin, und der ganze Troß, der sich in Galopp gesetzt hatte, schmolz immer mehr in ein unordentliches Gewirr am Horizonte zusammen.

Man beneidet das Glück der Jugend, weil ihr nie die Hoffnung ausgehe, und diese jugendliche Hoffnung selbst hat man mit den unzerstörlichen Tierköpfen verglichen, von denen die Fabel erzählt, daß sie nach jedem Streich, der einen fortgenommen, neu wieder angewachsen seien. Nichts ist unrichtiger als dies. Wer das Leben und den mannigfachen Wechsel der Geschicke beobachtet zu haben nicht alt genug ist, läßt nichts leichter fahren als alle Hoffnung. Er weiß nicht, welchen wunderbaren Zufällen das Leben zum Spielball dient, er ist geneigt, überall die bekannte Regel als waltend anzunehmen, und, wenn diese Regel ihm keine Chancen verspricht, da die Welt mit mit Brettern vor sich zugenagelt zu sehen, wo erfahrene Leute noch hundert Aussichten wissen, die der erste beste Zufall aufreißen kann.

Freilich, ein Erfolg – und der jugendliche Mut glaubt an kein Hindernis mehr; er glaubt die Welt in seiner Hand zu haben, oder ist mindestens immer das Milchmädchen, das mit dem Korb voll Eier zum Markte geht und sich aus ihnen einen Meierhof mit Vieh und Pferden, mit Land und Leuten ausbrütet, bis die Eier zerplatzt auf dem Boden liegen. Aber nur ein Mißgeschick, wo er sicher gerechnet zu haben glaubt – und er liest über seinem Lebenstore die Inschrift, die Dante über dem Portal der Hölle erblickte.

Bernhard las mit trüben Augen dieses Todesurteil aller Hoffnung, das sich in seine Seele schrieb, als er sinnend auf der Steinbank saß, an der Katharina von Plassenstein mit dem Kurfürsten von Köln im glänzenden Zuge soeben stolz vorübergeritten. Er, der heimatlos, mit dem Gefühl der völligen Verwaisung aufs Geratewohl mit einer wunderlichen alten Frau in die Welt hinausziehen mußte; – und sie, die in der ganzen aristokratischen Herrlichkeit ihrer Lebensstellung, mit einem herablassenden Gruß – fast als kenne sie ihn nicht – vorüberzog, die ihn mit seinem Kummer hinter sich ließ, um im königlichen Prunk, mit schmetternden Fanfaren, auf den schnaubenden Rossen vorüberzubrausen, an den Scharen staunender Bauern her, die glaubten, der Herrgott selber komme mit seinen Heerscharen über sie und ihre Kornfelder – Bernhard fühlte, welche unendliche Kluft zwischen ihr und ihm liege. Er zürnte ihr – eine Eifersucht ergriff ihn, nicht auf ihre galanten Begleiter, aber auf ihre ganze glänzende Erscheinung und Hoheit; ein Anflug von Stolz kämpfte gegen diese Eifersucht an; aber ohne zu siegen; er ärgerte sich im Innersten seiner Seele und hätte auch sie ärgern mögen; endlich trat er den Heimweg an, fest entschlossen, sein Herz von ihr loszureißen – aber bis zum Tode über diesen Beschluß betrübt, ohne es gestehen zu wollen. Ja, es war eine Weisung des Himmels, daß er aus ihrer Nähe fortziehen mußte; er fühlte es, sie war ihm gefährlich geworden, weil sie einen Teil ihrer Neigungen und seiner innern Sorgen an sich zog, die doch ganz und ungeteilt seiner Mutter zugehörten. Sollte sie, die Glückliche, das Herz eines Kindes seiner unglücklichen Mutter entfremden? Nein, es wäre Sünde gewesen!

Bernhard war nicht wie die meisten schwachen Sterblichen, die, wenn sie einem der Ihrigen ein großes Opfer gebracht, durch Unmut oder Prätensionen oder auf irgendeine andre Weise sich bezahlt machen. Er verdoppelte seine Sorgfalt für seine Mutter. Als er heim kam, standen ein paar hölzerne Koffer mit ihren Habseligkeiten und drei nicht umfangreiche Kisten, die seine Bücher enthielten, daneben ein etwas eleganteres Stück Gepäck, das mit Seehundsfell überzogen war und seine Kleider enthielt, auf dem Hofe. Es war ein wehmütiger Anblick für ihn, der nie den Koffer einer abziehenden Magd unter dem Torwege auf dem Schiebkarren hatte packen sehen können, ohne daß ihm ganz unheimlich traurig wurde. In der Tür, an die Steineinfassung gelehnt, stand Johannes und sonnte sich und schaute mit großer Gemütsruhe zu, wie Anton das Gepäck Lenen auf einen einfachen Bauernwagen heben half, wobei der Junker sich einige ungeregelte Melodien vorpfiff, wie ein Kanarienvogel, dem die Sonne auf die Federn scheint. Endlich kam der Bauer mit den Pferden, einem Paar kleiner, langhaariger Klepper von jener dauerhaften, aber unscheinbaren Rasse, wie man sie ehemals und noch jetzt großenteils auf dem schweren Kleiboden des Landes zieht.

Margret zog fort, ohne von irgend jemand Abschied zu nehmen. Lene hatte erklärt, sie nicht verlassen zu wollen, und stieg mit ihr auf den Wagen, über dessen Leitern hinten eine Bank in eisernen Haken gehängt war, welche die beiden Frauen aufnahm. Der Fuhrmann behalf sich mit einem Sitz auf einem der Koffer. Bernhard hatte seinen Reiseanzug durch einen blauen Kittel vervollständigt und schritt voran, einen derben Stecken aus Stechpalmenholz zur Abwehr gegen die Hunde in der Hand. Als sie schon auf der Brücke waren, kam Anton ihnen nachgelaufen: »He, halt mal, Doktor, ein Wort!«

Bernhard ging zurück. »Was ist, Anton? hab' ich etwas vergessen?«

»Nein, Herr Doktor, vergessen nichts, aber der gnädige Herr läßt Euch sagen, daß es ihm leid tue und daß Ihr ihm doch neulich abends so wacker beigestanden hättet; es sei nur von wegen Eurer Mutter, und dies Buch hier solltet Ihr zum Andenken mitnehmen, und wenn's Euch schlecht gehen täte, so solltet Ihr nur an ihn denken, daß er ja zu finden sei. Da, 's wird was für die Andacht sein,« setzte er hinzu, als er das kleine in Pergament gebundene Buch überreichte.

Für die Andacht, wie Anton glaubte, der nur Gebetbücher und »Flemmings deutschen Jäger« kannte, war es nicht, sondern der Elzevier mit den kleinen Lettern, die Herr von Driesch nicht mehr lesen konnte.

»Und nun,« fuhr Anton fort, indem er Bernhard die Hand schüttelte, »geht mit Gott, Herr Doktor; es tut uns allen leid, daß Ihr fortgeht, ja wahrhaftig, so tut's, der Teufel hol' die lateinischen Jäger, aber ein Herr, wie Ihr seid – seht, ich mach' mir den Henker draus, ob ein neues Gesicht ins Haus kommt oder hinauszieht, aber das muß ich sagen, es ist mir den ganzen Morgen zumute gewesen wie neulich, als mir die Juno totgeschossen wurde. – Gott vergelt's dem Racker – und ich werde nicht nach dem Telgenkamp gehen können, ohne stehen zu bleiben und zu denken, wie Ihr ihn damals so scharf an der Kehle packtet. Na, Gott befohlen, und denkt auch zuweilen – Anton wischte sich die Augen und drehte sich auf dem Absatz um – du verfluchte Rüde, die Canaille läuft einem immer zwischen die Beine, wenn man ein vernünftig Wort sprechen will – daß dich das Donnerwetter!«

Antons Rührung suchte einen Ableiter und der unglückliche Bello ward heulend der Depositor seines Schmerzes.

Bernhard eilte wieder zum Wagen zurück. Das Schrecklichste der Schrecken war damals in unsrer Gegend der Zustand der Wege und Heerstraßen. Ganze Strecken führten den Namen »Briserie«, weil es nicht wahrscheinlich war, hindurchzukommen, ohne ein Rad oder die Achse oder mindestens Arme und Beine zu brechen. Doch hatte jetzt eine anhaltende Dürre sie erträglich gemacht, das heißt, man lief nicht so leicht Gefahr, ganz stecken zu bleiben, und der Wagen kam doch weiter, freilich mit denselben Bewegungen wie ein Schiff auf stürmischem Meere sie macht, wenn es in einem Wogenabgrund niederschießt und gleich darauf über den nächsten Hügelkamm fortgeschoben wird. Es mag in der Tat wahr sein, daß ein Bischoff von Osnabrück einst ein Jahr lang gereist sei, um auf dem Reichstage zu Worms anzulangen; er kam freilich immer noch früh genug.

Um den Wagen und Frau Margret vor den Stößen der schlimmsten Stellen zu behüten, gab Bernhard dem Fuhrmann fortwährend Weisungen, wie ein sorgfältiger Kundschafter vorausschreitend. Wo das Haselnußgesträuch der Wallhecken zu beiden Seiten seine Zweige zu weit vorstreckte, war er bedacht, sie an die Seite zu schieben oder abzubrechen, daß sie Margret nicht verletzen konnten. Diese war in ziemlich zufriedener Stimmung; den Krankheitsanfall hatte ihre feste Natur völlig überstanden, und die Sorge ihres Sohnes für ihre Bequemlichkeit schien ihr innerlich wohlzutun, und wenn sie selbst auch schweigsam war und wenig antwortete, so mochte ihr doch zu großer Beruhigung dienen, daß Bernhard so heiter und mutig schien, ja eine gewisse Art Lustigkeit verriet, die sie sonst nicht an ihm gekannt hatte. Hätte Margret in seiner Seele lesen können, so würde sie gesehen haben, daß auf die Schwelle seines Gemüts das Leben jenen Findling gelegt hatte, den wir nach trüben und durchwachten Nächten uns dort mit seinem halb weinenden, halb lächelnden altklugen Kindergesicht anschauen sehen, den heimatlosen Vagabunden, den Leid und Lust erzeugt haben und der nur äußerlich der leichtsinnigen Mutter wie aus den Augen geschnitten scheint, innerlich aber vielmehr den Vater gleicht; Margret würde gesehen haben, daß in der melancholischen Seele ihres Kindes sich der Humor entwickelte.

Die Reisenden hatten bald die Regionen der Heiden hinter sich gelassen und kamen durch ein angebautes, fruchtreiches und anmutiges Land; sanft schwellende Hügel mit weidenden Viehherden, Wälder, die mit aller Pracht herbstlicher Färbung, an ihren Weg traten, in der Ferne stattliche Rittersitze mit dunkeln Schieferdächern und kleinen Türmchen, meist am Fuße der Hügel und von breiten Wassergräben umgeben, Gehöfte, die blaue Rauchsäulen steil recht in die sonnige Luft emporsandten, oft über die Wipfel der Bäume hinauf, als nicke über dem Waldturban, der die Scheitel des Hügels krönte, ein hellblauer Reiherbusch; hier und da ein Weiher mit einer Schar schnatternder Gänse am Ufer; dann ein verwitterter Heiligenschrein am Wege, an dem abgeblühte Kränze niederhingen; das alles trat zu einem lieblichen Gemälde zusammen, über das der Sonnenglanz eines wunderschönen Herbsttages seinen Firnis legte. Die Landschaft war nicht eigentlich still zu nennen. Von den Gasthöfen her hörte man das helle Geklapper und den dumpfen Niederschlag im Takt geschwungener Dreschflegel oder den ähnlichen Lärm, den eine Schar junger Mädchen mit ihren Flachsbrechern machte; Hunde bellten dazwischen, auf den Aeckern tönte der Ruf der Pflüger oder das helle Wiehern eines Gaules, der aus offenen Nüstern Wolken Hauches in die frische Morgenluft schnaubte; aber trotzdem schien ein stilles sonntägliches Feiern über all den Fluren zu liegen, jene schlummernde Ruhe eines Landes, das die Kultur noch nicht zum Aufbieten aller seiner Kräfte zwang, das eine Art jungfräulicher Frische und ursprünglicher Unverletztheit bewahrte.

Margret wurde am Abend wohlbehalten vor dem Wirtshause eines ziemlich ansehnlichen Dorfes abgesetzt; dort wurden frische Pferde gemietet, und so konnte am andern Morgen ohne Anstand die Reise fortgesetzt werden, über deren eigentliches Ziel die alte Frau sich nicht weiter äußerte, als daß sie noch eine oder zwei Tagereisen fürder wolle. An diesem Tage mußte der Wagen in einer Fähre über die Ruhr gesetzt werden; in demselben Nachen trafen unsre Reisenden mit einem andern Wanderer zusammen, dessen Aeußeres den Landgeistlichen ankündigte und der desselben Weges zog Bernhard bot ihm seinen Platz auf dem Wagen an, von dem er keinen Gebrauch machte. Der geistliche Herr aber lehnte es ab: »Das würde wohl etwas zu viel sein,« sagte er; »ich gehe zu Fuß, weil ich mir eine Motion machen will.«

Der gute Herr, aus dessen Zügen und schlichtem Wesen eine rührende Einfalt und Gutmütigkeit sprach, schien mit der hochdeutschen Sprache, die ihm als Kind eines »plattdeutschen« Landes nicht angeboren war und in der Bernhard ihn anredete, nicht recht fertig werden zu können. Trotzdem war er ziemlich gesprächig, und Bernhard fand, als er ihm den Zweck seiner Reise, eine neue Heimat zu suchen, mitgeteilt hatte, eine große Teilnahme bei ihm.

»Das würde ja ganz schön sein,« sagte er, »wenn –« er blieb stehen, um den Tabak seiner halbausgebrannten Meerschaumpfeife zusammenzustopfen, und ging eine Strecke schweigend weiter.

»Kann der Herr Messe dienen?« hob er dann wieder an.

»O ja, recht gut.«

»Das würde ganz schön sein,« sagte er nachdenklich. »Also Sie reisen, um kein Haus zu haben?«

»Ja, um eins zu finden, Herr Vikar.«

»Jawohl, um eins zu finden – das mochte schon wohl gefunden sein,« versetzte er mit bedeutsamem Nachdruck, und indem er eine innere Freude mit einer wichtig tuenden, aber etwas schalkhaften Miene zu verstecken bemüht war.

»So, und wo denn, ehrwürdiger Herr?«

»Wenn's dem jungen Herrn und der Frau Mutter gefallen konnte, ich habe ein kleines Vikariehaus leer stehen. Ich bin aus Kraneck hinten im Sauerlande, und weilen der gnädige Herr haben wollen, daß ich bei ihm auf dem Schlosse wohne, steht mein Haus ganz leer. Es ist auch ein kleiner Garten dabei, den hab ich aber vermietet, und der bringt wohl zwei Taler alle Jahr' zu Lichtmeß ein. Den konnte ich also nicht umsonst weggeben, aber das Haus möchte Ihnen wohl gefallen.«

»Aber umsonst? Das würden meine Mutter und ich nie zugeben, Herr Vikar.«

»Aber um ja doch leer zu stehen!« warf der gutmütige Geistliche ein. »Es ist auch nur klein; eine gute Küche, ein großes Wohnzimmer und zwei Schlafkammern, eine Stallung« – der Vikar fuhr fort, eine ganz anständige Zahl bewohnbarer Räume zu nennen.

Bernhard ging zu seiner Mutter zurück und besprach sich mit ihr; diese willigte gern in den Vorschlag ein, wenn der ehrwürdige Herr den Mietzins von zehn Talern jährlich annehmen wolle.

»Zehn Taler,« sagte Herr Gerhards, so hieß der gutmütige Geistliche. »Ja, so, zehn Taler jährlich!« Die Sache schien ihm bedenklich vorzukommen; Leute, die heimatlos in einem andern Lande einen Aufenthalt zu suchen gezwungen waren, hatten so viel Geld allein für die Wohnung zu bieten; das mochte ihn etwas beunruhigen. Die Summe war zwar so bedeutend nicht; aber es ausgeben zu wollen für etwas, das umsonst angeboten würde – es kam dem geistlichen Herrn etwas verdächtig vor, und er war halb entschlossen, sein Anerbieten zurückzunehmen. Es ist charakteristisch für jene Zeit und jenes Land, daß man mit vollem Herzen und mit vollen Händen beistand, wenn der Bedürftige des Nachbars Kind war und zu bekannten guten, christlichen Leuten gehörte; daß man aber mit einem gewissen verachtenden Haß alles ansah, was etwas Fremdartiges mitbrachte und nur eine leise Färbung eines andern Dialekts in seiner Sprache verriet.

Herr Gerhards war jedoch zu gutmütig, um irgendwo etwas andres als das Beste vorauszusetzen. Als er deshalb einigemal Bernhard angeblickt und aus seiner ganzen Erscheinung die vollständigste Beruhigung gesogen hatte, gab er seine Einwilligung zu erkennen, und man war des Handels einig.

Nach und nach nahm die Gegend, durch die der kleine Zug sich langsam fortbewegte – der Fuhrmann hütete sich wohl, dem wohlbeleibten fremden Herrn das Mitkommen sauer zu machen – einen ganz andern Charakter an, als sie bis an die Ufer des zurückgelegten Flusses getragen hatte. Sie entfaltete vor Bernhards entzückten Augen eine ganz ungeahnte märchenhafte Schönheit, wie sie auf keiner seiner frühern Wanderungen sich ihm gezeigt hatte. Der Weg zog das Gestade eines kleinen, aber wie zürnend über sein kieselreiches Bett hinschießenden Bergstromes entlang, der hier kollernd, spritzend, Streichwellen über das Ufer werfend, dahin rollte, dort hitzig mit einer tüchtigen Schaumwelle einem Felsriff ins Gesicht fuhr. Dichtbewaldete Berge traten mit Felsenwänden von mehreren hundert Fuß Höhe dicht an das Gewässer oder stellten ihren Fuß auf die smaragdgrünen Teppiche, wo sich das Flußtal erweiterte und Raum für Wiesengründe ließ, die wieder von unendlich malerischen Gruppen uralter Eichen und Pappeln überragt wurden. Kleine, aber nette und reinliche Ortschaften mit schimmernden weißen Häusern, die sich in den größeren Talerweiterungen angesiedelt hatten und halb in Gärten und üppigen Pflanzenwuchs wieder versteckten, waren überragt von imposanten und noch wohl erhaltenen Burgen, wenn auch ein zertrümmerter Wartturm und eine zerfallende, zinnengekrönte Brustwehr an den Außenwerken schon von dem breitwuchernden Efeu umfangen war, der seine grünen Ranken wie triumphierende Banner eines jungen Lebens um die alten Zacken und Scharten flattern ließ.

Bernhard hatte immer seine Heimat mit ihrem milden, weichen Klima, ihrem saftiggrünen Waldreichtum voller Nachtigallen, mit dem warmen behaglichen Charakter ihrer angebauten Striche, ja auch mit den unendlichen Heiden, welche die einsam säuselnde Tanne oder das graue Hünendenkmal aus aufgetürmten Granitblöcken überragt – für schön gehalten; aber er hatte nie geglaubt, daß sie so wunderbar großartige, so wild pittoreske Szenen umschließe. Diese Felsenwände, an deren Fuß das Tor unendlicher Höhlen aufklaffte, diese Seitenschluchten des Tals, aus denen brausende Wasserfälle niederstürzten, um weiter unten an einer tief versteckten Mühle vorbei zu schäumen, diese himmelhohen Kuppen ringsum – es war eine unnennbar ergreifende Landschaft!

Zu rechter Zeit, ehe die schöne Romantik der Gegend in eine öde Wildheit überging, wie sie höher gen Süden hinauf sich zeigt, führte der geistliche Herr unsre Reisenden rechts ab vom Ufer des Bergstromes und durch eine enge Schlucht in ein Seitental von sehr mäßiger Ausdehnung. Die Sonne stand nicht weit mehr von den höchsten Gipfeln im Westen entfernt und indem sie jetzt gerade in das Gesicht der Wanderer schien, lag der Glast ihrer schrägen Strahlen zugleich auf die Fensterscheibe einer Burg, die links auf einem vorspringenden Bergrücken stand und das Tal beherrschte, obwohl noch über ihr, eine Strecke höher hinauf, eine kleine Kapelle emporgeklommen schien, die weiß getüncht, hell aus der grünen Waldumfassung hervorleuchtete. Ein kleines Dorf mit einem niedern, grauen Kirchturme, lag unten im Grunde des Tales. Der Weg führte hindurch, und an der zerfallenen Kirchhofumfassung her, über welche die im feuchten Schatten lang aufgeschossenen Grashalme nickten, eine üppige Vegetation, die die Grabhügel mit den Steinplatten oder das kleine schwarze Holzkreuz, das gesenkt darüber hing, unsichtbar machte. Holunderbäume, Dorngesträuch und eine Gruppe von breitblätterigen Linden hatten sich brüderlich in den übrigen Boden geteilt und dienten einer Schar zwitschernder Sperlinge zum Aufenthalt. Der Kirchhof lag um mehrere Schuh über den Weg, der zugleich die Hauptstraße des Dorfes bildete, erhöht, so daß unten von der Kirche nur der Turm, das bemooste Ziegeldach und der obere Teil der schmalen, spttzbogigen Fenster sichtbar wurden. Es war so stille ringsumher, daß man das Tiktak der Turmuhr vernehmlich aus dem grauen Gemäuer schallen hörte wie ein Herzpochen des alten sinnenden Dorfwächters. Nur einige Knaben und Mädchen, Nachzügler der aus der Schule entlassenen Jugend schlenderten durch den Hohlweg und kletterten auf die Kirchhofmauer, um von da herab mit stiller Neugier die ankommenden Fremden anzuschauen. Ein Junge griff nach einem Stein, um nach den Pferden zu werfen; aber als der Vikarius ihn anblickte, sprang er beschämt hinter den nächsten Dornbusch; die andern tummelten sich herunter, dem Geistlichen eine Kußhand zu geben und dann auch Berhard ihre kleinen, schmutzigen Fäuste zu reichen.

»So, das sind artige Kinder,« sagte Herr Gerhards; »aber wo ist denn Antönchen? muß er die Pferde werfen?« sieh mal! soll ich's mal dem Schulmeister sagen?«

Der kleine Bösewicht steckte den Kopf hurtig durch die Zweige seines Strauches und rief von oben herab: »O, das tut Ihr doch nicht, Ihr wollt mir nur bange machen!«

»So wart' nur! Das konnte doch wohl sein!«

»Nein, Herr Vikarjes ist viel zu gut!« rief Anton und duckte blitzschnell wieder hinter den Strauch zurück.

»Es sind gute Kinder,« sagte der Vikarius im Weiterschreiten zu Bernhard; »haben Sie bemerkt, wie die kleine Range gar nicht daran dachte, ihr Vergehen abzuleugnen?«

Einige hundert Schritte von der Kirche entfernt, an dem Wege, der zum Schlosse hinaufführte, lag das Ziel der Reise, das kleine Vikariehaus. Hinter seinem Gärtchen, von hohen Obstbäumen beschattet, von dem Grün wilder Weinreben dicht umrankt, bildete es die lieblichsten Idylle, die man sich denken kann. Es hatte nur ein Stockwerk, an beiden Seiten der Haustüre drei fast quadratförmige Fenster mit runden bleigefaßten Scheiben und außer dem Garten, der es von der Straße schied, noch rundumher einen großen Baumhof; dieser war durch einen breiten Bach begrenzt, über den ein Steg mit einer Lehne auf eine von den Dörflern zur Bleiche ihres selbstgesponnenen Leinens benutzte Wiese und zu einer tiefer unten in dichtem Erlengebüsch liegenden Mühle führte.

Der Vikarius holte aus einem Nachbarhaus die Schlüssel zu seiner Besitzung; als er die Haustür geöffnet hatte und die Läden vor den Fenstern zurückgeschlagen waren, sah sich Margret in der steingepflasterten Küche um, prüfte, ob die geweißten Wände auch Spuren des Rauches trügen, und als der Vikarius sie in dieser Beziehung beruhigt hatte, schickte sie, ohne weiter die andern Räume anzusehen, Lene zum Fuhrmann hinaus mit der Weisung, er könne nur abpacken. – In einer anstoßenden Kammer ständen sämtliche Betten und Möbel aufeinander geschichtet; sie wurden herausgeholt, aufgestellt, die Fenster geöffnet, um frische Luft in die verschlossenen Räume zu lassen; dann wurde ein Feuer angezündet, zu dem die Nachbarsfrau eilfertig eine Schaufel mit Kohlen herbeigebracht hatte – um nebenbei zu sehen, wen der Herr Vikarius denn da in aller Welt aufgegabelt habe – und Margret saß bald ganz behaglich im Lehnsessel an einer prasselnden Herdflamme, noch immer ziemlich schweighaft, aber, wie es schien, ganz zufrieden mit der neuen Behausung in diesem von der Welt abgeschnittenen Erdwinkel, wo niemand sie kannte und niemand also auch von ihrem schmachvollen Rückzug von Bechenburg eine Ahnung haben konnte.

Die nötigsten Vorbereitungen für die erste Nacht nahmen den Rest des Abends fort. Als Bernhard am andern Morgen sich erhob, um an die Einrichtung des Zimmers zu gehen, das er schon den Abend vorher für sich ausgewählt hatte, fand er Lene darin beschäftigt, den Fußboden zu scheuern, die Ranken von dem Fenster zusammenzuflechten, die zu üppig es überwucherten, und eine Reihe von Blumenscherben mit Monatsrosen, die sie hinter dem Hause auf dem Baumhofe stehend gefunden, über der Fensterbank aufzustellen. Bernhard hatte nur noch Tisch und Stühle zurechtzuschieben und seine Bücher zu ordnen und er war im Besitz eines so freundlichen Studierzimmers, daß er die hohen und etwas wüsten Räume auf Bechenburg gern entbehrte.

Nachdem nun noch Frau Margret eine Ziege und eine Katze sich angeschafft, auch für den Einkauf der nötigsten Vorräte gesorgt hatte, war die kleine Familie ebenso vollständig installiert, als mit der Beschaffenheit ihrer neuen Heimat zufrieden.

Elftes Kapitel

Die einzigen Personen des Ortes, mit denen Bernhard hoffen durfte einen Verkehr anzuknüpfen, waren der Pfarrer und der gnädige oben auf dem Schlosse. Der erstere war ein guter, freundlicher Mann, aber in seiner Einsamkeit etwas verbauert, so daß sich mit ihm keine Berührungspunkte finden ließen; dagegen war Herr von Kraneck der leutseligste Mann, der je in der stattlichen und im Innern mit einem großen Aufwande an schwerfälliger Pracht ausgebauten Burg Hohenkraneck da oben gehaust haben mochte; und da er an dem jungen Fremden die zwei unschätzbaren Eigenschaften entdeckt hatte, seinem Vikarius die Messe dienen zu können, wenn dieser Sonntags in der Hauskapelle fungierte – es war immer eine große Not um ein dazu passendes Subjekt oben gewesen, seit der Sohn des Freiherrn als Kammerherr am kurfürstlichen Hofe sich aufhielt – und ferner ein geschickter Partner für eine Partie L'hombre zu sein, womit sich Herr von Kraneck die Abendstunden schon lange gern vertrieben hätte, wäre nur jemand dagewesen, der es verstanden – war er die Gefälligkeit und Freundlichkeit selbst.

Er saß einige Tage, nachdem Herr Gerhards sich mit der gehorsamsten Vorstellung des fremden Herrn beehrt hatte, in einem Lehnstuhl am Fenster seines hohen Wohnsaales und schaute auf das reizend schöne Tal mit seinem Kranze dichtbewaldeter Berge vor und unter ihm hinaus, über das seine Blicke jetzt oft gestreift, um von ganz bedeutender Langeweile gesättigt zurückzukehren. Ihm gegenüber auf einer Chaiselongue ruhte seine Gemahlin, eine Dame, die nahe an den Sechzigen war; klein, stark, aber fein gebaut und zierlich in allen Bewegungen. Sie hatte eine Stickerei vor sich, in der sie mit großer Ruhe von Zeit zu Zeit einen Stich anbrachte, ebenso schweigsam wie ihr Gemahl, mit der Ausnahme, daß sie zuweilen ein freundliches Wort ihrem dicken Mops zuflüsterte, der neben ihr wie ein Igel zusammengerollt in der Ecke der Polster lag und bald in tiefem Schlafe befangen schien, bald ganz lebendig mit dem Kopfe auffuhr, wenn ihm eine Fliege um die Nase summte, mit den klugen Augen blinzelte und augenscheinlich dann die wichtige Frage im stillen Gemüte wälzte, ob mit glücklichem Erfolg danach zu schnappen sei oder nicht.

Der Freiherr nahm eine schwere, goldene Dose, klopfte mit dem Finger daran und öffnete sie; dann erhob er sich, trat vor die Dame hin und sprach, indem er sein schwarzes Samtkäppchen von den kargen, schneeweißen Locken nahm: »Ma chère, peux-je vous offrir une prise de tabac?«

Die Dame tunkte zwei ihrer zarten kleinen Finger, an deren einem ein Rubin glänzte, in die dargebotene Dose und versetzte: »Mon cher, tout ce qui vient de vous ne peut-être qu'agrèable.«

Der Mops dankte durch ein freundliches Gekläff für die Aufmerksamkeit, die seiner Gebieterin wurde.

Diese Szene wiederholte sich mindestens jede halbe Stunde an jedem Abend, den Gott kommen ließ. Die guten Leute hatten sich über Freud und Leid, das sie nun seit langen Jahren treu miteinander getragen, vollständig ausgesprochen. Es war alles in Vertrauen auf Gott und mit Dankbarkeit ertragen oder angenommen und nun mit der Zeit dahingeschwunden; und wenn auch ein Leid geblieben war, die Langeweile nämlich, so hatten sie sich dieselbe doch sehr erträglich gemacht, indem sie von Zeit zu Zeit durch diese freundliche Anrede gegenseitig ihre fortdauernde Teilnahme füreinander an den Tag legten.

Für heute aber war das Gespräch damit nicht beendigt. Als der Freiherr wieder Platz genommen hatte, sagte er: »Es ist ein recht angenehmer Mensch.«

»In der Tat, recht angenehm,« erwiderte Frau v. Kraneck.

»Beaucoup de modestie.«

»Er hat sehr viel Bescheidenheit,« fiel die Dame ein.

»Ich finde, daß diese Eigenschaft eine sehr schätzbare sei!«

»Assurement!«

»Erlaubt ma chère amie, daß wir ihn ein für allemal des Abends zur Tafel hier behalten?«

»Tout comme is vous plaira, mon cher.«

Hätte Bernhard, der in diesem Augenblicke eines Zuwachses an innerer Weihe wohl bedurfte, diese Aeußerungen des Wohlwollens für ihn angehört, sie würden ihn gewiß innig gerührt haben. Er saß oben an der Waldkapelle, die über dem Schlosse am Abhange eines Berges lag und blickte dort bald in die scheidende Sonne, bald in den stillen Raum hinter ihm. Durch eine Tür, deren obere Hälfte aus bloßen Gitterstäben bestand, fiel der Schein auf den staubigen Altar im Hintergrunde des kleinen Gotteshauses; der alte Schrein war mit Spinnengeweben überzogen, in denen gelbe Ulmenblätter, vom Winde durch die zerbrochenen Fenster hineingeweht, sich im Luftzuge wiegten. Ein Bild an der einen Wand war unkenntlich schwarz geworden; dem heiligen Aegidius, der aus Holz geschnitzt, ihm gegenüber stand, fehlte Kopf und Arm, und man hätte auch ihn nicht mehr kennen können, wäre nicht noch das Reh dagewesen, das sich vertrauend an ihn schmiegte. Einige Bänke lagen wirr übereinander geworfen, eine zerfetzte Fahne lehnte in der Ecke neben dem ausgetrockneten Steinbecken, das früher das geweihte Wasser enthalten hatte; das Ganze war die schönste Staffage für eine rührende Ostereiererzählung.

Bernhard hätte sich früher herzlich über die Entdeckung einer solchen poetischen Waldklause gefreut, jetzt überblickte er mit einer stumpfen Kälte die zerstörte Stätte. Seine Gedanken waren in eine wilde Irre davon gezogen und fühlten einen Ekel vor allem, auf dem sie früher so gern gehaftet. Wie die Sonne, die so leuchtend stolz den blauen Himmel sich entlang gewiegt und jetzt so blutend versank, schien ihm alles Sein ein wunderbares und unendlich trauriges Gemisch von Lust und Schmerz, das wie von einem Urwelthohne, von einem schöpferischen Behagen an Teufeleien zusammengeschmolzen; ein ewiges Ringen nach stolzem und frohem Aufschwung, ein ewiges Niedergeschleudert- und Zertretenwerden gleich darauf; die Natur hatte nur einen Ton, nur eine Sprache mehr für ihn, ein Nachtigallenlied, worin die fröhlichsten kecksten Wirbel von einer bis zum Sterben schwermütigen Stelle überwältigt und niedergedrückt werden; und dieses rätselhafte Gemisch von Lust und Schmerz, von Kraft, die im nächsten Augenblick ohnmächtig wird, von Jämmerlichkeit, die unversehens beim nächsten Sonnenschein einen prunkenden Pfauenschweif auseinanderschlägt, erbitterte ihn, reizte ihn zu einem unversöhnlichen Grollen jetzt – er kannte sich selbst nicht mehr. Er streckte mit geballter Faust den Arm aus, wie um zu prüfen, wie viel Kraft in ihm wohne; er ließ krampfhaft die Muskeln daran aufschwellen, als gelte es ein Gladiatorspiel mit einem nahenden Feinde zu beginnen; und das Gefühl, daß die Natur eine Stärke hineingelegt habe, mit der er zufrieden war, hatte, zum erstenmal in seinem Leben, etwas Angenehmes, Beruhigendes für ihn. Seine Augen bohrten blitzend ihre Blicke in einen Punkt der Ferne ein.

Sein Gemüt war tief wie ein See; es war spiegelglatt gewesen wie ein See, bis vor wenig Tagen; eine klare Fläche, über der die azurblauen und hellroten duftigen Farbenstreifen lagen, welche stille Luftströmungen und die sachten Züge der Wolken darüber werfen; aber jetzt war ein Blitz hineingeschlagen, es stürmte, es wogte in ihm, und mit einem zornigen Behagen tummelte sich der Leviathan durch diese Wogen – die Leidenschaft.

Der Abend sank immer mehr hinab; die Sonne war geschieden und an ihrer Stelle flammte über dem Bergsattel im Westen eine dunkle Glut, wie ein gewaltig loderndes Osterfeuer. In dem grauen Turm im Dorfe wurde die Abendglocke geläutet. Ein langer Nachhall noch, der durch die Ulmenwipfel über der Kapelle zu summen schien, und die Stille kehrte zurück; dafür fing der Wind stärker in den Zweigen zu rauschen an. In dem Dorfe unten, in den einzeln und zerstreut auf den Halden umher liegenden Häuschen flatterten Lichter an und Schossen zuckende kleine Strahlenpfeile durch das Grün ihrer Baumhöfe; Bernhard gerade gegenüber, auf einem jenseits schwellenden Bergabhang, lag eine Hütte, deren Tür offen stand; er sah das lodernde Herdfeuer im Hintergrunde; zuweilen bewegte sich eine dunkle Gestalt davor; dann eine Zeitlang rasch nacheinander zwei Kinder, die umher zu tanzen schienen, bis die Mutter den Milchtopf darüber hing; ein gebückt schreitender Mann kam und setzte sich in einen Lehnstuhl hart daran. Es war ein freundliches Bild, das durch die grellen Kontraste von Finsternis und Licht einen traumhaften Anstrich bekam.

Es wurde völlige Nacht umher, aber eine milde und mondhelle; hinter Bernhard, in einem morschen Ständer der Kapelle, begann ein Holzwurm zu ticken; ein Wiesel schlich durch das

Gras und hüpfte in langen Sätzen an seinen Füßen vorüber; aus dem nächsten Gebüsche tönte das leise Grunzen eines Igels. Dann wieder alles so stille rings, daß das Säuseln der welken Blätter an den Digitalenstämmen hörbar wurde, die über einen Schutthaufen an der Mauer aufgeschossen waren.

In Bernhards Seele ward es ruhiger; die frühere Stille seines Gemütes voll Ergebung, voll Glauben und auch voll jenes vergeistigten Aberglaubens, der in allen tieferen Charakteren irgendein Fleckchen findet, wo er Wurzeln schlagen und seine seltsamen lianenhaften Ranken treiben kann, kehrte in ihm zurück. Nach und nach erfüllte ihn seine eigne unreife und kindische Philosophie, die ihm eben noch mit den zornigen Tränen, die er nicht weinen konnte, die Brust zu zersprengen gedroht hatte – mit demselben Ekel, den er vor allen früheren Gegenständen seiner liebsten Gedanken gefühlt hatte, als sie ihn beherrschte. Er saß eine Zeitlang, die Stirn in seine Hand stützend; dann schloß er die Augen, legte den Kopf auf die Lehne der hölzernen Bank zurück und seufzte kaum vernehmlich: »O Licht! O Liebe! O Licht!«

Er mochte eine Stunde so gelegen haben, als er sich von einem warmen Atem angehaucht fühlte. Als er emporfuhr, sah er eine Gestalt einige Schritte weit von ihm sich bewegen, die jetzt näher trat: »Herr Bernhard,« sagte sie, »die Mutter schickt mich, nachzusehen, wo Ihr so lange bleibt.«

»Lene, Mädchen, bist du da?«

»Es ist spät, Herr,« versetzte Lene mit einiger Bewegung in ihrer Stimme: »Eu'r Essen wird kalt.«

»Standest du eben nicht dicht neben mir?«

»Wer, ich?« sagte sie und sprang ohne weitere Antwort den Bergpfad hinab.

Bernhard folgte ihr schweigend. Als sie einige hundert Schritt gegangen waren, sahen sie am Eingange eines kleinen Fichtengehölzes, durch das der Fußweg führte, einen Menschen auf einem gefällten Stamme sitzen.

»O Gott!« schrie Lene leise auf und blieb stehen.

»Was ist dir, Lene? Fürchtest du dich?«

»O nichts, Herr,« sagte sie und schritt zögernd hinter Bernhard her. Der Fremde blieb ruhig sitzen, als sie an ihm vorüber gingen, und murmelte ein tonloses »guten Abend«. Soviel Bernhard erkennen konnte, war es eine etwas zigeunerhafte Figur.

»Wo bleibt ihr beide so lange draußen?« sagte Frau Margret, die in dem Gärtchen vor ihrem Hause auf einem Feuerstübchen hockte und in den mondhellen Abend hinaus schaute. »Mußtest du dich auch draußen umhertreiben in dieser Nachtstunde, Lene?«

»Ich sollte ja gehen und nachsuchen, wo Herr Bernhard so lange bleibe,« sagte Lene und ging rasch, ohne eine Antwort abzuwarten, ins Haus.

»So? Davon weiß ich nichts!«

»Aber, Mutter, denkt Ihr denn gar nicht an die kühle Nachtluft. Wir sind weit im Herbst, und der Mondschein hat Euch nie gut getan,« sagte Bernhard und faßte die Mutter am Arm, um ihr das Aufstehen zu erleichtern.

»Ich wollte sehen, wo ihr bliebet,« versetzte Margret; »es wurde mir auch so wunderlich zumute allein im Hause.«

Er nahm das Feuerstübchen auf und sie schritt, von ihm unter dem Arm gefaßt, der Haustür zu.

»Habt ein Aug' auf Lene, Mutter,« sagte Bernhard leise: »es saß unterwegs ein Mensch unter den Fichten, der mir wie ein Scherenschleifer vorkam; sie schien ihn zu kennen.«

»So, ist das Gesindel wieder da? Nun, ich will sie schon hüten.«

Lene war die Tochter eines Scherenschleifers, das heißt, sie gehörte einem Volksstamme an, der sich damals vagabundierend viel in Westfalen umhertrieb und denselben Erwerb hatte wie die Zigeuner, mit welchem Volke er verwandt schien, obwohl ein weniger schmutziges, auch minder fremdartiges und orientalisches Aeußere ihn vorteilhaft von denselben unterschied. Man nannte sie Scherenschleifer, weil die Männer, wenn sie wegen eines Diebstahls oder wegen unverschämter Bettelei zur Untersuchung gezogen wurden, behaupteten, in irgendeinem Winkel der Welt einen Scherenschleiferkarren stehen zu haben, mit dem sie ihren Unterhalt suchten und auch einige wenige in der Tat ein solches Gerät mit sich führten. Sie waren, wie gesagt, reinlicher und anständiger als die Zigeuner, ihre Gesichtsfarbe, wenn auch dunkler wie die der Landeseinwohner, doch weniger kupferbraun als die jener; ihre Tracht unterschied sich von der der Bauern durch größere Nettigkeit; die Männer waren kenntlich an Jacken mit zwei Reihen dicht aneinander gesetzter kugelrunder Silber- oder häufiger Zinnknöpfe. Sie lebten unter einem, ich weiß nicht, ob gewählten oder durch Erbfolge eingesetzten Oberhaupt, das die Bauern den Heidenküster nannten und der regelmäßig der pfiffigste und verschlagenste Bursche war, der je Handschellen getragen hat, verwegen und tollkühn, daß alle Bauern seinen Requisitionen an Lebensmitteln und Geld sich schweigend unterzogen, und die damals durch Armenvögte ausgeübte Polizei sich wohl hütete, ihm in den Weg zu kommen. Er war zugleich der Oberpriester des Stammes und gab zum Beispiel den nach Belieben wieder auflösbaren Ehen seine Sanktion, indem er das Brautpaar über seinen ausgestreckten Stab springen ließ. Jetzt ist dieser Stamm fast ausgestorben und niemand hat der Mühe wert gehalten, über ihre religiösen Ansichten und über ihre Sprache sichere Notizen zu sammeln. Ich erinnere mich nur noch, daß ihr letztes Oberhaupt den romantischen Namen Baromantho führte.

Lene war die Tochter eines solchen Scherenschleifers, der vor ihrer Geburt auf eine gewaltsame Art ums Leben gekommen war. Ihre Mutter hatte oft Wohltaten von Frau Fahrstein empfangen und, als sie auf dem Boden eines Schafstalls auf offener Heide im Sterben lag, einem Paar vorübergehender Bauersleute aufgetragen, ihr achtjähriges verlassenes Kind der Frau Fahrstein zu bringen; die werde sich ja wohl seiner erbarmen. Frau Fahrstein mußte sich nun freilich der Waise erbarmen, auch wenn sie keine Lust dazu gehabt hätte. Aber das Mädchen war hübsch, anstellig und versprach eine geschickte und tätige Gehilfin zu werden. So zog Margret sie denn groß, hatte nun und dann auch wohl einen kleinen Aerger an ihr, wenn Lene zum Beispiel laut aufjauchzend jeder Vagabundenschar entgegenlief, die sie von fern über Land ziehen sah, oder wenn sie über irgendeinen Anlaß so in Zorn geriet, daß die kleine Heidenrange blau und rot im Gesicht ward, war aber im ganzen mit ihrer Adoption sehr zufrieden. Margret führte eine strenge und scharfe Zucht; doch als sie heranwuchs, bedurfte Lene dieser nicht mehr; sie ward stille und in sich gekehrt, machte mit einer großen Leichtigkeit und Raschheit ihre Geschäfte ab, wie sie auch in der Schule allen andern Kindern zuvorgekommen war, und gab Margret nie den geringsten Anlaß zur Klage mehr. Sie mochte jetzt zwanzig Jahre alt sein und war nicht sehr groß geworden, aber so hübsch, daß alle Dorfschönheiten mit großer Befriedigung sahen, wie sie sich nie in ihre Kreise mischte und von allen Tänzereien, Hochzeiten und andern Zusammenkünften fern blieb. Die jungen Burschen machten still ein Spalier, wenn sie aus der Kirche kam, um geradeswegs wieder nach Hause zu gehen. Keiner hatte recht den Mut, sie anzureden; sie konnte so verzweifelt stolz mit ihren kohlschwarzen, schmalgeschlitzten Augen drein funkeln; erst wenn sie die Klinke des Kirchhofpförtchens schon in der Hand hatte, ließen sie ihren witzig sein sollenden Bemerkungen über jene freien Lauf. Woher sie den großen, zigeunerhaften Mann kennen könne, der am Eingänge des Fichtenwäldchens saß, begriff Bernhard nicht; freilich, er konnte sich auch geirrt haben und ihr leiser Schrei nur der einer unwillkürlichen Furcht gewesen sein. Aber einige Tage nachher, als er noch sehr spät in seinem Zimmer über seinen Büchern saß, sah er plötzlich einen langen Schatten an der Wand ihm gegenüber auftauchen und rasch entlang gleiten. Er fuhr auf, öffnete das Fenster und steckte den Kopf ins Freie; an der andern Seite des Hauses klirrte ebenfalls ein Fenster, nur Lenes Kammer lag dort hinaus. Bernhard sprang nun über die niedere Brüstung in den Baumhof und schritt um die Hausecke; aber alles war still hier, und das Geräusch, das er vernommen, schienen die Aeste der Apfelbäume gemacht zu haben, die dicht am Hause standen und sich im Nachtwinde bewegten; sie waren wahrscheinlich mit den Spitzen der Zweige an die Scheiben gefahren.

Zwölftes Kapitel

Wunderbare Stimmungen, welche früher noch nie berührte Saiten in uns anschlagen und uns selbst zum erstenmal deren Dasein ankündigen; Träume, Launen, Einfälle und Eindrücke paradoxer Art – wer hat, wer kennt sie nicht, in wem bilden sie nicht die leichten Truppen, die um den Kern seiner Gedanken schwärmen, die Schmetterlinge, die Maikäfer oder »Grillen«, welche um die eigentlichen fruchtbringenden Blüten seiner Seele flattern? Auch Bernhard hatte sie; aber mit dem Unterschiede von andern Sterblichen, daß sie mit einer Hartnäckigkeit sich in ihm festsetzten, die ihn unter dem Einflusse einer fixen Idee leidend erscheinen lassen konnte, eine Gewalt über ihn ausübten, die jedem unbegreiflich gewesen wäre, der an das wache Geschäft des Werktags gewiesen, keine Zeit zu dem müßigen Wolkenzug und Mückenflug Beobachtungen eines poetischen Gemütes hat und keine andre Nacht kennt als die, welche der Nachtwächter ausbläst.

Bernhard war nicht damit zufrieden, wie ein Fischer bloß die eßbaren Geschöpfe einzufangen, die an die Oberfläche der See und in sein Netz geraten; er mußte tiefer hinab in das Meer des Lebens, oft ein verzagender Taucher, aber wie von einem Zauber nach unten gezogen. Er spähte in den Abgrund und nach all den wunderbaren schönen oder schrecklichen Bildungen und Kreaturen der Tiefe, der farbenglühenden Korallenwelt und dem ekelhaft zappelnden Gewürm. Er schauderte vor dieser unergründlichen finstern Region des Daseins – seines eignen Daseins. Ja, in ihm selbst sah er diesen Abgrund, ahnte, fühlte das wirre Treiben aller jener wunderbaren Dinge und Geschöpfe darin und erschrak vor diesem fremden Leben in seinem eignen Innern.

Er gehörte zu den wenigen Menschen, denen nichts so gering und unscheinbar auf der Welt ist, dessen ursprüngliche Schönheit sich ihnen nicht auch im Glanze und Glücke seiner Urform, seiner Harmonie mit seiner ewigen Bestimmung zeigte; nichts war so verachtet und gemein, das sich ihm nicht unwillkürlich enthüllte in seiner ewigen Natur und Schönheit, frei von der Sünde. Auf der andern Seite war nichts so glänzend und am Lichte prunkend, an dem die Füllhörner seiner Intuition und seines Zartgefühls nicht die wunde Stelle ausgefunden, nichts so groß, dessen innere Hohlheit er nicht geahnt, durchschaut hätte. Würde das Leben ihm Purpurteppiche auf dem Chore seiner schönsten Kathedrale ausgebreitet haben, um ihn zum Könige zu krönen – er hätte durch den Scharlach und die Gewölbe in die düstre Gruft darunter blicken müssen, wo man die Könige begräbt. Dieses unwillkürliche Bewußtsein des »Abgrunds« im Leben machte ihn traurig; er hätte bitterlich weinen können, wenn er die Philister so fröhlich und unbesorgt jubeln und zechen sah, und dachte, wie wenig es eines Simson bedürfe, um die Säule, die ihren Saal trug, wegzureißen und sie alle unter dem Schutte zu begraben.

Hiermit hing auf der einen Seite die feste und gläubige Religiosität seines Charakters zusammen; es war damit seinem Gemüte die Offenbarung des Grunddogmas des Christentums, des von einer Ursünde nämlich, gegeben – in dem übrigens eine tiefere Weisheit liegt, als unsre Philosophie sich träumen läßt. Auf der andern Seite nährte diese Gemütsrichtung eine solche Schar jener Grillen und träumerischen Stimmungen, daß daraus notwendigerweise ein Hemmnis für die Frische seiner Tatkraft entsprang und jeden Augenblick die Energie seines Wollens in eine neue Fessel geriet. Er fühlte diesen niederdrückenden Einfluß, den die Ursünde, die innerliche Zwietracht und Gespaltenheit der Welt und der unter ihr und ihm klaffende Abgrund auf sein immer beschaulicher werdendes Gemüt übten; und wie christlich, ja skrupulös kirchlich er auch war, ihm schwebte doch ein andres Ideal vor, eine ungebrochenere Welt, in welcher auch er in sich ungeteilter, ungebrochener, eines gesunden und kräftig nach außen wirkenden Daseins freudiger gewesen wäre. Die Heimat seiner liebsten Gedanken war das glühende blühende Heidentum; und wenn er sinnend die Wimper schloß, lag vor dem Auge seines Gemüts die tiefblaue See der Hellenen da, von dem klaren Himmel Joniens überwölbt und die leuchtenden Säulenschafte der Göttertempel von den Vorgebirgen widerspiegelnd: er sah die Weisen jenes Volkes, unter den Hainen des Ilissus wandelnd, edle Gestalten, denen der Gedanke eine stille Verklärung gegeben – sinnend und heiter, nicht grübelnd und ruhmlos; die Söhne, nicht die Findlinge der Natur.

So mit seinen Träumen und Phantasien im Altertume verkehrend, war das Mittelalter ihm eigentlich eine fremde und deshalb desto sonderbarere Welt, die wieder den eigentümlichen Reiz des Neuen, Fremdartigen, das noch wie ein ungelöstes Rätsel vor uns liegt, auf ihn übte. Deshalb war ihm stets so eigen zumute gewesen in den Umgebungen des Stiftes, das Katharina bewohnte; die dunkeln Kastaniengipfel, die an die Abteikirche sich lehnten, hatten anders über ihm gerauscht als andre Zweige, und die blaue Gentiane, die über dem Grabe eines alten Ritters aus den Spalten der Steinplatten aufgewachsen war, hatte ihn anders angeblickt als die, welche auf der Heide wuchs; diese steinernen Ritter an den Wänden, diese dunklen Kreuzgänge mit ihren ausgehauenen Wappen und langarmigen Heiligenstatuen, diese stolzen, in die Lüfte aufgewachsenen Domsäulen und Gewölbe, das alles machte einen seltsamen tiefen Eindruck auf ihn, als wenn es nicht dieser Welt angehöre, sondern eine Schöpfung für sich sei – ein verlassenes Denkmal einer unbegreiflichen Zeit von märchenhafter Schönheit durch ihren stillen, innerlichen Frieden, durch ihre Eintracht zwischen Gemüt und äußere Kraft, zwischen dem Menschen und seiner Seele.

Mit ihrer stillen Innigkeit, mit ihrer sinnigen Ruhe, ja mit ihrem Aeußern und jener fremdartigen Tracht, die so gut zu diesen Räumen paßte, war ihm Katharina wie der Genius der Welt vorgekommen, die sich in dem alten Stifte so poetisch ausgeprägt hatte. Es lag etwas so friedlich Umgrenztes, aristokratisch Gehaltenes, Leidenschaftloses in ihrer Erscheinung, daß ihn dünkte, in ihr habe die märchenhafte Schönheit jener draußen verschollenen Welt ein neues Leben bekommen. Wenn sie vor ihm stand und die gotische Letterschrift um ein schlummerndes Ritterbild ihm deutete, wenn sie eine ihrer wunderbaren Legenden erzählte oder die krause Schrift eines alten Pergamentbuches enträtselte, um aus den melodisch klingenden Versen eine seltsame Gestalt nach der andern vor ihm aufsteigen zu lassen, dann schien es ihm, als ob diese Gebilde nicht von ihrer Phantasie aufgesucht und herbeibeschworen würden, sondern als wenn sie selber eine Schwester zu suchen kämen, die sie zurückgelassen, als ob die Engel der Legende ihre Flügel um sie schlügen, um sie als ihr Eigentum, als die Geweihte ihrer Heimat in Anspruch zu nehmen. Er sah in der weißen Binde ihrer Stirn das Zeichen eines erhabenen Priestertums; und die schwarzen Falten ihrer Ordenstracht bedeckten, glaubte er, eine Brust und ein Herz, in dem der Gedanke einer andern Zeit sich ein stilles Reich gegründet.

Und nun hatte er sie gesehen, gerade in dem Augenblicke, als seine einzige und letzte Hoffnung war, ein Asyl in diesem friedlichen Reiche zu finden – im bunten Jagdkostüm, im frivolen Aufputz, zwischen rotröckigen galonierten Kavalieren kokettierend – wie er im Zorne es nannte – um aus der unmenschlichen Hetze eines armen friedlichen Tieres Vergnügen zu schöpfen! Die Priesterbinde war von ihrer Stirn gerissen. Und doch liebte er sie mit einer Leidenschaft, die ihm jetzt erst zum Bewußtsein wurde und ihm die Entfernung und den Aufenthalt in seinem abgeschiedenen Tal oft unerträglich machte. Kein Wunder, daß aus diesen Gefühlen der Enttäuschung, des Schmerzes, des Verlangens und einer Sehnsucht, die ihn oft zu zornigen Tränen des Trotzes gegen sich selbst brachte, Gedanken, Stimmungen und »Grillen« in ihm aufstiegen, welche, wenn je, jetzt seine Tatkraft lähmten, und ihn zurückhielten in seinem abgeschiedenen Tal und seinen Träumereien!

Zweites Buch

Erstes Kapitel

»Nein, Gnaden Papa, das tu' ich durchaus nicht,« sagte Johannes.

»So laß es bleiben, Junker!« versetzte mit verbissenem Zorne Herr von Driesch, die Worte zwischen den Zähnen murmelnd. Dann stürmte er eine Weile im Zimmer auf und ab.

»Nun, so zieh' nur weiter, was du willst, mein Sohn,« sagte Herr von Driesch, plötzlich besänftigt und setzte sieh wieder, Johannes gegenüber, an den Tisch, der ein Schachbrett mit aufgestellten Figuren trug. Johannes tat einen Zug; Herr von Driesch gleich nach ihm; nun Johannes wieder, jedoch mit größerer Ruhe als sein Vater; Johannes war ein mittelmäßiger Spieler, aber es gelang ihm trotzdem, zuweilen eine Partie zu gewinnen, weil Herr v. Driesch bei all seinem feinen Spiel doch viel zu hastig war, um sich nicht bedeutende Blößen zu geben. Sah er nun, daß Johannes diese benutzte, statt irgendeinen andern Plan zu verfolgen, so war er sehr geneigt, seine väterliche Autorität ins Mittel zu legen und dem Junker den Zug anzuempfehlen, der ihm selber am vorteilhaftesten war. Johannes behauptete dagegen mit größter Standhaftigkeit, das vierte Gebot gehöre nicht ins Schachspiel, und wartete ruhig ab, bis sein Vater nach einem leichten Zornanfall sich wieder besänftigt hatte und dann desto ruhiger weiterspielte. Denn Herr von Driesch war gutmütig genug, sobald sein Zorn verraucht war, und er einen Hagel von Scheltworten über irgendein schuldloses Individuum ausgegossen hatte, sich selber für einen höchst komischen und unendlich spaßhaften Herrn zu halten und sich von ganzem Herzen auszulachen. Ihn in ein und demselben Augenblicke aufs grausamste schimpfen und in ein lautes Gelächter ausbrechen zu hören, war nichts Ungewöhnliches. Am schlimmsten war freilich mit ihm umzugehen, wenn er im Schachspiel verloren hatte; er spielte mit leidenschaftlicher Aufregung, und wurde er am Ende auf eine seinen Ehrgeiz demütigende Weise geschlagen, so war er fürchterlich.

Das Spiel dauerte fort. Johannes spekulierte schweigend; Herr v. Driesch mit den mannigfaltigsten Ausrufungen, halben Zitaten und Gedankenstrichen dazwischen: »Mach, mach, voran, du träumst, Junker; so? aha – so ziehst du – eheu fugaces – nun will ich diesen Springer auf dies schwarze Feld – quatit ungula campum – nein, diesen Turm will ich – halt – mal – quadrupedante sonitu, der Springer soll doch vor; so, nun du wieder, flink, Junge!«

»Ja, ja, Papa, nur Geduld – nur Geduld!« sagte Johannes gedehnt. Er zog. Herr von Driesch wurde stiller nach diesem Zuge; er kaute heftig an der Spitze seiner langen irdenen Pfeife, zog dann eine sehr große Wolke Rauchs auf, die er mit Lippen und Atem nachhaltig heftig von sich stieß und musterte, bald hierhin, bald dorthin das Auge aussendend, den Stand, die Hilfsquellen und die Verluste seiner Heeresmacht; sie war augenscheinlich von einer empfindlichen Schlappe bedroht, deren Abwendung alle Kaltblütigkeit und Geistesgegenwart des leitenden Feldherrngenies verlangte.

»Junker, wirst du mir die Königin« – knack – die Pfeifenspitze brach zwischen seinen Zähnen ab; in einem andern Augenblicke wäre der ganze Rauchapparat nicht sicher gewesen, zur Strafe dafür an die Wand zu fahren und in tausend Stücke zu zerklirren; jetzt spuckte Herr von Driesch ganz sanft die Splitter aus und sann weiter. Er zog. Johannes zog auch und fing an, leise ein Stücklein zu pfeifen, wobei er auf der Stirne einige Hautfalten sich kräuseln ließ, die er nach Gefallen langsam in die Höhe und wieder herunterrollen lassen konnte, was die ganz unbezweifelte Anmut seines Gesichts um ein Bedeutendes erhöhte und einen Eindruck machte, als wenn ein gewisses achtbares und nützliches Geschöpf, bald das eine seiner langen Ohren vor, das andre zurück, bald jenes wieder zurück und dieses vorschlägt, was ebenso dienlich zu seinem Zeitvertreib, als passend zu einem entsprechenden Ausdruck innerer Heiterkeit sein mag.

»Schach!« sagte Johannes.

Noch ein Zug und Johannes stellte sein Pfeifen ein, stand auf, schob den Stuhl an die Wand und ging zur Tür hinaus.

Herr von Driesch sah ihm verwundert nach: »Wo willst du hin, Junker?«

Johannes antwortete nicht; als er aber draußen stand, steckte er den Kopf wieder durch die Tür und lächelte mit einem Ausdruck unendlicher Pfiffigkeit: »Gnaden Papa,« sagte er.

»Hä?«

»Matt!« rief Johannes mit Nachdruck, schlug die Tür hinter sich zu, stürzte die Treppe hinunter, um sich in Sicherheit zu bringen, und fand für gut, auf der Stelle eine kleine Tour mit dem falben Fritz ins Freie zu machen.

Die Zornausbrüche, die Herr von Driesch auf jenes Donnerwort folgen ließ, hat niemand belauscht; man konnte zwar im ganzen Hause und auch in einer nicht zu weiten Entfernung draußen ganz vernehmlich ein Rumoren hören, das aus dem Innern seiner Gemächer drang, aber die Domestiken waren daran gewöhnt und achteten nicht darauf. Als nach einer guten halben Stunde jemand in sein Zimmer trat, ging er auf und ab, eine andre Pfeife im Munde und mit den Fingern Bewegungen machend, als ob er Verse skandiere.

Dieser Eintretende war der Hausgeistliche des Gutsherrn, ein starker Mann von mittlerer Größe mit einem vollen und freundlichen Gesicht, das übrigens nichts hatte, was ein Vorurteil für oder wider seinen Besitzer erweckt hätte, wenn nicht allenfalls einen Ausdruck von Wohlwollen und Heiterkeit, der selten in seinem einfachen und ruhigen Leben getrübt sein mochte. Er hatte übrigens eine nicht gar zu angenehme Stellung bei Herrn von Driesch, der in ihm, als einem studierten Manne, fortwährend Teilnahme und Verständnis für seine gelehrten Beschäftigungen voraussetzte und in sein Gespräch allerlei Zitate, Anspielungen und Mitteilungen mischte, die der Vikarius nicht begriff, so daß er einen Bock über den andern schoß. Doch war er ein ziemlich guter Lateiner und half sich damit durch, so gut es gehen wollte; auch wußte er eine Menge »Lepider« Stücklein, wie er sich ausdrückte, zu erzählen. Seine Predigten waren dagegen nicht viel nutz und Herr von Driesch pflegte ihn, weil niemand sie anhören mochte, einen großen Kirchenleerer zu nennen.

»Da sind Kohlen im Komfort,« sagte Herr von Driesch und fuhr in seiner Beschäftigung fort. Der Vikar hatte eine Tabakpfeife mitgebracht, aber aus Respekt beim Eintreten ausgehen lassen, bis ihm der Gutsherr erlauben würde, sie wieder anzuzünden. Er legte nun eine Kohle auf den Meerschaumkopf, rieb diesen mit seinem Aermel glänzend und setzte sich dann. Nachdem er eine Weile das Schachspiel betrachtet, begann er mit den Fingern auf dem Tisch zu trommeln.

»Der gändige Herr haben gewonnen!« sagte er freundlich. Herr von Driesch blieb stehen, sah ihn an, als ob er sich versichern wolle, daß dies kein Spott sei und sagte: »Sieht Er nicht, daß ich dichte?« Er brachte seine und seiner Verse Füße wieder in Bewegung.

Der Vikar strich die Manchesterbeinkleider über seinen Knien glatt, nahm eines der Schachpüppchen und beschaute es, sah dann nach dem Kanarienvogel, der im Bauer an der Wand hing, nun auf das Stilleben ihm gegenüber und versank endlich in die Anschauung des gemalten Affen, der darauf höchst possierlich in einen Apfel biß.

»Die Aepfel sind doch dieses Jahr sehr schlecht geraten,« sagte er nach einer Viertelstunde, seiner Langeweile nicht mehr Meister.

Der Mann der fruchtbringenden Gesellschaft hatte andre Aepfel im Kopfe und antwortete nicht.

»Ew. Gnaden, ich habe eben mit Anton gesprochen; es ist doch in der Tat ganz wunderlich!«

»Dummes Zeug!« sagte Herr von Driesch und skandierte weiter; dann blieb er stehen: »Nun sela! nächstens mehr!« Er wandte sich zu dem Geistlichen: »Was, Herr Vikar, sagt Er, ist denn so wunderlich?« Man sah, die Alexandriner summten ihm noch durch den Kopf.

»Nun, Anton behauptete steif und fest, er hätte es an den mondhellen Fenstern hergleiten sehen, gestern nacht, als er vom Anstande zurückgekommen.«

»Anton ist ein Narr! Habe ich deshalb die Hexe aus dem Hause gejagt, um andre alte Weiber wieder zu bekommen?«

»Ew. Gnaden, Anton hat ein scharfes Gesicht und nicht viel von Einbildungen zu leiden.«

»Er ist selbst ein Narr, Vikarius; ich sag' Ihm ein für allemal, ich will das dumme Geschwätz von meinem Hause nicht mehr wissen.«

»Man kann den Leuten den Mund nicht schließen. Mit dem Hütchen, das ist doch gewiß, Ew. Gnaden.«

»Den Mund nicht schließen? ich will ihn aber dem dummen Volke schließen!« fuhr Herr von Driesch auf; »ich will selbst diese Nacht im Saal aufbleiben, und Gott steh' dem bei, der mir Spukereien darin macht!«

»Ew. Gnaden selbst? ich glaube nicht, daß das Ihr Ernst ist!«

Dieser Zweifel an seinem Mute brachte Herrn v. Driesch vollends außer sich, nachdem ihn der Verlust der Schachpartie und des Vikars Unterbrechungen seiner Alexandriner schon früher hinlänglich gereizt hatten.

»Ei, das glaubt er nicht?« rief er aus; »so will ich nicht Driesch heißen, wenn ich's nicht tue und Ihm zeige, was Courage ist. Schäm' Er sich, Vikar, Er ist eine Memme!«

Herr von Driesch hatte in diesem Augenblicke Mut, mit einer Welt anzubinden, wie vielmehr mit dem kleinen Kobold Hütchen, von dem man sagte, daß seine kleine Gestalt unter einem großen Hute auf Bechenburg ihr Wesen treibe und zwar vorzugsweise in dem großen Saale. Es war ja noch heller Tag; die Abendsonne schien freundlich in das Zimmer, der Kanarienvogel schlug lustig in seinem Käfig, woher hätte jetzt Gespenstergrausen kommen sollen?

Der Vikar aber schüttelte ungläubig den Kopf und, etwas gereizt durch des Gutsherrn Worte, ging er hinaus, um unten im Hause dem Gesinde die staunenswerte Nachricht mitzuteilen, daß der gnädige Herr die Nacht über im Saale aufbleiben wolle.

»Er wird's wohl bleiben lassen!« sagte Anton lakonisch.

»Ich tu's nicht mit,« murmelte Johannes, der eben den Falben wieder in den Stall gebracht hatte.

Als die Abendtafel aufgehoben war, hatte der natürliche Lauf der Dinge längst Finsternis über die Erde gebreitet; dieser Umstand, so gewiß er sich auch hatte voraussehen lassen, veränderte um ein ganz Bedeutendes die Gemütsstimmung des Gutsherrn.

»Herr Vikar,« sagte er, sich mit anscheinender Ruhe die Zähne stochernd, »ich habe vorausgesetzt, daß Er mit mir aufbleibt. Mir wird sonst die Zeit lang.«

»Wie? was? ich mit aufbleiben? Gnäd'ger Herr, wie kommen Ew. Gnaden mir vor?«

»Wir wollen uns vier Flaschen von meinem alten Hochheimer mit hinaufnehmen,« sagte Herr von Driesch trocken; »Johannes, gib Anton mal den Kellerschlüssel.«

»Ew. Gnaden,« wagte Anton sich ins Gespräch zu mischen, »ich wollte, Ew. Gnaden täten es nicht; wenn ich noch daran denke, an gestern nacht, wie's an den Fenstern vorüberging und am mittleren stehen blieb und mich anglotzte – es ist mir so grausig, ich mag nicht allein in den Keller gehen.«

»Anton, halt das Maul! verstehst du mich?« fuhr der Gutsherr auf; »daß der einem noch mehr Furcht machen muß,« murmelte er für sich weiter; »es ist doch diesen Abend finsterer und unheimlicher als sonst! Weiß der Henker, wie's kommt.«

Er blickte nach dem Fenster, hinter dem eine pechfinstere Nacht lag; dann und wann schlug ein Zweig des nächsten Kastanienbaumes daran, in dessen Wipfel vernehmlich ein scharfer Ostwind wühlte. Herr von Driesch faltete die Serviette und stand auf: »Nun, Vikar, gehen wir? – Anton, sind Kerzen und Holzscheite in den Saal geschafft? geh und sieh nach; und die Flaschen! was stehst du noch, Träumer?«

Anton ging. Der Vikar stand, die Hände über der Brust gefaltet, die Augen mit betrübten Blicken bald auf den einen, bald auf den andern der Gesellschaft richtend, als ob er Hilfe suche vor dem Befehl des unerbittlichen Gutsherrn. Er sah aus wie ein geschlagener Mann.

»Er ist eine Memme, Vikar,« sagte Herr von Driesch. Das hatte er schon einmal an diesem Abende gesagt und der Geistliche war gar nicht in der Laune, mit sich Spaß treiben zu lassen Er schlug heftig die Arme auseinander: »Ew. Gnaden, ich bin keine Memme, das sollen Sie sehen; ich gehe.« Er ging aus dem Zimmer und kehrte bald darauf zurück, einen Band seines Breviers unter dem Arm und ein Paar warmer Pantoffeln statt der hohen Klerikalstiefel an den Füßen. Der Gutsherr hatte sich unterdes seinen großblumigen Damastschlafrock anlegen lassen. So ausgestattet, schritten beide Herren, von Anton, der einen Armleuchter trug, begleitet, in das unheimliche Gemach. Der große Saal auf Bechenburg, der in so üblem Rufe stand, war an und für sich so unheimlich nicht. Er war bedeutend länger als breit und so groß, daß man oben und unten nötig gefunden hatte, einen Kamin anzubringen. Der untere war durch eine Tür mit zwei Klappen verschlossen und im oberen brannte ein hellflackerndes Feuer, das hoch genug lohte, aber dennoch nicht imstande war, den ganzen Baum zu erhellen. Lambris liefen an der untern Hälfte der Wände her; der obere Teil war früher ganz mit Estrich belegt gewesen, von dem aber mehrere Stücke abgefallen waren, daß die nackte Mauer hervortrat; den Plafond bildete ein Holzgetäfel, von dem mehrere Schnüre herniederhingen und sich im Zugwinde bewegten, als die Flügeltür geöffnet wurde. Einige Gartengerätschaften standen in der Ecke hinter dem obern Kamin, denn schon seit vielen Jahren diente der Saal zu einer Art Rumpelkammer, und die Domestiken hatten nicht Zeit oder Lust gehabt, ihn noch den Abend ganz auszuräumen; auch einige Stücke des herabgefallenen Estrichs lagen noch am Boden und waren nur unter die hölzerne Bank geschoben, die der Länge nach an den Wänden herlief.

Ein runder Tisch war an das Kaminfeuer gerückt und zwei Lehnstühle daneben; vor dem des Gutsherrn lagen Schreibmaterialien und ein Buch; außerdem standen die vier Flaschen und sechs Leuchter mit frisch aufgesteckten Kerzen auf dem Tisch, zwei geladene Jagdflinten aber an jedem Stuhle. Als Anton aus einem beklommenen Busen und mit einem Blick voll Teilnahme auf seinen Herrn eine gute Nacht gewünscht hatte und gegangen war, zündete Herr von Driesch noch zwei Leuchter an und stellte sie an das andre Ende des Gemachs, um eine größere Helle zu verbreiten. Dann setzte er sich in seinen Lehnstuhl und schenkte die Gläser voll. Der Vikar hatte das Brevier geöffnet und begann ruhig darin seine Lektion für den andern Tag abzubeten. Der Gutsherr legte den Kopf auf die Rücklehne seines Stuhls, streckte die Beine nahe ans Feuer und ließ in dieser Stellung seine Blicke bald in diesen, bald in jenen beschatteten Winkel des Saales sich einsaugen.

»Wunderlich ist die alte Rumpelkammer,« sagte er leise vor sich hin; »ich kann mir jetzt doch wohl denken, daß sie Veranlassung zu einer albernen Geschichte gegeben hat. Weiß der Henker, wie's kommt; es ist aber auch gerade heute ganz besonders schauerlich hier!«

Er lauschte auf den Wind, der draußen heftiger in den Wipfeln zu brausen begann. Im Innern des Hauses wurde es dagegen stiller; die Domestiken hatten sich, wahrscheinlich mit einem beklommenen Stoßgebet für den gnädigen Herrn, zur Ruhe gelegt. Man hörte die Windfahnen schrill über den Ecktürmchen ihre eisernen Töne ziehen; zuweilen wurde eine Glocke gezogen, als ob jemand am Tore sei, der noch Einlaß verlange; es war der Wind, der die im Freien hängende Torklingel bewegte. Die Vermischung dieser verschiedenen Töne hatte etwas ungemein Grausiges, wenigstens fand Herr von Driesch es so, und zu seinem Aerger mischte sich nun noch das Klappern einer locker gewordenen Planke an einem der Giebel der alten Burg von Zeit zu Zeit hinein.

»Alles klappt und pfeift aber auch in dem verfluchten alten Nest; ich will doch wieder nach Grünscheidt ziehen,« murmelte er; »was war das – es plätscherte etwas im Burggraben – eine abgefallene Kastanie wird's gewesen sein. Ich will an meine Arbeit; das ist das beste.«

Herr von Driesch setzte seine Brille auf, nahm das Buch, das vor ihm lag und fing an, die Ekloge Vergils weiter zu übersetzen, die ihn schon den Nachmittag beschäftigt hatte; er las, skandierte dann und schrieb. Das Kritzeln der Feder scholl durch den stillen Raum. Nach kaum einer Stunde schob er die Brille auf das Vorderhaupt und legte den Kopf wieder auf die Rückenlehne des Stuhls.

»Herr Vikar, weshalb spricht Er nicht?«

»Ich bete mein Brevier, Ew. Gnaden.«

»So! Aber wenn Er fertig ist, dann spreche Er etwas.«

Der Vikar nickte mit dem Kopfe.

»Sitzt da so still und verdreht die Augen, als wenn er tot wäre,« sagte Herr von Driesch flüsternd. »Ich will sehen, ob ich schlafen kann.«

»Herr Vikar, was mögen die Stricke da am Plafond bedeuten?« hob er nach einer Weile wieder an.

»Daran haben Fruchtschnüre gehangen, Ew. Gnaden.«

»So! sie schaukeln so wunderlich.«

»Das ist der Luftzug, die Fenster sind nicht dicht.«

»Es war mir eben gerade so, als müßte sich schon mal ein armer Teufel daran erhängt haben. Rispelte nicht etwas? Horch, da unten?«

Der Geistliche ließ sich nicht weiter in seiner Beschäftigung stören, die er nur unterbrach, um zuweilen aus seinem Glase zu nippen.

Eine Viertelstunde verfloß. – Dem Gutsherrn ward immer unheimlicher zumute; das Uebersetzen wollte nicht recht flecken, Schlaf hatte er auch keinen; nun war auch noch die Brille verloren.

»Ei, wo ist sie denn?« sagte er; »ich muß den Plafond schärfer ansehen, daß ich die dummen Gedanken aus dem Kopf bekomme. Die Lichter brennen auch so dunkel; den Henker taugt das Zeug!«

Er legte den Kopf zurück und schaute wieder zum Plafond empor, der schwarz getäfelt mit seinen Stricken über dem Saal hing.

»Es kommt mir genau vor wie eine ungeheure Spinne, die ihre langen Beine niederhängen läßt,« flüsterte der Gutsherr.

»Vikar, meine Brille, Er hat mir meine Brille genommen!«

Der Geistliche sah auf: »Ew. Gnaden haben sie auf dem Kopfe.«

»Ah ja, sela! Herr Vikar, sei Er so gut, eben die Kerzen da unten im Saal zu putzen.«

Der Vikar stand auf und nahm die Lichtschere.

»Nein, laß Er's nur; bleib Er hier, bei mir.«

Noch eine Viertelstunde und Herr von Diersch fuhr auf: »Der Henker hole das langweilige Aufbleiben! Komm Er, Vikar, wir wollen leise fortgehen und uns zu Bett legen. Wir haben ja doch lange genug aufgepaßt, ob was kommen wollte. Die Lichter lassen wir brennen, den Wein können wir durchs Fenster gießen und morgen vor Tagesanbruch gehen wir wieder hierher, daß niemand etwas merkt.«

Der geistliche Herr hatte sich so eifrig an seine Lektionen gehalten, daß darüber keine Gespensterfurcht in ihm hatte auftauchen können; zudem war er etwas gereizt gegen den Gutsherrn, der ihn eine Memme gescholten, und ließ jetzt nicht die Gelegenheit vorübergehen, sich dafür eine kleine Rache zu verschaffen.

»Nein, Ew. Gnaden,« sagte er, »das geht durchaus nicht an; man könnte uns hören und jedenfalls würden wir uns morgen früh verschlafen. Das wäre eine schöne Geschichte, wenn es hieße, Ew. Gnaden hätten nicht Mut gehabt; man würde erzählen, wir hätten die greulichsten Erscheinungen gehabt, die uns verjagt hätten; Bechenburg käme vollends in Verruf. Ew. Gnaden haben's angefangen, nun heißt's: durchgesetzt!«

»Die greulichsten Erscheinungen? Herr Vikar, glaubt Er wohl, daß es greuliche Erscheinungen gibt?«

»In der Bibel werden sie nicht geleugnet.«

»Aber die Alten wußten doch nichts davon.«

»Die Alten waren Heiden. Und sie hatten doch auch ihre merkwürdigen Geschichten von Ahnungen und Erscheinungen. Brutus zum Beispiel bei Philippi.«

»Aber hier in Bechenburg? Sollte es hier im Saale wohl wirklich nicht richtig sein?«

»Ew. Gnaden wissen, was Anton sagt; ganz richtig ist es nicht, aber ich will nichts andres behaupten als was ich selber gesehen habe, und das ist nicht hier gewesen.«

»Wo war es denn?«

Der Vikar stopfte seine Pfeife, zündete sie an, hob langsam sein Glas an die Lippen und räusperte sich. In Herrn von Diersch befehdeten sich unterdes zwei feindliche Gefühle, die Neugier nach des Vikars Geschichte und die Furcht vor dem erhöhten Grausen, das sie ihm verursachen würde.

Der Vikar hob an: »Ich war als Student einmal auf der Reise nach Marienfeld, wo ich einen Onkel unter den Konventualen hatte; es war ziemlich spät geworden, aber ich hatte mir vorgenommen, weiterzugehen, um noch den Abend anzukommen; ein Student, wissen Ew. Gnaden, ist durch seine Mutterpfennige bald –«

»Horch, was war das?« fuhr Herr von Driesch auf, »dort in dem andern Kamin!«

»O, der Wind wird's sein, der Kalk oder etwas dergleichen losbröckelt. – Also ich wanderte so durch den Abend weiter; nun waren die Wege sehr schlecht und es wurde immer dunkler um mich.«

»Herr Jesus, steh' uns bei!« schrie der Gutsherr auf, »es ist da, es ist da!«

»Still!« sagte der Vikar aufspringend und Herrn von Driesch fest am Arm ergreifend: »Still!«

Hinter dem verschlossenen Kamine am untern Ende des Saals hörte man deutlich und unverkennbar jemanden husten. Herr von Driesch wollte die Flucht ergreifen, aber der Vikar hielt ihn fest.

»Nichts da, Ew. Gnaden,« sagte er leise; »wir wollen die Sache untersuchen. Wir wollen wissen, was es ist; ist's ein Spuk, dann in Gottes Namen; ich habe einen Exorzismus bei mir. Vielleicht können wir einer armen Seele und diesem Haus zugleich Ruhe schaffen. Wir stehen in Gottes Hand.«

Ueber den Geistlichen war ein Heroismus gekommen, der aus seiner gläubigen Religiosität entsprang; er glaubte, es sei seine Pflicht, hier standzuhalten und das Gefühl, daß man im Begriffe steht, eine schwere Pflicht zu erfüllen, gibt Mut. Herr von Driesch dachte ganz anders; er wußte, was es heißt, nächtliche Abenteuer bestehen; aber der Vikar hielt ihn eisenfest am Arm.

»Sie stehen mir bei, Ew. Gnaden,« sagte er entschieden. »Ganz still! Gehen wir und öffnen den Kamin!«

»O laß Er, laß Er mich los; Er hat gut reden, Er ist geistlich, Ihm wird's nichts anhaben!«

»Ich will mich vor den Kamin stellen und den Exorzismus lesen; wenn's Zeit ist, ruf ich ›los!‹ und Sie ziehen dann die beiden Flügel voneinander, daß ich dem Spuk ins Angesicht meine Sprüche und Beschwörung mache.«

»Ich? um Gottes willen, wo denkt Er hin?!«

»Da steht ein Nußhaken in der Ecke,« sagte der Vikar; »nehmen Sie den und ziehen damit die Klappen voneinander.«

Der Geistliche ging und holte die lange Stange aus dem Winkel hervor, an deren oberem Ende eine kleine Sichel befestigt war; dann faßte er den Gutsherrn wieder am Arme und halb gezwungen mußte dieser ihm bis in die Nähe des untern Kamins folgen. An den hölzernen Klappen, welche die Feuerstätte schlossen wie eine kleine Flügeltür, befand sich an jeder ein Ring, mit dem man sie aufziehen konnte; in einen derselben häkelte nun der Vikar die gekrümmte Spitze der Stange und gab deren andres Ende dem zitternden Driesch in die Hand: »So, nun geben Sie acht!«

»Aber wo soll ich nun bleiben?« sagte Herr von Driesch; »wenn ich die Klappe ziehe, fährt es auf mich zu und –«

»Stellen Ew. Gnaden sich hinter mich.«

Herr von Driesch hatte es schon getan.

»Schöne Sicherheit,« sagte er, »ich muß mich ja zur Seite beugen, um die Stange zu halten. Warte Er, Vikar; so, trete Er mit dem linken Fuß über die Stange.«

Der Gutsherr kniete nieder und hielt die Stange zwischen den Beinen des Vikars durch.

»Ich fange an,« flüsterte dieser und zog den Zettel mit dem Exorzismus aus der Tasche.

»Wart', stell' Er die Beine näher zusammen, näher, näher!«

Der Geistliche tat es und begann die lateinischen Beschwörungsformeln abzulesen, die er in beiden erhobenen Händen hielt; – dann rief er mit gefaßter Stimme: »Los!«

Herr von Driesch zuckte, und die eine der beiden Klappen flog auf. Der Vikar stand fest wie ein mutiger Streiter; Herr von Driesch hatte sich zurückgeworfen und lag, die Arme hinter sich auf den Boden stemmend, das Haar gesträubt und die Augen vorquellend, regungslos da.

In dem Kamin war etwas Lebendiges; es bewegte, es bückte sich – es kroch heraus – es war ein schwarzer Riese – der Gottseibeiuns – nein, es war nur ein großgewachsener, wie es schien, alter Mann, denn er hatte einen starken grauen Bart; seine Kleidung war ein langer, bis auf den Boden reichender weißer Mantel; der Kopf war unbedeckt. – So stand die Erscheinung da, Auge in Auge dem Geistlichen gegenüber, den sie mit durchbohrenden Blicken ansah. Der

Vikarius ließ aus Schrecken das Blatt mit dem Exorzismus fallen und der Gutsherr stieß hinter ihm eine Reihe gurgelnder Jammertöne aus. Die Gestalt zog ein Messer unter dem Mantel hervor, tat zwei Schritte vorwärts – der Geistliche taumelte zurück – Herrn von Driesch war jetzt Hören und Sehen vergangen – nun trat der Fremde zur Seite, ging langsam in den Winkel, den die vorspringende Mauer des Kamins bildete, und stach hier die Spitze seines Messers in eine der Füllungen der Lambris. Die Füllung schob sich zurück – es war eine Mauerhöhlung dahinter – die Gestalt nahm ein kleines Paket, das in Papier eingewickelt war, heraus und steckte es sorgfältig in ihren Busen. Dann kam sie zurück, schritt ruhig durch den Saal der obern Tür zu, nahm im Vorbeigehen einen der brennenden Leuchter von dem Tische und ging hinaus. Draußen hörte man die Schritte über den Gang, dann nichts mehr; dann wieder das Aufmachen von Türen – draußen ward ein heftiges Hundegebell laut — endlich alles wieder still.

»Gott steh' uns bei,« atmete der Vikar auf; »das wäre uns beinahe übel bekommen!«

»Mein Gott, mein Gott, was war das?« stöhnte Herr von Driesch.

Der Vikar half dem gnädigen Herrn wieder auf die Beine.

»Was das war, weiß der Himmel. Kommen Ew. Gnaden, wir haben für diese Nacht genug gesehen. Wir wollen zu Bette gehen und dem lieben Gott das übrige anheimstellen. Von dieser Welt war es nicht.«

Zu Bette gehen! das ließ sich leichter sagen als ausführen. Das Gehen war Herrn von Driesch vergangen; seine Knie schlotterten, der Vikar mußte ihn aufrecht halten und halb in seine Schlafkammer tragen, wo der Geistliche sich aufs Sofa warf, denn für nichts in der Welt wäre der Gutsherr den Rest der Nacht hindurch allein geblieben. Beide brachten ihn zu, sich ihre gegenseitigen Ansichten und Vermutungen über die Sache mitzuteilen und auch den Beschluß festzustellen, niemand fürs erste etwas von dem Abenteuer zu sagen.

Den Leuchter, den die Gestalt von dem Tische fortgenommen hatte, fand man am andern Morgen auf dem Hofe liegen. Auch die Füllung in den Lambris zeigte sich noch geöffnet; es war ein Wandschrank dahinter angebracht, von dem Herr von Driesch früher nichts gewußt hatte. In dem Holze war auch der Messerstich zu sehen, den die Gestalt gemacht hatte; in dem Schranke selbst aber fand sich nichts als ein paar alte Lappen, ein leerer Latwergentopf und das verrostete Radschloß einer Flinte, wie man sie in alten Zeiten gebrauchte.

Der Frühling war ins Land gekommen, auf jene unmerkliche und durchaus nicht angenehme Art, wie er sich in Westfalen ankündigt, wo das im ganzen milde Klima des Winters bis tief in die Sommermonate hinein herrschend bleibt. Schnee, der gleich wieder zerschmolz, warmer Sonnenschein am Mittage, eine naßkalte Luft am Abend und Morgen machten die Tage unangenehm und der Wind, der bald aus dieser, bald aus jener Ecke wehte, ließ fürs erste keine günstige Aenderung hoffen.

Es war an einem Nachmittage, der sich durch seine Freundlichkeit vor vielen jüngst vergangenen auszeichnete, als ein Reiter, von einem Bedienten gefolgt, des Weges zog, der aus dem Innern des Landes nach dem Rheine und seitwärts ab nach dem Herrenhause von Diependahl führte. Der Reisende schien einen langen Weg zurückgelegt zu haben, denn sein Tier war nicht allein, ebenso wie er selbst, stark von Kot bespritzt, sondern schritt auch matt und müde voran, ohne durch die Sporen seines Herrn viel aufgeregter zu werden. Dieser war eine sehr kräftige und sehr hohe Figur, mit gebräunten aber nicht unschönen Zügen, obwohl sie vor Wetter und Wind wenig geschont und etwas abgespannt schienen. Auch lag eine starke Narbe über die linke Wange, halb bedeckt von dem schwarzgefärbten und gesteiften Schnurrbart, der rechts und links, an den Enden wie eine Nadel spitz gedreht, weiter als die Breite des Gesichts vorragte. Der Reiter trug einen hellblauen Uniformrock mit orangegelben Aufschlägen, an dessen Tressen Kundige erkannt hätten, daß sein Inhaber den Grad eines Leutnants in der ***schen Armee bekleidete; außerdem einen dreieckigen Hut, unter dem ein langer und zierlich geflochtener Zopf über den Rücken niederhing, während über dem National ein kleiner Federbusch nickte. Beinkleider von weißem Hirschleder und hohe Reiterstiefel vollendeten den Anzug; außerdem war der Fremde bewaffnet und führte einen schweren Mantelsack hinten auf dem Sattelkissen. Auch der Bediente stak in der steifen und unzweckmäßigen Uniform, in der die Helden jener guten alten Zeit ihre eingeschnürte Figur zur Schau trugen; meist lang aufgeschossene Burschen, einer gerade wie der andre, bildeten sie die verkörperten Alexandriner des Kriegstheaters, während die Damen jener Tage in den runden Fischbeingestellen ihrer Vertugadins das Rondeau vorstellten, dessen zierliches und galantes Lächeln, versetzt mit einem Anhauch von anmutiger Neckerei, auf ihren Lippen schwebte.

»Peter,« sagte der Offizier, sich auf seinem Pferde zurückwendend, »komm einmal heran!«

Der Soldat stachelte seinen Gaul vor: »Befehlen Herr Leutnant!«

»Hör' Bursche, wir wissen nicht, zu welchen Leuten wir kommen; sei einmal kein Esel, sondern besonnen und vorsichtig; halt dich stille, aber mach Augen und Ohren auf; verstehst du mich? Mach dich an irgendeins der Mädchen, die viel bei der Herrschaft ist, bei Tische aufwartet oder irgendwo sonst ein Wort aufschnappt.«

»Ich will schon kundschaften,« sagte der Soldat.

»Wenn man dich die Nacht über fern von mir einquartieren will, so leid es nicht; sag', ich wäre gewohnt, dich nachts in meiner Nähe zu haben; hab' auch ein Auge auf die Pistolen und sorg', daß das Pulver auf der Pfanne nicht feucht wird. Laß die Sättel heute nacht auf den Pferden.«

»Befehlen Herr Leutnant!«

»Das wird das alte Kastell sein; es ist wüst, wie es scheint, aber es wird sich schon etwas daraus machen lassen; die Lage ist nicht übel.«

Die Hufe der Pferde schlugen die Planken einer Brücke und gleich darauf das unebene und höckerige Pflaster des Hofes von Diependahl.

Der lange Junker Philipp stand in Hemdärmeln und baute im Scheine der sinkenden Abendsonne mit einem Beile Tannenstämmchen zu Bohnenstangen zurecht; als er die beiden Reiter geradeswegs auf den Hof zukommen sah, sprang er erschrocken in das Herrenhaus.

Der Freiherr von Katterbach, dem wie ein Damoklesschwert ein Urteil der pfälzischen Hofkammer in Untersuchungssachen wegen seiner Angriffe auf den von Driesch überm Haupte schwebte und der nur den Trost hatte, den auch Damokles sich nachgerade gemacht haben mag, daß das Schwert doch immer hing und nie fiel – war die Nachricht, daß zwei bewaffnete Reiter, einem Militärkommando so ähnlich wie ein Ei dem andern, auf seinem Hofe hielten, höchst unangenehm. Er wanderte gerade ruhig durch den Flur, um in ein gegenüberliegendes Zimmer zu gehen, als Philipp durch die offene Haustür hereinsprang, ihn am Aermel faßte und leise zuflüsterte: »Zwei Dragoner, Vetter; da, sie sind schon abgestiegen!« Der Freiherr stieß einen Fluch aus. »Philipp, hol' die Knechte und die Halfner zusammen – denen wollen wir heimleuchten!«

Die beiden Fremden hatten ihre Pferde an ein Gartengitter gebunden und traten über die beiden Stufen, die ins Haus führten. Philipp, der sich nicht in Hemdärmeln mit einem Beile in der Hand überraschen lassen wollte, sprang hinter den geöffneten Flügel der Haustür, während der Hofrat mit untergeschlagenen Armen schweigend dastand, die Runzeln seines Gesichts in eine durchaus nicht gastliche Physiognomie verzog und die Ankommenden erwartete.

Sporen und Säbel klirrten auf der Flur; der Leutnant machte einen militärischen Gruß und verlangte den Hofrat Freiherrn von Katterbach zu sprechen.

»Der bin ich; was will Er?«

Der Offizier stotterte; sein Kopf machte einige schwankende Bewegungen, unmerklich, aber doch bezeichnend bei Leuten, die ihrer selbst, des Eindrucks, den ihre Worte machen oder ihrer Sache nicht sicher sind, und blickte etwas scheu bald den Hofrat, bald die Wände an.

»Kommt Er von Düsseldorf?« sagte dieser.

»Von Düsseldorf? nein; ich habe in eignen Angelegenheiten mit Ihnen – mit Ihm –« korrigierte er sich, um nicht höflicher zu sein als der Hausherr, »ein Geschäft abzumachen.«

»Treten Sie hier herein,« versetzte Katterbach freundlicher und führte den Fremden in ein Zimmer.

Philipp lauschte hinter der Tür; der Soldat, der gleich beim Eintreten sein Kundschafteramt auszuüben begonnen hatte, bemerkte ihn.

»Ein Kerl in Hemdärmeln mit einem blanken Beile hinter der Tür!« murmelte er, »den muß ich aufs Korn nehmen.« Er fing an, wie eine Schildwacht in der Flur auf und ab zu gehen.

Philipp wollte abwarten, bis der Fremde sich fortbegebe. Endlich ward es ihm zu lange; drüben im Zimmer hörte er einen lauten Wortwechsel sich erheben. Er trat hervor.

»Heda, guter Freund, was wollt' Er da hinter der Tür?« sagte Peter und trat ihm in den Weg.

»Hat Er hier zu fragen?«

»Ganz ohne Frage!«

»Pack' Er sich aus dem Wege! Was will Er hier, was hat Er hier zu tun? da ist die Tür.«

»Sieh einer den Jüngling an,« versetzte der Soldat, »will mir die Tür zeigen! Nein, mach Er, daß Er fort kommt, es wird Zeit für Ihn. Er kann seiner Wege gehen, lange Entenflinte, und jetzt werf' Er das Beil fort!«

Ein heftiger Stoß vor die Brust und eine Maulschelle waren Philipps Antwort für den Unverschämten; dann sprang er mit einem Satze aus dem Bereiche seiner Arme und in das Zimmer, worin er die Streitenden hörte. Als Philipp eintrat, wurden beide stumm; der Hofrat sah ihn an mit einem Gesicht, vor dem selbst Philipp, der ihrer mehrere kannte, erschrak, so daß er augenblicklich Folge leistete, als Katterbach ihm zurief: »Laß uns allein, Philipp!«

Der Junker warf nun erst einen Blick auf den Leutnant, der stocksteif, das Kinn in seine Halsbinde zurückzwängend, in militärischer Haltung dastand; dann sprang er, weil er keine Lust hatte, wieder an Peter vorüberzugehen, durch das Fenster in den Hof.

Die beiden drinnen mußten sehr ernsthafte Angelegenheiten zu verhandeln haben. Philipp blickte, als er draußen stand, durch das Fenster zurück; der Leutnant schien gar kein Auge für ihn gehabt zu haben, und es war doch gewiß auffallend, daß ein Mensch ohne Rock, mit einem Beile bewaffnet, in ein Empfangszimmer stürzt und gleich darauf durchs Fenster wieder hinausspringt, statt durch die Tür zurückzugehen. Der Junker konnte gar nicht, begreifen, was im Werke sei. Den Hofrat sah er aufstehen und das Fenster schließen; dann, wie er gestikulierend im Zimmer auf und ab ging und der Fremde es sich in einem Lehnsessel bequem machte; das war alles, was er erspähen konnte.

Als Philipp, zur Abendtafel gerufen, in das Speisezimmer trat, sah er den Offizier neben seiner Braut am Tische sitzen. Der Hofrat blickte düster und schweigsam in seine Suppe, Josina war unbefangen und trug die Kosten der Unterhaltung; im Wesen des Fremden zeigte sich eine gesuchte Leichtigkeit und Sicherheit, die ihm etwas Gezwungenes gab; er sprach anfangs wenig, gegen das Ende der Mahlzeit mehr, denn er schien nach und nach Gefallen an seiner Nachbarin zu finden; ihre kleinen Koketterien mußten ihn anziehen und ihre großartige Naivität entzückte ihn endlich so, daß er häufig in ein lautes Gelächter ausbrach. Philipp fand desto weniger Behagen daran; er maß den Fremden mit sehr unfreundlichen Blicken, ließ diese dann auf seine Braut übergleiten und trat ihr endlich ein- oder zweimal nachdrücklich auf den Fuß, wobei er sich heftig räusperte.

Josina merkte es nicht.

Die Tafel war aufgehoben, Herr von Katterbach ließ dem Offizier ein Schlafzimmer anweisen, auch die Dame zog sich zurück, und Philipp platzte nun heraus: »Wer alle Teufel, ist der Mensch und was will er, Vetter? ich habe die größte Lust, ihn beim Kragen zu fassen und die Treppe hinunterzuwerfen!«

»Um Gottes willen, plag' du mich auch heute noch!« versetzte Herr von Katterbach, legte die Hände auf den Rücken und schritt im Zimmer auf und ab. Nach einer Weile nahm er ein Licht und ging zur Tür hinaus. Philipp war wieder allein – allein mit seinem Rätsel.

Die Freiin Josina hatte ihr Nachthäubchen aufgesetzt und wollte sich gerade niederlegen, als an die Tür ihrer Schlafkammer gepocht wurde.

»Wer ist da?« rief sie erschrocken, warf einen Pudermantel um und faßte den Riegel der Tür.

»Ma soeur!« versetzte es heftig und rauh; »mach auf!«

»Bist du's? was willst du noch?« sie öffnete; »was gibt's, alter Bär?«

Der Hofrat trat ein, stellte sein Licht auf die Kommode unter dem Spiegel, warf sich in einen Armsessel und fing heftig an zu weinen.

Josina hatte das nie und wahrscheinlich auch kein andrer Sterblicher je gesehen; desto mehr schnitt ihr der Anblick durchs Herz, und wie roh der Ton auch war, in dem die beiden Geschwister sonst zu verkehren pflegten, so erwachte doch in ihrer Brust, was in der jedes weiblichen Wesens lebendig bleibt, so sehr es das Alltagsleben zurückgedrängt haben mag, die Zärtlichkeit für den Bruder. Sie hätte sich gern an seinen Hals geworfen, um dem ersten Drange ihrer wiedererwachenden Liebe zu folgen, aber beide waren solcher Liebkosungen seit Jahren zu entwöhnt, als daß sie es wagte. Sie stand vor ihm, die Hände ineinander schlagend, vor Schrecken erbleichend und rief: »Mon frère, mon frère, was ist dir, was fehlt dir?«

»Josina,« sagte er, ein gewaltiges Schluchzen, das ihn übermannt hatte, niederkämpfend; »Josina, ich bin ein unglücklicher Mensch! Ich bin vor Gott und der Welt verloren!« Sein Schluchzen ward heftiger; ein Zittern erschütterte seine ganze robuste und schwere Gestalt.

»Um Gottes willen, so sprich doch, Andreas, was ist dir zugestoßen?«

Der Freiherr von Katterbach rang nach Fassung, aber er fand in keinem Winkel seines Gemüts einen innern Halt, an dem er sich hätte aufrichten können; er lag wie ohnmächtig in dem Sessel und schnappte nach Luft. Josina lief nach einer Silberbüchse mit Odeurs und hielt sie ihrem Bruder unter die Nase, mit bebender Hand und zitternd von Schrecken und Spannung, welches Ereignis diesen, wie es schien, so eisenfesten und verwegenen Mann niederwerfen, welcher Eindruck auf diesen rohen und steinharten Zügen ein so scheußliches Gepräge von Schmerz, Wut und Hoffnungslosigkeit zurückgelassen haben mochte.

»Fort mit dem Zeuge,« sagte er, ihren Arm von sich stoßend und zu seiner alten Roheit zurückkehrend, als ob er nur darin sich selber und seine Kraft wiederfinde.

»Wie stehst du mit Philipp? Vertragt ihr euch?« fuhr er nach einer Weile fort.

»Er ist ein erträglicher Mensch,« versetzte sie, »etwas rüde, ungeschickt und ohne viel Verstand, aber gutmütig.«

»Er ist ein Esel,« sagte der Hofrat, immer mehr zu Kräften kommend. »Du sollst dir ihn aus dem Kopfe schlagen; du mußt den Offizier heiraten.«

»Den wildfremden Menschen?«

»Ja, den, wildfremd oder nicht; und wenn er ein Spitzbube wär', müßtest du es, oder eine Bettlerin werden. Grad' heraus, Josina, ich – ich habe meine Güter nicht mit Recht im Besitz – der Fremde verlangt sie; ich kann, ich darf es nicht bei den Gerichten anhängig werden lassen; deshalb habe ich mich mit ihm verglichen, er nimmt deine Hand und wir bleiben zusammen hier; ich behalte die Verwaltung und er ist Eigentümer der Güter; – in die Einkünfte teilen wir uns.«

»Und ich und Philipp sollen das Opfer von euerm saubern Vergleich werden?« rief Josina, einen Schritt zurückfahrend.

»Larifari! Philipp und Opfer! Siehst du oder sieht er aus, als könntet ihr ein Opfer vorstellen? Wenn du mich verstanden hast, so bist du selbst klug genug, dich nicht weiter zu sperren. Betrage dich morgen danach.«

Josina wußte keinen Einwurf zu machen; sie wußte auch eigentlich selber nicht, ob ihr der Vergleich mehr angenehm oder mehr unangenehm sei, und in Ermanglung einer bessern Antwort fing sie an zu weinen.

»Der Fremde gefällt mir auch schon wohl,« schluchzte sie, »aber ich habe doch Philipp einmal mein Wort gegeben.«

»Und ich werde ihm den Laufpaß geben.«

Der Hofrat erhob sich und nahm sein Licht wieder, Josina schluchzte heftiger.

»Hör',« sagte Herr von Katterbach, sich zu ihr umwendend und wie von Mitleiden ergriffen; »wenn du ihn gar nicht magst, nachdem du ihn näher hast kennen gelernt – dann – ich will alles aufbieten – vielleicht find' ich doch Beweise, mit denen wir ihn uns vom Halse schaffen!«

»So,« fuhr Josina auf und stampfte heftig auf den Boden, »daß ich um alle beide komme! Das laß dir nicht einfallen!«

Unterdes ließ sich der fremde Offizier auf seinem Schlafzimmer von seinem Bedienten die knappe Uniform und die Reiterstiefel abziehen; als er die Füße von ihrer schweren Bekleidung befreit fühlte, lief er im Zimmer auf und ab, sprang und hüpfte bald auf dem einen, bald auf dem andern Beine in die Höhe und legte eine ausgelassene Freude an den Tag.

»Peter, das ist einmal scharmant gegangen!« rief er aus, »scharmant! aber ich bin auch im Feuer gewesen. Anfangs ward der alte Löwe so weiß, wie's sein Kazikengesicht in seinem Leben nie gewesen ist, und dann brüllte er vor Wut und Angst; aber ich hielt ihn fest an der Stange, fest wie einen stetigen Klepper. Hast du die Dame vom Hause gesehen?«

»Einmal, so im Vorübergehen!«

»Das ist meine Braut.«

»Braut! Alle Wetter,« schrie Peter, »das ist schon abgemacht? Nun, da hat der Herr Leutnant eine Katze im Sack gekauft. Uebrigens ist es eine schöne Person, die Sie da angeworben haben.«

»Schön und so sanft wie ein Lamm und so kindlich unschuldig wie ein Engel!«

»Herr Leutnant ist schon völlig angeschossen; aber mich soll der Teufel holen, wenn sie nicht Haare auf den Zähnen hat, wie die alte Marketenderlisbeth!«

»Wieso, woher weißt du das, Schlingel?«

»Weil ich sie habe in der Küche die Mägde kujonieren hören, als ob es Hundevieh wäre!«

»Weiter nichts? die mögen's danach gemacht haben!«

»Aber,« fragte Peter schüchtern und neugierig zugleich, »wie ist es denn nur so schnell zugegangen?«

»Höre, Bursch, es ist doch eine unangenehme Sache, jemanden geradeswegs von Haus und Hof zu treiben, auch wenn man in seinem Rechte ist! Ich kann dir sagen, es wurde mir schwül zumute, als ich den armen Teufel sich winden und krümmen sah in seiner Angst. Der Schweiß trat mir auf die Stirne und, als er mit einem annehmbaren Vergleiche herausrückte, griff ich zu, um nur die Szene zu Ende zu bringen. Und nun weißt du, Peter, wenn große Herren einen Vergleich schließen, dann gibt der eine dem andern seine Schwester oder seine Tochter als Unterpfand oder als Handgeld in den Kauf, und so haben wir's auch gemacht! Peterlein, Peterlein,« er stemmte seine Hände ihm auf den Rücken und hüpfte vom Boden auf, »ich bin ein Hoch- und Wohlgeborener Freiherr des heiligen römischen Reichs – juchhe!« Der Hoch- und

Wohlgeborene machte einen Satz über Peters Schultern fort, die sich geduldig niederbückten, daß der Zopf dem Burschen an die Stirn flog.

»Peter, ich will dich noch heute zu Amt und Würden bringen; was willst du werden?«

»Stallmeister!«

»Nein, das geht nicht; Pferde werden scheu, wenn sie Esel sehen.«

»Kellermeister!«

»Den Bock zum Gärtner machen! Ich will meinen Wein selber trinken, du Narr! Denke dir etwas andres aus!«

»Jägermeister!«

»Den haben nur die Fürsten; aber Hundejunge, wie stände dir das an? Gelt, Peterlein, das wäre so ein Aemtchen für dich? Ich will dir eine mit Silber beschlagene Karbatsche machen lassen und alle Tage nach Tische sollst du eine Stunde lang damit auf dem Hofe klatschen dürfen. Alle Martini ein neu Wams und wöchentlich nur einmal, Sonnabends morgens präzis um zehn Uhr einige Hiebe; Kerl, das wird ein Leben sein! Nun, pack' dich, ich will schlafen.«

Der lustige Leutnant warf sich ins Bett.

»Peter!« rief er dann den Abgehenden zurück, »bist du bös?«

»Befehlen, Herr Leutnant?« sagte der Beförderte, in steifer Haltung vor das Bett tretend.

»Es war ja Spaß, Pinsel; geh nur, du sollst Stallmeister werden; bist du nun zufrieden? Gute Nacht!«

Drittes Kapitel

Wir führen den Leser in die Residenzstadt M., wo seit einem Monat der Kurfürst seinen glänzenden Hof hielt und die vornehme Gesellschaft des Landes sich um ihn versammelt hatte. Wo er einzog, hob ein bewegtes, lärmendes und fröhliches Leben an; die großen und düsteren Höfe des vom Lande heimkehrenden Adels öffneten ihre eisernen Gittertore für Karossen und Sänften, die dunklen, verschlossenen Gemächer, in denen eine modrige Luft sich eingefangen, schlugen wie nach einem langen Winterschlaf die Augen ihrer Fenster auf und atmeten einmal wieder die Creme aller Wohlgerüche ein, die aus den Riechfläschchen und den seidenen Tüchern emporstiegen oder aus den Sandelholzfächern dufteten; die gestickten Atlasschuhe mit den hohen roten Absätzen trippeln über das neugewichste Parkett, die lange Schleppe von Trapd'or rauscht ihnen nach, und in unerreichbarer Höhe darüber wogen die Locken-, Federn- und Spitzenbaue der kunstreichen Toupets, langsame und feierliche Bewegungen gebietend. Desto behender sind die gepuderten Herren; in der goldgestickten Samtweste, in dem scharlachroten oder veilchenblauen Rocke mit goldenen Knöpfen kommen sie von einer Dame zur anderen, wie auf dem horizontal geschnallten Degen angeritten, und schwenken die Spitzenmanschetten, um mit graziöser Handbewegung den blumichten Redensarten eine Bekräftigung zu geben, worin sie Chlorindens Brillantenprätension von dem Funkeln ihrer Augen überstrahlt erklären und an Chimenens Nacken Perlenschnüre entdecken, die ein unglücklicher Schäfer über ihre Grausamkeit in den Kelch einer Rose geweint hat. Man sollte glauben, dieses zarte Geschlecht habe sich bloß vom Honig des Hymettus genährt; aber nein, wenn wir in die Küche treten, finden wir gewölbte Hallen, weit wie Kirchen, die weißen Köche in Scharen, ganze Schwadronen von Bratenwendern und ein Geschmor und Gezisch und Brodeln, als gälte es ein Lord-Mayor-Mahl zu bestellen; und von allen Dingen, welche die Ueppigkeit ausgesonnen, das Seltsamste ist der Porzellanvorrat, der in diesen Hallen klappert und rasselt, um seine Wanderungen in die oberen Regionen anzutreten. Nicht allein, daß die feinsten Blumenmalereien diese japanischen und chinesischen Erzeugnisse schmücken; nein, jedes Geschirr hat die Form des Tieres oder der Frucht, die es aufzunehmen bestimmt ist, bunt mit den natürlichen Farben bemalt, und die Vorratskammer ist eine ganze Menagerie von allen möglichen Tierarten; hier glotzt das kalte Auge der wilden Gans, dort streckt euch der Eber den dräuenden Hauer entgegen; neben ihm der Truthahn, das bunte Rad seines Schweifes und den roten Hals hoch aufrichtend, das Birkhuhn mit dem roten Augenwulst, der Auerhahn, die Trappe, das schlummernde Reh – und umher eine ganze Vegetation von Kohlköpfen, Spargelbündeln, Melonen, Ananas, der Himmel weiß was alles; in der Tat, es muß hübsch aussehen, wenn es aufgetragen, zwischen vollen duftigen Blumensträußen die Tafel bedeckt.

Man sollte ferner glauben, wenn man die klassischen Scherze, die sub rosa geflüsterten Anspielungen, die wunderlichen Dialoge in der Augensprache anhört, trotz des gehaltenen Wesens und trotz der völligen Herrschaft über sich selbst, die jeder einzelne dieser säuselnden und wie auf Schmetterlingsflügeln durchs Leben schwebenden Gesellschaft an den Tag legt – taugten sie alle miteinander nicht besonders viel; von gutem christlichen Glauben gar nicht zu reden. Aber auch da würde man irren; denn was den Glauben angeht, so haben sie dessen viel mehr als nötig, und auch darin hat das Zeitalter des Luxus seinen Charakter betätigt. Praktiziert einem dieser Kavaliere aus der Tasche seiner gestickten Weste zum Spaß die Börse, ich will nicht behaupten, daß immer das Jahrhundert des Ueberflusses bis in ihr Inneres hinabgestiegen sei, um sich auch darin breitzumachen; aber das weiß ich, daß ihr ein wunderliches, schwarzbraunes Säcklein findet, aus dem ihr nicht klug werdet, bis ich euch sage, daß dieser Stoff von den Häuten der Fledermaus ist, die Glück im Spiele gibt. Nun wieder hinein damit. Da – ihr fühlt ein einziges Geldstück noch in der Tasche; das ist ein Mansfelder Davidgulden, der unverwundbar macht, denn er springt jedesmal der Kugel und dem Stiche entgegen, die auf den Träger gerichtet werden.

Und nun – die Frivolität ist ansteckend – jene Dame mit der hochgewölbten Trompeuse: noch eine Untersuchung. Ihr findet, wenn auch sonst nicht viel, mindestens ein Amulett, einen Talisman oder irgendeinen Liebeszauber; auf ihrer Brust aber, an einem Samtbande trägt sie den kleinen goldenen Mops; auch der wird bald versteckt werden müssen, denn es ist die lebhafteste Klatscherei ausgebrochen, die Mitglieder des unschuldigen Mopsordens ständen mit dem Teufel in Verbindung.

In dieser Welt voll Glanz, Ueppigkeit und fröhlichem Leichtsinn war ein strahlender Stern aufgegangen, eine Königin der Schönheit, eine Göttin der Huld, wie die Männer behaupteten, während die Frauen gar nicht begriffen, wie jene so bezaubert sein könnten von einer Erscheinung, die freilich nicht alltäglich sei und allerdings ihr Auffallen habe, aber ihre Vorzüge durch unangenehme Eigenschaften völlig wieder aufwiege. Katharina von Plassenstein sei hochmütig, ungesellig und mokant, behaupteten die Frauen; ganz vollkommen schön – daran fehle auch noch viel. Die Männer fanden sie reizend, im höchsten Grade pikant, und wenn sie mokant sei, so sei es jedenfalls ein beneidenswertes Los, von ihr aufgezogen zu werden, denn sie tue es mit so viel Geist und zugleich mit einer solchen Anmut, daß sie nur ein geschmeicheltes Gefühl zurücklassen könnte. Alle aber fanden es unbegreiflich, wie eine Dame von so viel »Verdienst« so lange sich in einem einsamen öden Stifte habe einschließen lassen mögen.

Daß ihr Stift einsam und öde sei, hatte Katharina erst vor wenigen Monaten gefunden; dies Gefühl war so plötzlich, so überwältigend über sie gekommen, daß sie sich vor ihm hatte in das regere Leben der Residenz flüchten müssen. Sie kannte M. von früherer Zeit her; ein längerer Aufenthalt hatte es ihr damals lieb gemacht; es waren nur frohe oder mindestens angenehme Erinnerungen, die sich für sie an diese Höfe knüpften, durch deren Tore ihre Sänfte jetzt wieder sie trug, an diese schmuckvollen Räume, auf deren getäfeltem Boden ihr kleiner Fuß jetzt wieder zum Menuett anschritt. Aber wie wunderbar fand sie diese Stadt in den wenigen Jahren verändert! Sie fand ihr Leben wie gedämpft, ihre Gesellschaften wie von der Langeweile zusammengebeten, ihre Interessen und Beschäftigungen wie von der Alltäglichkeit diktiert und den Geist ihrer Umgebung wie eine weidende Ziege der Dürftigkeit, die mit einem Strick an einen Pfahl gebunden ist, daß sie über ihren Kreis nicht hinaus kann. Nichts fesselte sie, nichts schien ihr witzig, edel, groß genug, ihre Augen auf sich zu ziehen; endlich, nach langer Zeit, tauchte eine neue Erscheinung in den Kreisen der Residenz auf, die ihr Interesse anzuregen wußte; wunderbarerweise fanden aber alle andern, daß diese gerade die insipideste, ungehobelste und gewöhnlichste von allen sei.

Wir finden sie in einem dieser hellerleuchteten Höfe, aus dessen Sälen eine rauschende Musik schallt, die bis zu den Ohren eines gaffenden Volkshaufens dringt, der draußen lungert und den Inhalt der heranrollenden Karossen bewundert, wenn er über die niederfallenden Schläge und Stufen trippelt und gleich darauf, durch eine Reihe reich galonierter Livreen, von den breiten Stiegen emporgetragen, in das Himmelreich da oben verschwindet. Katharina bewegt sich nicht in den Gesellschaftssälen; sie war einsam auf ihrem Zimmer; die einfache Ordenstracht ist abgeworfen, um ihre schlanke Taille bauscht der Reifrock und die Adrienne und die hohe Coiffure hebt die Höhe ihrer Gestalt hervor. Aber ohne Rücksicht auf den kostbaren Ballanzug hat sie sich in einen Sessel geworfen, die Hände über der Rückenlehne gefaltet und darauf die Stirn gedrückt.

Was sie sinnen mag? – Ich weiß es nicht; aber es gibt viel, das zum Sinnen bringt, viel, das auch den Menschen im leichten Ballstaat auf die kühlen frostigen Höhen des Gedankens empordrängt. Es kommt eine Zeit, wo die Fassungskraft der inneren Sinne gereift ist und mit seinem größeren Umfassungsvermögen das Ohr nicht mehr den Lärm, sondern die stille Schweigsamkeit der Welt zuerst heraushört; nicht mehr das fröhliche Toben und Rauschen und Treiben des Lebens, sondern die Totenstille sich ihm aufdrängt, die der Lärm vergebens zu übertäuben strebt, indem es ihr in das drohende, verbissene Antlitz lacht.

Es kommt eine Zeit, wo die Illusionen schwinden und das Leben in seiner nackten Wirklichkeit vor uns tritt. Nichts in der Welt mag öfter ausgesprochen sein; aber die meisten, die es aussprechen, sagen es andern nach, wenn irgendeine ihrer Hoffnungen fehlschlägt, irgendein Mißgeschick ihre Wege kreuzt; die wenigsten mögen die Behauptung aus eigener innerer Erfahrung aussprechen, weil sie nie viel Illusionen gehabt haben, die schwinden könnten. Die meisten finden das Leben so, wie sie es sich immer gedacht haben, nicht weil es wirklich so wäre, sondern weil ihnen das Vermögen fehlt, zu sehen, zu fühlen, wie es wirklich ist. – Es gehört Phantasie und Gefühl dazu, Illusionen zu haben; sich eine Unendlichkeit von Glück durch Liebe, von Glanz durch Gedankenhoheit, von Schönheit durch Gotterfülltheit ins Leben zu träumen, alles das nahe, erfaßbar vor sich zu wähnen, zu schwelgen in der Freude darüber. Und nun zu der unseligen Reife des Gedankens und der Erfahrung zu gelangen, welche die innere Schäbigkeit des Weltlaufs durchschaut, die sich selber als unabweisbare Wahrheit und Ueberzeugung gestehen muß, daß alle Illusionen eben Illusionen waren, daß nichts von all dem schönen Glauben, in dem man glücklich gewesen ist, sich erfüllt; – das heißt, jene Bemerkung in ihrer vollen Wahrheit fühlen; das ist, was sinnend, träumerisch und traurig macht; das heißt, den Königsmantel, den das Leben um die Schultern geschlagen hat, weggerissen und darunter den wundgepeitschten Rücken sehen; es heißt, die türkische Braut seiner Zukunft, die verhüllt und verschleiert einem angetraut ist, endlich genuß- und liebebedürftig ihrer Stirnbinden, ihrer Schleier berauben dürfen und – eine gelbe, schmutzige Sklavin finden.

Jeder Mensch, der so über die Schwelle seines Illusionenbaues geführt wird, durchmißt den umgekehrten Lebenslauf, den der Sänger von Florenz machte; er tritt aus der vita nuova seiner Jugendhoffnungen in das alte Leben, welches die Welt lebt, und während jener in dem neuen Leben anfing zu denken und zu philosophieren, drängt sich dem anderen das Denken in dem alten Leben auf; für die Poesie, die ihm entrissen wird, greift er nach einem für seine Ruhe gefährlichen und schlimmen Surrogat, der Philosophie.

Die Philosophie einer Frau ist – mit wenigen Ausnahmen der männlicheren Geister unter ihnen – getäuschte oder unbefriedigte Liebe; oder es ist der Druck des Müßiggangs ihrer Gefühle, der auf ihnen liegt, und wie das Druckwerk einer Wasserkunst die Springbrunnen ihrer Gedanken öffnet und in vollen Garben aufsprudeln läßt. Die Liebe macht sie poetisch und ihr Schwinden philosophisch; und indem wir uns wieder zu unsrer Heldin wenden, fragt es sich also, ob ihr Sinnen ein poetisches Träumen oder ein philosophisches Nachdenken über die Nichtigkeit der irdischen Dinge gewesen sei? Machen wir den Beobachter.

Nur einen Korridor und ein Vorzimmer von ihr entfernt summt, rauscht, lacht, flüstert die Gesellschaft, klappert mit den Spielmarken, wedelt mit den Fächern, macht Verbeugungen und Gestikulationen; kurz, ist in völliger Beschäftigung, die Summe von Tönen, Phrasen und Bewegungen hervorzubringen, die von einem großen Zirkel mit billiger Nachsicht eine genußreiche Unterhaltung genannt werden.

»Aber, meine liebe Therese,« sagt die Frau des Hauses, aus einer Gruppe von Herren, die sie umgeben hat, zurückschlüpfend und drei zusammen plaudernde Damen unterbrechend, »wir müssen durchaus eine bevollmächtigte Ambassade absenden, um Katharina holen zu lassen; die Herren zetteln sonst eine Verschwörung an, es herrscht eine dumpfe Gärung unter ihnen, die im Begriff steht, in helle Flammen des Aufruhrs aufzubrechen.«

»So wollen wir Herrn von Schemmey absenden,« sagte die Angeredete, eine kleine dicke Dame mit schmalen, verschmitzt lächelnden Augen, welche Stifterin und Präsidentin des Mopsordens war, »gib einmal acht, was die Katterbach für Augen machen wird; hast du ihren Kopfputz schon betrachtet? Er ist wie der babylonische Turm, ein unvollendetes Wunder der Welt«, setzte sie flüsternd hinzu.

»Die hängenden Gärten der Semiramis, aber im Spätherbst«, sagte eine dritte Dame.

»Herr von Schemmey!« rief die erste lauter.

Herr von Schemmey näherte sich der Gruppe, machte eine Verbeugung und sprach in einer Stellung, die zwischen militärischer, liniengerader Steifheit und anmutiger Nachlässigkeit etwas unsicher hin und her schwankte.

»Was befehlen Sie, meine Gnädigsten?«

»Meine Freundin Therese will sich an Ihrem Anblick erfreuen; sie behauptet, Sie könnten so außerordentlich schön stehen, Herr von Schemmey.«

»Sehr verpflichtet, Frau Gräfin.«

»Aber diesmal will ich Sie nicht allein stehen sehen, sondern Sie sollen auch gehen«, hob
die Ordenspräsidentin an.

»Nur nicht aus ihrer bezaubernden Nähe, meine Grazien.«

»Aber wir sind, unser vier,« warf die jüngste Dame ein, die noch nicht gesprochen hatte; »es
gibt nur drei Grazien!«

»Welche die Venus umgeben«, sagte Herr von Schemmey.

»Das ist abscheulich von Ihnen, da werfen Sie den Zankapfel der Eris zwischen uns, wer
Venus ist! Und Sie stehen ganz ruhig da, in dem sicheren Bewußtsein, daß niemand nahe, der
Ihnen den Apoll streitig machen könnte.«

»Ich bewundere Ihre mythologischen Kenntnisse«, sagte der Apoll in der prachtvollen
Lockenperücke und dem kaffeebraunen, gestickten Rock, der niemand anders war als der
lustige Leutnant, den wir auf Diependahl kennenlernten, der Hoch- und Wohlgeborene
Freiherr des heiligen römischen Reiches. Er war in die Residenz gekommen, um sich in seinem
neuen Glanze zu sonnen und um der Langeweile des stillen Gutes im Bergischen zu entgehen,
wie er sagte, um seine Braut in die Welt einzuführen und sie eine Badekur in den Düften der
feinen Sitte gebrauchen zu lassen, die ihm selber nebenbei auch nicht schaden konnte.

Der Freiherr fuhr mit der Hand nach seiner Oberlippe und ließ sie gleich wieder sinken, weil
nichts mehr da war, das er hätte in Kräusel drehen können; der prachtvolle Schnurrbart war
der Badekur gewichen.

»Herr von Schemmey, Sie sollen sich zu Fräulein von Plassenstein begeben und ihr den
Wunsch der Gesellschaft vortragen, die sich nach ihrem Erscheinen sehnt«, sagte die Dame
des Hauses.

»Sie sollen zu ihr gehen als Herold des Mopsordens, der einen Aufruhr seiner Untertanen
befürchtet«, fiel Gräfin Therese ein.

»Als Ordensheld, als Toison d'Or!« sagte die jüngste Dame.

»Nicht als Toison; d'Or, als Mops d'Or«, verbesserte die Präsidentin.

»Bekleiden Sie mich mit dem Zeichen dieser Würde, erlauchte Großmeisterin.« Herr von
Schemmey beugte sein linkes Knie.

Die Stifterin des Ordens – der, im Vorbeigehen gesagt, nichts als ein Damenscherz war, obwohl er zu jener Zeit viel zu sprechen machte – nahm ihren goldenen Mops ab und schlang ihn
um den Nacken des Freiherrn von Schemmey. Die Gruppe vergrößerte sich; alle wollten sehen,
wie Schemmey Ordensherold wurde.

»Es steht ihm sehr gut«, sagte einer der Herren.

»Sie sind zum Mops d'Or wie geschaffen, Schemmey«, lachte ein anderer.

»Sie sollten ihn auf Lebenszeit dazu ernennen, hochgebietende Dame vom Kapitel«, rief ein
dritter sarkastisch.

Der Herold eilte unterdes, seinen Auftrag auszurichten. Nach einer Weile kam er wieder, auf
seinem Gesicht einen leuchtenden Ausdruck der Genugtuung zeigend. An seinem Arme führte
er Katharina von Plassenstein.

Sie begrüßte ihre näheren Bekannten unter den Damen, sie hörte die Anreden der sie um-
schwebenden, umsäuselnden Herren an und stand wie eine Königin in der Mitte dieses galanten
Hofstaates, der übrigens sich etwas unzeremoniös um sie drängte. Nur Herr von Schemmey hatte unerschütterlich an ihrer Seite Posto gefaßt; die andern arbeiteten augenscheinlich darauf hin,
ihn fortzuschieben, er aber mochte durchaus nicht einsehen, weshalb er nicht auch Katharinen
bewundern lassen sollte, daß er so schön stehen konnte, wie die Dame des Hauses gesagt hatte.
Unterdes hatte Josina von Katterbach von ihrem Taburett hinter einem Spieltische her, auf dem
alles in Bereitschaft lag, eine sehr unterhaltende Partie zu machen, wären nur Partner für sie
dagewesen – die ganze Gesellschaft zu beobachten, volle und ungestörte Muße. Sie war in einer
sehr unangenehmen Gemütsstimmung. Seit dem ersten Abend, an welchem sie mit ihrem Verlobten dem Stiftsfräulein von Plassenstein vorgestellt war, hatte diese ihr sehr unliebenswürdig
scheinende Dame ein Netz wohlberechneter Koketterien nach ihrem Bräutigam ausgeworfen,

und wenn der letztere ihr bis dahin auch noch keine jener leidenschaftlichen Wallungen eingeflößt hatte, die das Glück der Liebe ausmachen sollen, so war sie doch nichts weniger als gleichgültig dahei. Herr von Schemmey war ihr wenigstens von diesem Augenblick an eine viel Aufmerksamkeit erheischende Person geworden. Und seitdem sie gesehen, daß jemand ihn ihr entreißen wollte, hatte sie beschlossen, ihn mit aller Gewalt festzuhalten. Es war ein stiller Kampf zwischen den beiden Damen ausgebrochen, und wenn Katharina auch die meisten Siege darin erfocht, so hatte doch Josina die Genugtuung, ihre Ansichten über die Nebenbuhlerin frei aussprechen zu dürfen und bei der Mehrzahl der anderen Damen ein williges Echo zu finden. Was sie aber am meisten ärgerte, war, daß die hochmütige Plassenstein sich ihr gegenüber stellte, als lebten sie beide im tiefsten Frieden miteinander, und daß sie immer mit der größten Freundlichkeit ihr entgegenkam. »Sie ist eine wahre Schlange,« sagte sie, »und mich soll wundern, wann Schemmey die Augen über das aufgehen werden, was allen Menschen so klar ist wie die Sonne.« Dem Freiherrn von Schemmey waren bis jetzt die Augen nicht aufgegangen; im Gegenteil, die Schlange schien ihn immer fester zu umringeln. Mit seinem liebenswürdigen Leichtsinn und in jugendlicher Offenheit für frische Eindrücke vergaß er seine Braut und umflatterte die Dame, die zu hoch von der Gesellschaft gestellt wurde, als daß ihre Aufmerksamkeit und Zuvorkommenheit für ihn nicht etwas unendlich Schmeichelhaftes gehabt hätte. Und als er gewahrte, daß sie die feinen und zierlichen Redensarten der anderen Kavaliere jedesmal ebenso fein und zierlich abtrumpfte, während sie seine natürlicheren Scherze immer mit vieler Nachsicht aufnahm, da war der Hoch- und Wohlgeborene Freiherr ein vollständiger Sklave. Es mochte ihm endlich ganz ernsthaft die Beobachtung sich aufdrängen, weshalb er denn Josina eigentlich durchaus und ohne Widerspruch heiraten müsse? Es konnte ihm wenigstens nicht entgehen, daß ihre Familie und sie selbst durchaus nicht in der unbeschränkten Achtung standen, deren die Plassenstein sich erfreut hatten, und daß ihn Katharina endlich in ganz andere Familienverbindungen bringen würde. Zwar stand ihm ein Vertrag mit Josinens Bruder im Wege; aber nach genauer Erwägung konnte er sich nicht verhehlen, daß er unrecht getan, ihn so rasch einzugehen und daß er durchaus keine bindende Kraft habe.

Als Josina ihren Verlobten wie für ewig in den Kreis gefesselt sah, der um ihre Nebenbuhlerin sich geschart hatte, erhob sie sich und schritt in ein offenstehendes, aber leeres Nebenzimmer, um zu sehen, ob ihr völliges Verschwinden nicht jenen auf sie aufmerksam machen könne. In einer sehr anmutigen Stellung, welche die vollen und edel geschwungenen Formen ihrer Gestalt hervorheben mußte, lehnte sie in der Fensterbrüstung, drückte die Stirn an eine der Scheiben und blickte mit der Schwermut einer verkannten Seele in die düstere Nacht hinaus, wobei sie den Vorteil genoß, in der Scheibe zugleich einen den Lichterglanz der anstoßenden Räume zurückwerfenden Spiegel zu haben, so daß ihr nicht entgehen konnte, wenn vielleicht einer der Herren in das Zimmer treten würde, um wie bezaubert stehen zu bleiben und in den Anblick ihrer Gestalt zu versinken. Aber niemand kam, und Josina wurde von der Langeweile nach einer Viertelstunde wieder aus dem Boudoir getrieben, um die Erfahrung reicher, daß die Herren doch oft wahre Klötze seien.

Unterdes hatte der Ball begonnen; Josina sah, als sie wieder in den Saal trat, wie Herr von Schemmey Katharinen in die Reihe der Tänzer führte, dann aber ward ihren Blicken eine andere Richtung gegeben, durch einen sehr verbindlichen Herrn, der schon etwas ältlich war, aber noch ganz gewandte Manieren hatte. Er hatte keine Partnerin gefunden und sich resigniert an einen Kamin gestellt; jetzt trat er, erfreut, eine noch unaufgeforderte Dame zu sehen, mit einem: »Kann ich die Gnade haben?« auf sie zu.

Josina hatte die Gnade, worüber der schon etwas ältliche Herr eine große Freude an den Tag legte.

Als Fräulein von Katterbach das Gesicht ihres Partners ansah, kam ihr dasselbe bekannt vor; sie wußte übrigens nicht gleich, wo sie es schon gesehen habe und hatte auch in diesem Augenblick keine Lust, darüber nachzudenken. Der Herr war sehr gesprächig, sehr unterhaltend und lebhaft, aber tanzte ziemlich altfränkisch und geziert, so daß Josina nicht recht mit ihm im Takt bleiben konnte; endlich bemerkte sie ihm, daß sie glaube, es sei in Beziehung auf die spätere Ermüdung ratsamer, immer nur drei Pas zu machen und nicht fünf, wenn man mit drei Pas auskommen könne. Der Herr zog sein seidenes Tuch hervor und wischte sich die Stirn: »Sie haben ganz recht, meine gnädige Frau, aber –«

»Ich bin noch nicht verheiratet«, fiel Josina etwas pikiert ein.

»Bitte tausendmal um gnädige Nachsicht, aber ich habe nicht die Ehre gehabt, Ihnen vorgestellt zu werden«, sagte der ältliche Herr mit einer tiefen Verbeugung.

»Ich bin das Fräulein von Katterbach zu Diependahl.«

»Katterbach!« schrie der Herr auf, fuhr einen Schritt zurück und schlug die Hände über dem Kopfe zusammen: »Das mußte mir begegnen! O superi!«

Der Herr war niemand anders als der Blumenschäfer von der Pegnitz, welcher der Säuberliche hieß und den Grundsatz hatte, daß man sich nicht unnütz in Gefahr begeben müsse, niemand anders als Herr von Driesch.

Als er die fürchterliche Entdeckung gemacht hatte, daß es die Schwester seines Todfeindes war, die er am Arme gehalten, durchlief ihn ein kalter Schauder; aber nachdem er jene Worte so laut ausgestoßen hatte, daß die Gesellschaft plötzlich innehielt, um zu schauen, welches Ereignis einen solchen Schrecken bei einem ihrer Mitglieder hervorgebracht habe, faßte er sich, so gut es ihm möglich war. Er besann sich, daß er keinesfalls die Gesellschaft durch eine unschickliche Szene beleidigen dürfe, und indem er Josina eine Verbeugung machte, sagte er: »Mein verehrtestes Fräulein, ich kann nicht mehr tanzen, ich – ich habe mir den Fuß verstaucht.« Herr von Driesch streckte seinen rechten Fuß aus, der sich in einem feinen seidenen Strumpfe und , mit einer glänzenden Brillanten- Schnalle geschmückt ganz reputierlich ausnahm, und dann setzte er hinzu, indem ein helles Rot des Ingrimms sich über sein Gesicht verbreitete: »Ja, diesen Fuß habe ich mir verstaucht – in der Wolfsfalle!«

Er stampte den Fuß nun heftig auf den Boden, daß dieser dröhnte, warf einen Blick, lodernden Zornes auf die unglückliche Josina und zog sich, Verwünschungen murmelnd, an seinen Kamin zurück.

Der Tanz war unterbrochen, die Gesellschaft drängte sich mit den Ausdrücken des Staunens, der Ueberraschung und der Teilnahme um das verlassene Fräulein; Katharina trat unterdes in das leere Nebenzimmer, wo sie, wie nach einer großen Ermüdung tief aufatmete und sich auf ein Sofa warf. Herr von Schemmey folgte ihr.

»Wie, Sie sind nicht bei Ihrer Braut, die Ihres Armes bedarf, ritterlicher Mops d'Or und Ordensherold?« fragte ihn Katharina, indem sie mit vieler Freundlichkeit ihren Anbeter anlächelte.

»Meine Huldgöttin, Sie machen mir einen Vorwurf daraus?«

»Es ist gut, daß Sie das Huldgöttin mehr betonen als das meine, um der Phrase das Schmeichelhafte zu lassen,« versetzte Katharina mit einem ironischen Blicke.

»Wollen Sie nicht meine Huldgöttin sein?«

»Merken Sie sich eins, Herr von Schemmey,« sagte Katharina, indem sie verlegen werdend sich abwendete: »Sie kennen uns Frauen nicht, wenn Sie glauben, die leichte Tändelei des gesellschaftlichen Verkehrs befriedige uns; eine wirkliche Schmeichelei liegt für uns nicht in Phrasen, sondern in dem tatsächlichen Beweis, daß wir Achtung und Freundschaft eingeflößt haben. Und lassen Sie mich es geradezu gestehen, um in der Offenheit Ihnen mit dem guten Beispiele voranzugehen – Sie werden es ohnehin oft genug gehört haben, die Neugierde ist unsre stärkste Triebfeder; aus diesen Gründen kommt es, daß wir vor allem andern Vertrauen fordern.«

»Ich weiß nicht, was ich verantworten soll,« entgegnete Herr von Schemmey, »wenn nicht allenfalls, daß ich mir vorkomme wie ein Pinsel.«

»Sehen Sie,« sagte Katharina lächelnd, »diese Offenheit ist es, was ich von Ihnen erwarte. Kommen Sie jetzt, man vermißt uns sonst.« Sie stand auf und ordnete etwas an ihrem Kopfputz vor dem Spiegel, der über dem Kamine des kleinen Raumes hing.

»Kennen Sie den Herrn, der eben Ihre Braut beleidigte?« sagte sie dann, gleichgültig hinwerfend, aber die Züge seines Spiegelbildes im Auge behaltend.

»Ach Gott, nein; es ist mir höchst fatal; ich werde mich mit ihm schlagen müssen.«

»Sie haben ihn früher weder bei Tage noch bei Nacht gesehen?«

»In meinem Leben nicht; weshalb fragen Sie so scharf nach?«

»Gehen Sie jetzt, wir haben sonst Neckereien zu erwarten.«

Herr von Schemmey ging; wenn er sich vorgekommen war wie ein Pinsel, so mußte dies Gefühl wenig Beunruhigendes für ihn gehabt haben, denn als er sich wieder in die Gesellschaft mischte und sich nach seinem Fräulein Braut umzusehen ging, war er in der vollständigsten Triumphatorlaune und fest entschlossen, zu den übrigen, unleugbar nicht gemeinen Vorzügen seiner Person jetzt auch die Tugend der Offenheit in einem möglichst bezaubernden Grade hinzuzufügen.

Katharina trat ebenfalls wieder in den Saal und näherte sich nach einer Weile Josinen mit einer freundlichen Frage nach ihrem Befinden.

»Mein Befinden ist sehr gut, Fräulein von Plassen- stein,« versetzte Josina; »ich kann sagen, daß ich mich außerordentlich wohl befinde; die Heiterkeit ist mir immer so sehr zuträglich.«

»Also, Sie sind so heiter; nun, das ist mir so erfreulich zu hören, wie es für unsre gütige Wirtin schmeichelhaft ist.«

»Ach, ich bin außerordentlich – ha, ha, ha! – ich bin ungemein heiter.« Sie versuchte so laut zu lachen, wie es nur die Schicklichkeit erlaubte. »Finden Sie nicht auch,« setzte Josina hinzu, »daß es sehr spaßhaft ist, wenn man sich im stillen über die Lächerlichkeiten ganz hochmütiger Personen amüsieren kann, ganz außerordentlich hochmütiger, falscher, neidischer, miserabler, boshafter Personen?«

»Es ist mir etwas durchaus Neues, daß miserable, boshafte, neidische Personen lächerlich seien; mir sind sie ekelhaft, und ich lasse sie unbeachtet ihrer Wege gehen.«

Katharina stand auf und begab sich zu ihrem Pla[t?]ze zurück. Im Vorbeigehen flüsterte sie dem Freiherrn von Driesch, der, noch immer über sein fatales Abenteuer nachsinnend, sich Klatschereien von einer alten Dame erzählen ließ, die er nur sehr zerstreut anhörte, die Worte zu: »Besuchen Sie mich morgen, Herr von Driesch.«

Viertes Kapitel

»Zieh die Vorhänge zurück,« sagte Katharina von Plassenstein am andern Morgen zu ihrem Kammermädchen und schlug ein Buch auf, das vor ihr lag; es war ein Band von Montaigne. Die Vorhänge von gelber chinesischer Seide mit roten und weißen Blumen rauschten zurück; das Tageslicht fiel hell in das Zimmer und glänzte auf dem schwarzen Lack des Tisches, auf den Katharina den Arm stützte. Sie betrachtete die Platte desselben, auf der goldene Malereien eine chinesische Landschaft mit einer Gruppe Mandarinen darstellten; dann die hellblaue Blumenvase vor ihr, die den Mangel eines Straußes durch die abenteuerlichsten Gewächse und Rankenverschlingungen ersetzen zu wollen schien, die in roter Farbe mit der Glasur eingebrannt waren. Dann ließ sie ihr Auge auf die Supporte gleiten, ein ziemlich wertvolles Oelgemälde in französischem Geschmack mit einem kraus verschnörkelten Rahmen als Stukkatur umher.

»Nein,« sagte sie, vor sich hinflüsternd; »hier doch wenigstens etwas Mythologisches zur Abwechslung; eine fliehende Najade und ein Faun; nun es paßt auch. Sonst alles chinesisch; sind es die Künstler, die sich damit über ihre Zeit lustig machen wollen, oder ist dieser Geschmack von einer innern Wahlverwandtschaft eingegeben? Die Menschen werden immer chinesischer: steif, egoistisch, eingeknöchert; die Sitte bis zur Verzerrung in Unnatur verfallend; der einzige Unterschied ist, daß man bei uns den Zapf im Nacken trägt und die Chinesen ihn auf dem Wirbel tragen.«

»Ziehe die Vorhänge wieder zusammen, Leonore; es fällt ein unerträglich grelles Licht ins Zimmer.«

Das Zimmer wurde wieder in eine lichte Dämmerung gehüllt und Katharina erhob sich und schritt auf dem Hautelisseteppich hin und her. Ihre Züge zeigten etwas Abgespanntes; sie war blässer geworden; aber was ihre Schönheit an Glanz verloren haben konnte, war mehr als ersetzt durch den Ausdruck gedankentiefer Sinnigkeit, der sich bis zu einem auffallenden Grade in ihrem Gesicht ausgebildet hatte. Zuweilen nur schien die stolze und fast marmorne Ruhe ihrer Züge von einer inneren Bewegung gefährdet zu werden; ihre Augen bekamen dann etwas Unstetes, die Lider zwinkerten, und sie blieb einige Momente stehen, als sähe sie im Geiste ein Hemmnis vor sich, das ihren Schritten Einhalt gebote. Gleich darauf aber trat sie rascher und heftiger wieder über die Köpfe der holländischen Bauernhochzeit fort, die unter ihren Füßen ihre grotesken Tanzkünste zeigte.

Der Freiherr von Driesch wurde gemeldet. Als ihm hinterbracht worden war, daß sein Besuch ein willkommener sei, schritt die freundliche und bewegliche Gestalt des ältlichen Herrn über die Schwelle; mit den Manieren einer jetzt schon verschollenen Etikettenperiode, die vor allen Dingen eine sehr große Ergebenheit an den Tag zu legen geeignet waren, machte er der Dame seine Reverenz und küßte ihre Hand.

»Ich freue mich außerordentlich, Sie so wohl zu sehen, Herr von Driesch,« sagte Katharina; »Sie müssen sich in der Residenz verjüngt haben, oder ich habe Ihnen früher unrecht getan, wenn ich Sie für einen Herrn über vierzig hielt.«

»Vierzig? Dafür haben Sie mich gehalten?«

»O, Sie sind es gewiß noch nicht; bitte, lassen Sie sich nieder; aber ich glaube, es ist die Poesie, die ihren Geweihten eine ewige Jugend beschert.«

Es gab nichts in der Welt, was Herrn von Driesch angenehmer zu hören gewesen wäre.

»Glauben Sie, meine Gnädigste,« sagte er, mit Mühe ein Lachen unterdrückend, das als Ausbruch seines Vergnügens sich laut machen wollte; »nun ja, ich habe mich ziemlich geschont.«

»Aber weil wir darauf gekommen sind, wollen Sie nicht einmal eine von Ihren Arbeiten Ihren Freunden mitteilen? Wollen Sie ewig die Hippokrene, die so reichlich bei Ihnen sprudelt, neidisch ummauert halten und uns Laien den Zugang wehren?«

»Nun, meine kleine Hippokrene vermischt ihr Gewässer mit den stolzen Fluten der Pegnitz, deren Musageten, für die Kundmachung sorgen zu wollen, mir versprochen haben. Freilich, sie lassen mich ziemlich lange warten. Aber ich mag meine Sachen nicht selbst drucken lassen; die Typographie ist eine Kunst, welche sehr im Sinken begriffen ist; wo sind die Christoph Plantin, die Elzevir, die Stephanus der guten alten Zeit! Soll ich meinen Versen ein Gewand geben lassen, daß sie aussehen, wie eine, alte Chronik auf holländischem Tabakspapier?«

So wenig in Abrede gestellt werden kann, daß dies für die sämtlichen Werke des säuberlichen Herrn allerdings keine passende Ausstattung gewesen sein würde, so war doch noch ein andrer Grund da, aus dem Herr von Driesch sie noch nicht zum Drucke befördert hatte: bis jetzt war nämlich noch keins dieser schmierigen, auf holländisches Tabakspapier druckenden Subjekte, die von Herrn von Driesch mit dem Antrage beehrt worden waren – es waren ihrer eine ganz ansehnliche Zahl – auf den gescheiten Einfall gekommen, durch die Uebernahme der klassischen Produkte des Pegnitzschäfers sich einen unendlichen Reichtum und ihrer Firma für ewigen Zeiten einen ganz ausgemacht unsterblichen Namen zu erwerben– ein Betragen, das Herrn von Driesch vollständigst zu der Annahme berechtigte, daß sie alle Esel seien.

Dagegen fand er in diesem Augenblicke es unbegreiflich, wie er nicht früher schon die nähere Bekanntschaft der Dame gesucht habe, die jetzt, gewiß durch ihre Bewunderung seines Talentes gedrängt, so zuvorkommend die ersten Schritte dazu eingeleitet hatte und einen so außerordentlich gebildeten Geschmack verriet. Er erklärte sich deshalb ganz geneigt, seine Uebersetzung des ersten Buches von Vergils Landbau und einige Proben seiner anakreontischen Studien Fräulein von Plassensteiri im Manuskripte mitzuteilen, die er zufällig, ganz zufällig in seiner Rocktasche hatte. Das Fräulein nahm sie mit vieler Grazie an. Als Herr von Driesch jedoch nach seiner Brille suchte, um das, was er die schönsten und gelungensten Stellen nannte, ihr vorzulesen, sprang sie auf einen andern Gegenstand der Unterhaltung ab und sagte: »Wie fatal und verdrießlich muß es doch für einen Herrn von Ihren Verdiensten sein, sich in einer so gefährlichen als unpassenden Lage zu befinden; es tut mir wirklich in der Seele leid, Herr von Driesch, wenn Sie mir anders die Teilnahme vergönnen, die mich drängt, Ihnen dieses auszudrücken.«

»Was? in einer gefährlichen Lage? ich?« rief Herr von Driesch erschrocken und verwundert.

»Nun ja, gefährlich kann man es wohl nennen, denn Herr von Schemmey soll sein Florett mit einer bewunderungswürdigen Gewandtheit führen.«

»Aber um des Himmels willen, was hab' ich mit dem Florett des Herrn von Schemmey zu schaffen?«

»Ist Ihnen das Kartell noch nicht zugekommen, so werden Sie es wahrscheinlich bei Ihrer Heimkunft vorfinden.«

»Ein Kartell? Sagen Sie in der Tat ein Kartell? Ich soll mich schlagen?«

»Nun ja!«

»Ich, ein Mensch wie ein Lamm? Mein Gott, mein Gott,« sagte Herr von Driesch ängstlich, »das ist ja abscheulich! Nein, das ist gegen göttliche und menschliche Gesetze; nimmermehr! nichts soll mich zwingen, wissentlich ein Gebot zu übertreten, das mir von Jugend auf heilig gewesen ist. Ich schlage mich nicht!«

Er sprang mit den Gestikulationen der äußersten Entrüstung von seinem Stuhle auf.

»Beruhigen Sie sich; Sie können sich ja auch schießen, wenn Sie das vorziehen.«

»Vorziehen? Ich ziehe nichts vor, weder das Schießen, noch das Stechen, noch das Schlagen; es ist wider meine Grundsätze, ich tu' es nicht, und nun will ich sehen, wer mir nahe kommt!«

»Es wird Ihnen nichts helfen; Sie haben seine Braut am gestrigen Abend zu öffentlich, zu eklatant beleidigt.«

»Ah, das ist der Grund! so, so; nun, meinetwegen; Alfanzereien; wenn ich nur nicht abreisen müßte. Ich werde noch heute die Stadt verlassen, denn ich habe sehr dringende, in der Tat ganz außerordentlich dringende Geschäfte auf meinen Gütern abzumachen; ja, ich muß mich wirklich bei Ihnen beurlauben – ich bedaure auf das tiefste–«

Herr von Driesch suchte nach seinem Hut, als Katharina ihn unterbrach: »Herr von Driesch, geben Sie doch um Gottes willen unsrer mokanten Gesellschaft die Blöße nicht; fügen Sie Ihren Freunden nicht diese Schmach, diese tiefe Beschämung zu, wenn es hieße, Sie seien davongelaufen!«

»Davongelaufen?« sagte Driesch mit sanfter Stimme und resigniertem Gesicht, während seine Brust schmerzhaft Atem holte wie ein Mensch, der seines Elends keinen Rat weiß und sich mit

gebrochener Kraft darein ergibt. »Ich glaube, daß keiner, der mich kennt, das sagen würde,«
fuhr er dann mit Würde fort.

»Ganz unfehlbar! – Setzen Sie sich wieder und hören Sie mich; ich vermag vielleicht etwas
über Herrn von Schemmey.«

»Ja, man sagt, er habe Gnade vor Ihren Augen gefunden,« versetzte Driesch mit derselben
kläglichen Milde, indem er galant zu lächeln versuchte, was ihm einigermaßen mißglückte.

»Ich will Sie aus der Klemme reißen, in der Sie zwischen den Vorurteilen der Gesellschaft
und Ihren eignen, so achtungswürdigen Grundsätzen stecken; aber Sie müssen eine Bedingung
eingehen?«

»Und die lautet?«

»Sie müssen sich in Fräulein Josina von Katterbach verlieben.«

»In die Katterbach? o ja, bis zum Sterben; denn ich werde das Gallenfieber bekommen, wenn
ich sie sehe. Und dann?«

»Es kommt darauf an, daß Sie ihr völliges Vertrauen erringen.«

»Das möchte schwer halten; ich habe sie beleidigt, bin der Feind ihrer Familie und ein Mann,
der gewiß ihren jugendlichen Bräutigam nicht verdrängt.«

»Ganz abgesehen von Ihren glänzenden Verdiensten, Herr von Driesch, kann nichts leichter
sein als dies. In der Stimmung, in welche Fräulein von Katterbach die Aufmerksamkeiten des
Herrn von Schemmey für mich versetzt haben, wird sie jeden Anbeter aufnehmen, wie ein
Schiffbrüchiger die Planke, die ihn vor dem Ertrinken rettet, Glauben Sie mir das. Ihr Bräutigam – nun sie wird ihn bald völlig ihr geraubt glauben; sie wird dann keine Rücksichten mehr
kennen; sie wird, wenn Sie geschickt sind, Ihnen alles anvertrauen, was Sie über Schemmey
weiß; und das ist, was ich von Ihnen wieder zu erfahren hoffe. Herr von Schemmey spielt den
Verschlossenen, was sein früheres Leben angeht; ich verzweifle daran, etwas aus ihm herauszubringen. Und doch, wie Sie begreifen werden, Herr von Driesch, gibt es Verhältnisse, bei
welchen man seinem Stande und seinem Rufe schuldig ist, die größte Besonnenheit anzuwenden, bevor man sich zu tief einläßt. Sie werden mich verstehen.«

»Ich verstehe Sie vollkommen; aber erlauben Sie mir die gehorsamste Bemerkung, daß Sie
mich da zu etwas machen, das einem Spion ganz abscheulich ähnlich sieht.«

Katharina errötete: »Sie haben nicht ganz unrecht, mir den Vorwurf zu machen. Aber bei
Gott, ich weiß mir anders nicht zu helfen und ich habe ein Ziel im Auge, das gewiß ein gutes
ist und von dem mein Lebensglück abhängt. Also wählen Sie, Herr von Driesch; entweder das
Florett des Mars oder den Blumenpfeil Amors.«

Herr von Driesch erklärte sich entschieden für den Blumenpfeil Amors.

»So gehen Sie, zuerst Fräulein Josina Abbitte für Ihr gestriges Betragen zu leisten; damit ist
die Bekanntschaft eingefädelt; ich schreibe unterdes einige Zeilen an Herrn von Schemmey.«

»Aber zuvor muß ich noch um einige nähere Instruktionen bitten, worauf ich eigentlich
meine Fragen bei Fräulein Josina richten soll.«

»Fragen? Um Gottes willen, so weit sind wir noch nicht; verderben Sie nur nicht alles damit;
die größte Behutsamkeit ist nötig, und erst nach Wochen des emsigsten Ritterdienstes, der
unermüdlichsten Galanterie dürfen Sie es in zärtlicheren Tete-a-tetes zu ernsthafteren Unter-
haltungen kommen lassen.«

»Gnädiges Fräulein,« sagte Herr von Driesch mit einem komischen Ausdruck unangenehmer
Ueberraschung, »ich will doch lieber noch heute abreisen.«

»Nein, nein, das dürfen Sie nicht, und was hülfe es Ihnen? Herr von Schemmey würde Sie
auch auf Ihren Gütern zu finden wissen; ich selbst würde ihn auf das bestimmteste dazu auf-
fordern, damit dem verehrtesten meiner Freunde nicht nachgesagt werden könnte, er sei feig
vor einem Duell durchgegangen.«

»Alle Achtung vor Ihrer Freundschaft,« fiel Herr von Driesch ängstlich ein, »aber –«

»Sie sind gefangen, ergeben Sie sich. Ich will Ihnen jetzt sagen, welches die Gegenstände sind,
die ich zu erfahren wünsche. Zuerst, wo Herr von Schemmy war, in den letzten Tagen, bevor er
nach Diependahl kam; dann, weshalb er so rasch ein Verlöbnis mit Josinen eingegangen ist, die

er nicht liebt; ferner, ob er nicht auch ohne eine Heirat mit ihr die Ansprüche, welche sein Name auf die Güter des Herrn von Katterbach ihm gibt, durchsetzen könnte, und endlich womit er diese Ansprüche beweist. Näheres besprechen wir später. Nur das zwingt mich, meine Achtung und meine Teilnahme für Sie, Herr von Driesch, Ihnen noch anzudeuten, daß ich durchaus nicht im Sinne habe, Sie bloß zu meinem Werkzeuge zu gebrauchen; sondern daß ein gewisser Plan, zu dem Sie mitwirken sollen, wenn er gelingt, Ihnen eine eklatante Genugtuung, Ihrem Feinde, dem Freiherrn von Katterbach gegenüber, verheißt. Verlassen Sie sich darauf, aber fragen Sie nicht weiter.«

Diese Andeutung gab Herrn von Driesch einen Sporn, der ihn rasch erheben ließ, um mit dem größten Interesse seine Mitwirkung an einem so willkommenen Plane einzuleiten. Nur hätte er erst gern etwas Näheres erfahren. Aber das Fräulein lehnte seine Fragen mit großer Entschiedenheit ab.

»Nur noch eins,« sagte sie, als er sich empfehlen wollte; »Sie haben mich vor längerer Zeit bei der Gräfin S., als die Rede von seltsamen Ereignissen und unerklärlichen Erscheinungen war, mit Ihrem Vertrauen in einem derartigen Falle beehrt. Sie erzählten von einer Gestalt, die vor Ihren Augen, aus dem Kamine schlüpfend, ein verborgenes Schubfach in Ihrem Saale geöffnet habe und dann verschwunden sei. Ist Ihnen in der Residenz niemand begegnet, niemand aufgefallen, dessen Aeußeres Sie an jene Erscheinung erinnert hätte?«

»Nein, niemand.«

»So bitte ich Sie, acht darauf zu haben, ob sich Ihnen diese Erinnerung nirgends aufdrängen wird; ob auch nicht bei den Domestiken des einen oder andern Ihrer Bekannten. Seien Sie scharfsichtig!«

Herr von Diersch versprach es, obwohl er den Grund nicht einsehen konnte, und beurlaubte sich dann mit dem Versprechen, am andern Tage wieder aufzuwarten, um das Urteil der Dame über seine Poesien zu vernehmen, ein Gegenstand, den der Verfasser derselben über der späteren wichtigen Verhandlung durchaus nicht aus den Augen verloren hatte und der ihm den Vertrag um so willkommener machte, kraft dessen er der übereilten Flucht aus der Residenz überhoben war.

Er war kaum gegangen, als dem Fräulein von Plassenstein eine unbekannte Person gemeldet wurde, die sie dringendst zu sprechen verlange. Bevor wir dieselbe jedoch bei ihr einführen können, muß unsre Erzählung einige Ereignisse nachholen, die sich schon vor mehreren Monaten, noch im Spätherbst des verflossenen Jahres, während wir schon den Frühling ins Land ziehen sahen, in dem stillen Dörfchen Kraneck begeben hatten.

Es war in einer klaren und für die späte Jahreszeit ganz erträglich milden Nacht. Bernhard stand am Feuer und ließ sich von seiner Mutter den warmen Oberrock über der Brust zusammenknöpfen. Draußen wurde an die Fenster geklopft.

»Fertig, Herr Doktor, fertig?« rief es; es war die Stimme des Vikarius.

»Auf der Stelle!« – Bernhard warf eine Jagdtasche um und nahm ein Gewehr aus der Ecke, das mit einem Lauf von sehr großer Länge versehen war. Dann gab er mit einem: »Gute Nacht, Mutter! bleib meinetwegen nicht wieder auf« Margret die Hand und schritt hinaus. Draußen stand Herr Gerhards, ebenfalls bewaffnet, und auf der Straße vor dem Gärtchen Herr von Kraneck mit einem Jäger, der seine Flinte trug und zwei Hunde am Seile hielt.

Herr von Kraneck hatte Bernhard eingeladen, an einer nächtlichen Jagd auf Enten teilzunehmen. Etwa eine Viertelstunde von dem Dorfe entfernt, in der Mitte des Gebirgstales lag ein kleiner See, auf dem sich die wilden Enten jetzt in großen Scharen versammelten, um vereint von da ihren Flug in wärmere Zonen anzutreten. Durch Gebüsche und über feuchte Wiesenpfade kam man an den Rand der Wasserfläche, die ruhig ihren Silberspiegel dem Mondlichte hinstreckte, das so hell darauf stand wie ein Tageslicht, das man im Traume zu sehen glaubt. Dicht am Ufer waren mehrere Mooshütten aufgebaut; vor jeder kreischte eine zahme Ente ihre langgezogenen, melancholischen Töne in die Nacht; sie waren an Farbe ganz den wilden gleich und schwammen immer im Kreise umher, mit dem Beine an einem Pflock unter dem Wasser festgebunden. Jeder der Jäger nahm nun Besitz von einer der Hütten, die vorn nach dem See hin eine kleine runde Oeffnung hatten, wodurch man die Wasserfläche beobachten und das lange weittragende Rohr stecken konnte, bis eine Schar des Wildes von dem Rufe der Lockenten angezogen sich nahe genug niederlasse, um getroffen werden zu können.

Bernhard mochte eine Viertelstunde in seiner Hütte gesessen haben; die gefangenen Vögel klagten in einem fort; auf dem See hörte man die Schwärme ihrer wilden Schwestern aufstäuben, sah sie wie verschwimmende schwarze Flecken in der Luft kreisen und dann niederplätschern, aber immer noch zu fern. Da öffnete sich hinter dem Spähenden das schmale Weidengeflecht, das als Tür der Hütte diente, und das Mondlicht fiel plötzlich hell und voll auf die fahle Erdwand neben ihm, um ebenso schnell wieder zu verschwinden. Es war jemand eingetreten und stand hart an ihm; eine feste Hand legte sich auf seine Schulter.

»Sie Sie's, Herr Gerhards?«

»Nein, seid still«, flüsterte es; »es ist jemand anders; ich heiße Wendels.«

Bernhard sah eine Reihe runder Silberknöpfe auf einer Jacke glänzen; sie war der Fensteröffnung der Hütte nahe gekommen.

»Wendels? Ihr seid ein Scherenschleifer?« – Es wurde ihm unheimlich zumute, in dem engen finstern Räume mit dem heimatlösen Gesellen, und er stieß das Geflecht auf.

Der Scherenschleifer zog das Türchen wieder zu und sagte leise: »Laßt, laßt, Ihr könnt ganz ruhig sein; ich habe zwei Worte mit Euch zu sprechen. Ich bin ein Scherenschleifer; ich bin ihr Anführer, wenn Ihr das wissen wollt und es etwas zur Sache tut.«

»Und was wollt Ihr von mir?«

»Wollt Ihr das Mädchen heiraten, das Eure Mutter auferzogen hat?«

»Heiraten? Ich? Wen?«

»Lene, sag' ich Euch.«

»Mensch, seid Ihr toll?«

»Manchmal; je nachdem man mir's macht!«

»Wie kommt Ihr auf den Einfall?«

»Ich habe meine Gründe gehabt, es zu glauben. Es wäre kein dummer Streich von Euch; sie könnte Euch zu einem reichen Manne machen.«

»Mich zu einem reichen Manne? Ich glaube wirklich, daß Ihr toll seid! Erklärt Euch oder ich rufe! Ihr seid in in meiner Hand.«

»So wenig wie die Enten da drüben; habt Ihr je gehört, daß der Heidenküster Wendels gefangen sei? und es haben ihm schlauere Leute nachgestellt als Ihr seid.«

Der Bursche drückte seine Finger um Bernhards Arm wie eine Eisenschraube so fest.

»Seid ganz ruhig,« fuhr er fort; »was ich Euch zu sagen habe, ist immer des Anhörens wert. Ich will sie heiraten, aber sie will aus Eurem Hause nicht fort; daran seid allein Ihr schuld; sonst würde sie das freie fröhliche Ziehen über Berg und Heide nicht aufgeben, um sich einer alten Hexe gegenüber am Feuer zu schmoren und sich wie eine Magd aushunzen zu lassen, während sie wie eine Königin im Walde draußen sein kann. Ich schlag' Euch nun einen Handel vor; er soll Euch nur Worte kosten und dafür geb' ich Euch einen Namen, Güter, Land und Leute. Wollt Ihr?«

»Um Gottes willen, Mensch, was wollt Ihr von mir? sprecht weiter, sprecht!«

»Ihr sagt, sie könne Euretwegen nur gehen; Ihr haßtet sie; sie sei eine Scherenschleiferdirne, die Ihr nicht möchtet. Sagt Ihr das frei heraus, als ob's aus Euch selber käme; achte Tage später habt Ihr Papiere in Händen, kraft deren Ihr nichts weiteres zu tun braucht, als Eure alte Römische Margret an den lichten hohen Galgen hängen zu lassen und dann Besitz von so schönen Gütern zu nehmen, als ihrer im Lande sind. Wollt Ihr?«

»Ich soll meine Mutter hängen lassen? Ich soll ein Geschöpf, das durch Gottes Hilfe zu ehrlichen Leuten gekommen und eine Christin geworden ist, Euch Diebsgesindel wieder zutreiben? Kerl, packt Euch jetzt oder Ihr bereut es! Ihr sagt mit Wahrheit, daß Ihr mitunter toll seid.«

»Ihr habt so unrecht nicht,« sagte der Scherenschleifer nach einer Weile nachdenklich; »ich bin ein Narr, daß ich zu Euch kam, ohne mein Versprechen auf der Stelle erfüllen zu können; wie kann ich verlangen, daß Ihr mir glaubt! Gute Nacht! – Nach acht Tagen komm ich wieder zu Euch; an der Waldkapelle oben; wollt Ihr nicht hinkommen, so will ich Euch schon anderswo finden; Ihr werdet dann anders sprechen.«

Die Weidentür sprang auf und der Scherenschleifer glitt geräuschlos, wie er gekommen war, hinaus. In der nächsten Erdhütte riskierte Herr Gerhards einen Schuß; ein zweiter fiel; der Gutsherr hatte geschossen; auch Bernhard feuerte sein Rohr ab, kaum wissend, was er tat, und sprang zur Hütte hinaus. Die Hunde warfen sich laut anschlagend in das Wasser, um die Beute zu apportieren.

Sie brachten zwei Stück getöteten Wildes zurück, die Herr von Kraneck als von ihm erlegt erklärte.

»Aber eine mochte ich wohl getroffen haben,« sagte Herr Gerhards mit betrübter Stimme Bernhard ins Ohr; »ich habe ebensogut wie der gnädige Herr in den dicksten Haufen gefeuert. – Sagen Sie, Herr Doktor, konnte das nicht wohl meine Ente sein? Was meinen Sie?«

Der junge Doktor sagte und meinte nichts; er stützte das Kinn auf die Mündung seines abgeschossenen Rohres und blickte starr auf die Wasserfläche. Der Vikar ging und wog die Beute in seinen Händen, befühlte die Brust des Wildbrets, dehnte ihm die Flügel aus, dann die Schwimmflossen, warf sie auf den Rasen und sagte ingrimmig: »Alte Racker!«

»Nun, lassen Sie sie jetzt nur fliegen,« kam Herr Gerhards nach einer Weile wieder zu Bernhard; »die kriegen wir doch nicht mehr.« Der Vikar glaubte, Bernhard beobachtete die aufgescheuchten und über den Spiegel langgereckt dahinschießenden Entenschwärme. Er mußte ihm einen Stoß in die Seite geben, um ihn lebendig zu machen.

»Ei, so kommen Sie doch; der gnädige Herr mochten wohl verdrießlich werden; wir haben schlechte Jagd gemacht.«

Der gnädige Herr fanden gar nicht, daß sie so schlechte Jagd gemacht; auch waren sie keineswegs verdrießlich, daß sie allein zwei Stück Wildbret geschossen, während die andern gar nichts bekommen; was sie als vollständig konstatiert annahmen. Herr von Kraneck war, als die drei Herren heimschritten – der Jäger blieb zurück, um die Lockenten aufzunehmen – ganz außerordentlich gesprächig, Herr Gerhards desto schweigsamer. Herr von Kraneck hatte so allerlei Stücklein, auf die er bei solchen Stimmungen, um die Heiterkeit der Gesellschaft zu erhöhen, zurückzukommen liebte, obwohl Herr Gerhards das gar nicht begriff, da er nicht das mindeste Vergnügen daran fand, sie zu hören.

»Monsieur l'Abbé,« sagte Herr von Kraneck, »meine Frau Gemahlin wird die Gnade haben, uns eine Flasche Glühwein vorsetzen zu lassen; ich denke, es wird uns guttun.«

»Gott steh' uns bei!« murmelte Herr Gerhards; dann sagte er laut: »Freilich, die Luft ist etwas kalt und feucht geworden, Ew. Gnaden, und ich glaube auch, wir mochten andres Wetter bekommen, denn wenn es am Crispinustag kalt und –«

»Ja, halten Sie einmal ein, Herr Vikar, was wollt' ich auch noch sagen? – Ja, von der Flasche,« Herr von Kraneck lachte, »wissen Sie noch, wie Sie in die Flasche kriechen wollten?«

»Oh, Ew. Gnaden, es war ja ein Aprilscherz!«

»April? Nichts da, es war mitten im März; wollen Sie den Kalender sehen, worin ich's angestrichen habe? Hören Sie, Doktor, wie der Vikar hat in eine Flasche kriechen wollen. Eines Abends – wir wollten uns gerade zu Tische setzen und warteten nur noch auf den Herrn Vikar, da kommt er herein, ist sehr vergnügt und aufgeregt und erzählt, drunten im Dorfe in der Schenke sei einer, der könne ihn in eine Flasche praktizieren! Ei, ich dachte Wunders, was er habe; wir nahmen es für einen Scherz; er blieb aber dabei und wurde nur gegen das Ende der Tafel durch unsre Argumente gegen die Möglichkeit des Umstandes, daß der Hals einer Flasche sich so erweitere, um einen ganzen Vikar durchschlüpfen zu lassen, ein wenig zweifelhaft. Am andern Abend aber kommt er – Herr Vikar waren wieder in der Schenke gewesen – triumphierend heim: Ew. Gnaden, 's ist nun aber ganz gewiß wahr, der Karl Habicht unten in der Schenke hat mich ausgelacht mit meinem Zweifeln und gesagt, er habe schon den Pastor von Werdenohl in eine Flasche gesetzt; und das kann jedes Kind sehen, der ist doch noch viel dicker als ich! – Ei, du meine Güte, hat jemand solchen Glauben in Israel gefunden? Nein, Monsieur l'Abbé, man kann wohl eine Flasche in einen Vikarius praktizieren, aber nimmer einen Vikarius in eine Flasche!«

Herr von Kraneck lachte laut über sein Stücklein, auch Bernhard mußte lächeln, aber er fand nur, daß dies Beispiel von Leichtgläubigkeit und arglosem Vertrauen einen neuen und ganz harmonischen Zug zu dem rührend kindlichen Charakter des gutmütigen Vikars füge.

Man hatte das Dorf erreicht, und Bernhard war von dem gnädigen Herrn mit der Einladung, eine der Enten oben im Schlosse verzehren zu helfen – während der Jäger ihm die andre morgen für seine Mutter zustellen solle – verabschiedet worden. Margret war noch auf; sie könne doch nicht viel schlafen, sagte sie. Auch Bernhard, der im höchsten Grade durch das Gespräch mit dem Scherenschleifer aufgeregt war, floh lange der Schlaf, als er in den Federn lag; endlich siegte die Ermüdung und seine Augen schlossen sich.

Fast eine Stunde später wurde die Klinke seiner Tür leise aufgehoben; dann bekam diese einen kurzen und heftigen Stoß, so daß sie ganz geräuschlos halb offen schnellte, und von einem Oellämpchen angeflimmert, vor dem sie bedeckend die Hand hielt, trat Lene in das Zimmer. Sie stellte das Lämpchen auf den Tisch, dann ein Buch vom größten Formate davor und näherte sich sacht dem Lager Bernhards. Dann schlug sie die Arme über der Brust zusammen, stand unbeweglich wie eine Statue und schien mit der größten Spannung seinem Atemholen zu lauschen. Endlich durchfuhr sie ein krampfhaftes Zucken oder eine innere heftige Bewegung; sie warf sich über das Bett, ihren linken Arm sacht über seine Brust und den Kopf neben dem seinen auf das Kissen legend, daß beider Atem sich vermischte. Bernhard flüsterte im Traume einen Namen.

Lene fuhr zurück und wieder empor; ihre Glieder zitterten; sie ging und nahm die Lampe wieder, wobei das Buch umfiel; der Schein drang jetzt ungehindert und voll bis zu den Wimpern des Schläfers.

»Ha, was ist? Wer ist da? Du?« fuhr er auf.

Lene stellte ruhig das Licht wieder hin und kniete auf den kleinen Teppich vor dem Bette nieder, indem sie Brust und Arme daran legte.

»Ich muß mit Euch reden,« sagte sie leise: »nehmt es nicht übel, ich mußte es, diese Nacht noch. Ihr habt mit ihm gesprochen?«

»Mit ihm? – Ach ja, mit dem Wendels!«

»Habt Ihr mir nichts zu sagen?«

»Nein, Lene, als daß du mit dem Gesindel dich nicht abgeben sollst.«

Bernhard war jetzt erst so vollständig erwacht, daß er mit Überlegung und Besinnung sprechen konnte; darum schwieg er eine Weile. Mahnte er das Mädchen zu eifrig ab, mit dem wilden Waldgesellen je wieder in Verkehr zu treten, so konnte er Hoffnungen in ihr erwecken, deren Aufkeimen ihm im höchsten Grade unangenehm gewesen wäre; tat er es nicht, so war sie imstande, der Versuchung nachzugeben, welche sie in die unstete und schweifende Lebensart zurücklockte, und vielleicht an einem innern, angeborenen Triebe ihres Blutes einen mächtigen Verbündeten hatte.

»Höre, Lene,« sagte er, »du bist ein ordentliches und verständiges Mädchen; was sollte ich dir zu sagen haben? Du weißt, was du als Christin geworden bist und wirst dir nicht einfallen lassen, mit dem Heidenvolk davonzulaufen und dich ins Verderben zu stürzen.«

»Was für einen Namen habt Ihr eben im Traume ausgesprochen?«

»Ich? Im Traume? Hab' ich gesprochen? Was hast du denn zu horchen?«

»Liebt Ihr sie?«

Bernhard fuhr mit der Hand über die Stirn.

»Es kommen einem allerhand Gedanken im Traume,« sagte er; »ich weiß nicht, was du meinst.«

»Es ist gut,« sagte Lene mit einer tonlosen Stimme; »ich hab' es wohl gedacht. Es ist gut; ich weiß, woran ich bin.«

»Hör', Lene, geh' jetzt, es schickt sich nicht, daß du hier bist.«

»Wir sind noch nicht zu Ende, Herr,« sagte Lene und schlug ihre Hände vor's Gesicht; ein Strom von Tränen quoll hindurch und tröpfelte auf die Kissen. Sie legte den Kopf darauf.

»Um Gottes willen, was hast du, Mädchen? Was fehlt dir?«

»Ein Wort! O nur ein Wort – ob Ihr das Fräulein liebt?!«

»Das Fräulein? Lene, ich bin nicht viel reicher und vornehmer als du!«

»Ist das der einzige Grund, daß Ihr nicht an sie denkt?«

»Nun ja.«

Lene drückte ihren Kopf tiefer in die Kissen.

»Willst du jetzt gehen und ruhiger sein? Denk' an Gott, Mädchen, das ist das Beste.«

»Der hilft viel!« sagte sie, sich aufrichtend und ihre Augen mit der Schürze trocknend; ihre Stimme war fester geworden und etwas Zorniges, Verbissenes in ihrem Tone.

»Aber Euch kann ich helfen,« fuhr sie fort. »Ich bin ein armes Mädchen, das niemand hat, der sich um es kümmert.«

»Sprich nicht so; hast du an uns nicht Freunde?«

Lene sah schweigend in sein Gesicht. – Ich wollte, Ihr wäret es; ja, ich habe es zuweilen gehofft; wir hätten glücklich und ruhig zusammen sein können, und wir wären beide so geblieben, wie man uns aufgezogen hat, und das ist das Beste. Jetzt werden unsre Wege weit auseinander laufen; Ihr werdet über ein oder über zwei Jahre Euch schämen oder tun, als wäret Ihr nicht zu Hause, wenn man Euch sagt, die arme Lene sei da und wolle mit Euch sprechen. Es macht nichts; ich werde vielleicht doch gerächt sein, es sieht aus wie Glück, was, ich Euch geben will und ist vielleicht doch keines. Freilich, wenn Ihr sie liebt – ja, dann ist es eines. –: O Gott! –« sie drückte wieder schluchzend ihr Gesicht in die Kissen.

»Lene, Lene, armes Mädchen – ich weiß nicht, was ich dir sagen soll – aber wahrhaftig, du mußt jetzt gehen.«

»Sogleich,« sagte sie, »hört erst: in der Nacht, bevor wir von Bechenburg fortgezogen und Ihr mich in dem Koffer Eurer Mutter kramend fandet, habe ich wirklich, wie ich lange ahnte, etwas darin gefunden, das Euch betrifft. Ihr hörtet Papiere rispeln; als Ihr aufsaht, steckten sie in meiner Tasche. Ich las sie draußen in der Küche, ich durchflog sie, meine Sinne nicht recht mächtig, und deshalb weiß ich nur noch, daß damit bewiesen war, Ihr seiet der Sohn eines verstorbenen Barons aus dem Bergischen; Ihr heißt eigentlich von – ja, das war ein wunderliches Wort, das ich eigentlich nicht lesen konnte; aber Ihr seid in Paris geboren. Wie es weiter eigentlich zusammenhängt, weiß ich nicht, aber Margret ist Eure Mutter nicht, Eure Mutter ist auch eine Adlige von – von – der Name steht in den Papieren, ich weiß ihn nicht mehr; ich war zu sehr in Hast und Angst; auch weiß ich nicht recht, wie Margret es angefangen hat, Euch zu stehlen.«

»Mein Gott – aber wo sind die Papiere – wo hast du sie?«

»Sie sind gut aufgehoben. Ich dachte so: Margret wird sich hüten, sie Euch zu geben, weil sie zugleich gestehen muß, daß sie Euch Euren rechten Eltern nicht wiedergegeben oder wenigstens Euch Euren Namen vorenthalten hat, wenn Ihr auch von Euren Eltern ihr übergeben seid; bei ihr sind sie nicht sicher. Ich schlich mich sacht über die Stiegen in den großen Saal auf Bechenburg; dort ist hinter der Kaminecke links eine Füllung der Lambris, die sich verschieben läßt, und dahinter ein leerer Kasten, von dem niemand weiß. Ich habe sie hineingelegt und Ihr möget dort nur suchen lassen.«

»Um Gottes willen, weshalb sagtest du dem Wendels davon, Unvorsichtige? Warum gabst du mir nicht gleich die Papiere? Das war schlecht von dir, Lene!«

»Schlecht? sagt Ihr, schlecht? Ich dachte, wenn – o sagt nicht so, Herr, daß ich schlecht gegen Euch gewesen wäre.«

»Nun, was dachtest du denn?«

»Ich dachte, es könne vielleicht – einst – für uns beide viel, viel besser sein, wenn Ihr nie etwas von dem, was da geschrieben stände, erführet; ich hätte dann still die Schriften liegen lassen, wo sie jetzt liegen, und niemand auf Erden hätte davon eine Ahnung bekommen. Jetzt aber, nun Ihr – nun Ihr sie –« Lene stockte und weinte wieder heftiger; dann hob sie ihr feuchtes, gerötetes Gesicht empor und sagte: »Herr, das eine versprecht mir, daß Ihr nie in Eurem Leben vergessen wollt, daß ich es bin, welche jetzt Euch ein Glück gibt, das Euch freilich gehört, das Ihr aber ohne mich nie zu sehen bekommen hättet. Das sollt Ihr mindestens nicht vergessen!«

»Wie könnte ich das vergessen, Mädchen? Du kannst von mir verlangen, was du willst.«

»Und was Wendels anbetrifft, um dessentwillen Ihr mich schaltet,« unterbrach sie ihn, »so dacht' ich nicht, daß er Euch davon sagen würde, da er Euch gar nicht Freund ist; aber ich mußte ihm alles sagen, er ist unser Oberhaupt und hat gewisse Sprüche, mit denen er uns alles abfragen kann. Wir müssen dann tun, was er immer will. Mehr darf ich Euch nicht sagen. Jetzt will ich gehen.«

Lene stemmte den Arm auf die Kissen, legte die Wange auf die flache Hand und blickte in Bernhards aufgerichtetes und freudestrahlendes Antlitz: Es wurde so still in der Kammer, daß man beider Herzen pochen hörte. Das Bernhards schlug in einer berauschenden Freude; das Lenes klopfte so von Schmerz belastet, so voll bitteren Gefühls von ewiger Unseligkeit, daß es matt und wieder mit heftigem Zucken gegen die Gewalt anarbeitete, die es zu zersprengen drohte. Der Schmerz war zu groß; ein Ausdruck von Abgespanntheit und geduldiger Apathie beschlich ihre Züge.

»Mädchen, wie siehst du mich so traurig an?« Bernhard ergriff ihre Hand und drückte sie mit dem gutmütigen, aber schlechten Troste: »Sei nicht so traurig! Ich will alles tun, was ich kann, um dich glücklich zu machen – du sollst nur verlangen dürfen, was du wünschest – sei nicht so traurig, Lene; aber in der Tat, jetzt mußt du gehen.«

»Herr, Ihr treibt so – denkt, es läge einer im Starrkrampf im Sarge; würdet Ihr so treiben, daß nun der Deckel zugenagelt würde?«

Sie erhob sich, nahm die Lampe und ging leise aus der Kammer.

Ihre traurigen Worte hatten Bernhards Freude gedämpft; bald aber gewann diese mit einem angemessenen Entzücken wieder die Oberhand; er war also nicht der Sohn, der Bastard Katterbachs, wie dieser ihm an jenem Abende im Walde zugeflüstert hatte. Wie eine Zentnerlast fiel es ihm vom Herzen! Er schaute durch die Fenster, ob es nicht bald tage; mit dem ersten Sonnenstrahl wollte er zum Schlosse hinauf, um eines von Herrn von Kranecks Pferden zu entlehnen, dann windschnell nach Bechenburg, um in Besitz der Dokumente zu kommen – seine Gedanken flogen den Hufen seines gespornten Gaules vor – über die Heide zum Stifte, zu Katharinen – er sah sich vor ihr stehen, zitternd, atemlos, seine Urkunden in der Hand – er sah sie selber zittern – blaß und rot werden – er sah, er fühlte sie in seinen Armen liegen. –

»O Gott, o Gott, wie kann ein Mensch doch glückselig sein!« jubelte er auf und schlug dann still die Hände zu sammen, als ob er beten wolle. Ein Husten tönte von jenseits der Küche her durch die nächtliche Stille. Es war Margret.

»Meine Mutter!« stammelte Bernhard betroffen. »Ich denke nicht mehr an sie, noch an die arme Lene. Was soll aus meiner Mutter werden? – Sie habe mich gestohlen, sagte Lene – Herr des Himmels, es geht nicht!«

Er sank in die Kissen zurück, seine Brust wogte, von einem gewaltsamen Atem bewegt, keuchend auf und ab – er rang mit sich in einem inneren Kampfe, der ihm den Schweiß auf die Stirne trieb. Eine Schar von unseligen Gedanken flog durch sein fieberndes Hirn; seine Mutter hatte ihn seinen Eltern genommen – weshalb – konnte sie einen andern Grund gehabt haben, als ihn dem geheimnisvollen, aber sicher tödlichen Verhängnis zu entreißen, das die andern Kinder der Schemmeyschen Familie, sein älteres Brüderchen und seine Schwester betroffen? Er dankte ihr das Leben also – nur ihr, glaubte er; sie hatte ihn wie ihr eignes Kind großgezogen, sie hatte alle die unsägliche Last auf sich genommen, welche die Erziehung eines hilflosen Geschöpfes einer Mutter aufbürdet – gegen ein fremdes Kind hatte sie alle die Geduld, die hegende und pflegende Sorgfalt geübt – er mußte ihr ja noch mehr dankbar sein als einer rechten Mutter. Und nun, was sollte aus ihr werden, wenn er mit seinen Ansprüchen hervortrat? Würde die Welt, würden die Gerichte glauben? Würde es nicht heißen, sie habe, von Katterbach bestochen, ihn unterschlagen? Würde Herr von Driesch, der sie nicht leiden mochte, den Umstand verschweigen, daß sie Geld von jenem bezogen habe, und wenn der auch, würden es die Domestiken, die alle es erfahren und gewiß schon längst ein Gerede in der Gegend von Bechenburg daraus gemacht? Würde es nicht heißen, wenn Margret ihn aus bloßer Fürsicht seinen Eltern entzogen habe, weshalb sie denn nicht jetzt, nun er erwachsen sei, das Geheimnis entdeckt habe, um die Güter nicht in fremde Hände kommen zu lassen?

Diese Frage machte ihn einen Augenblick stutzig und ließ ein Schatten von Argwohn gegen Margret in ihm selber aufsteigen. Aber Margret, sagte er sich wieder, hing mit einer so mütterlichen Zärtlichkeit an ihm; er war ihre einzige Freude, die sie auf der Welt hatte; gewiß war es ihr unmöglich, sich von ihm zu trennen und ihre Mutterrechte an ihn aufzugeben; sie war eine alte Frau, die nicht lange mehr zu leben hatte und wahrscheinlich gedachte, auf ihrem Todesbette ihm die Papiere auszuhändigen. Sie hatte freilich fortwährend Geld von Katterbach bezogen; aber es war ja eine Pension, die ihr auf die Güter verschrieben, wie sie ihm oft gesagt, obwohl er nicht recht begriffen, weshalb sie gegen andere ein Geheimnis daraus gemacht hatte; und er wußte zudem, daß sie nichts davon für sich behalten, sondern es ganz für seine Studien verwandt habe. – Die arme Frau, wenn es möglich sei, sie den Gerichten zu entziehen, sollte er sie vor der ganzen Welt prostituieren? Und es war auch nicht möglich, sie den Gerichten zu entziehen; seine Ansprüche ließen sich sicherlich nicht ohne Rechtshändel und ohne ihr Zeugnis durchsetzen. – Es war unmöglich, es konnte ihr den Hals kosten!

Bernhard war aus allen seinen Glücksträumen niedergestürzt und fühlte sich wieder so arm, so verlassen wie früher. Nur eine Hoffnung tauchte in ihm auf, die er sich im nächsten Augenblicke jedoch zum Vorwurf machte; aber dennoch blieb sie: Margret konnte bald sterben. Dann wollte er auftreten mit seinen Ansprüchen – aber dann, wie vieles konnte sich geändert haben bis dahin? Würde Katharina dann nicht längst ihn vergessen haben? – Er drückte schluchzend sein Gesicht in die Kissen. Dann bestürmte ihn ein anderer Gedanke: War er nicht vielleicht Katharinen, ihrer Liebe zu ihm, schuldig, daß er hervortrete und ein Geheimnis enthülle, von dessen Entdecken vielleicht auch ihr Glück abhing? – Ach Gott – war er ihrer Liebe sicher? War er nicht ein Tor, ein vermessener Geck, den sie mit ihrem Zorn, ja mit ihrer Verachtung bedräut, wenn er es sich einfallen lassen würde, zu glauben, sie liebe ihn anders, wie ihn eine Verwandte lieben würde? Sie war so kalt und stolz an ihm vorübergeritten – Bernhard sank in seine Verzweiflung zurück, als er daran dachte. Aber sein Entschluß stand fest und unerschütterlich. Er wollte seine Pflicht tun gegen die, welche ihm das Leben am nächsten gestellt. Er wollte fürs erste abwarten, ob der Mensch, der ihn in der Entenhütte aufgesucht, ihm die Papiere nach dem Ablauf der versprochenen Zeit übergebe; wenn nicht, wollte er sich selber auf den Weg machen, um sie in Sicherheit zu bringen.

Der Morgen dämmerte. Bernhard hatte sich erhoben und schritt in seinem Zimmer auf und ab; als die Sonne emporstieg und ihre ersten Strahlen durch das Fenster in sein blasses, resigniertes Gesicht fallen ließ, hörte er Margret rufen. Lenes Stimme antwortete nicht wie sie pflegte, wenn Margret um diese Zeit nach ihren Dienstleistungen verlangte. Er ging, um Lene zu wecken – aber ihre Kammertür stand offen, Lene war fort; ein Teil ihrer Habseligkeiten war mit ihr verschwunden, der andere lag in ein Bündel zusammengeschlagen auf ihrem Tische.

»Was habt ihr miteinander gehabt?« fragte Margret, als sie es hörte, mit einer scharfen und etwas zornigen Betonung, während sie Bernhard scharf ins Gesicht sah.

»Nichts, Mutter!«

»Nichts? Solch ein Nichts ist eine hinreichende Antwort; geht, ich will aufstehen, setzt mir erst den Schemel hierher vors Bett, so ! – Es ist vielleicht gut, daß die Dirne fort ist«, murmelte sie, als Bernhard aus der Kammer war.

Bernhard war es schwer geworden, das Wort Mutter über seine Lippen zu bringen. Alles kam ihm verändert vor, tot und öde um ihn, Margret fremd und kalt, das Haus wie ausgestorben; es war ihm krank zumute. Die acht Tage, binnen welcher Wendels wiederkommen wollte, schlichen so träge an ihm vorüber, wie ebensoviele Monden; er war jeden Abend an der Waldkapelle oben – aber Wendels kam nicht; weder von ihm noch Lene war eine Spur zu entdecken.

Der Scherenschleifer hatte Bernhard die Aushändigung der Briefschaften versprochen, als Preis für eine Art Verzichtleistung auf die Tochter seines Stammes, die nun selber in ihr heimatliches Gebiet, in das Reich der Waldungen und Gebirgsschluchten zurückgekehrt schien, worin jener regierte. Was war natürlicher, als daß er jetzt an nichts weniger dachte als daran, ein Versprechen zu erfüllen, bei dem er kein Interesse mehr haben konnte«? Bernhard entschloß sich deshalb, nach Bechenburg zu reisen, um nach Lenes Anweisung sich in den Besitz der für ihn so wichtigen Papiere zu setzen; er war nur noch unentschieden darüber, mit welchem Vorwande er Margret diese Reise begreiflich machen könne, und wanderte eines Abends – es mochten vierzehn Tage nach der Nacht von Lenes Verschwinden hingeflossen sein – mit diesem Plane beschäftigt durch das Tal, welches sich hinter dem Dörfen Kraneck nach Westen hin ausdehnte. Er war oben bei der Kapelle gewesen; jetzt schritt er hinab bis an das Ufer des Sees, der in der Mitte des Tales lag und von einem Bache gespeist wurde, welcher höher im Gebirge entspringend, zwischen schilfbewachsenen, ziemlich morastigen Ufern sich der Wasserfläche zuschlängelte, dann seinen Lauf weiter fortsetzte und das überflüssige Wasser des Sees durch die Schlucht, die das Tal öffnete, aus dem letzteren fortführte. Ein Steg für Fußgänger leitete hinüber; sonst war das Tal dadurch in zwei Hälften abgetrennt, da eine eigentliche Brücke nur in dem Dorfe sich befand. Bernhard stand auf jenem Stege und schaute in das zuckende Spiegelbild der Sonne, das golden auf der Wasserfläche vor ihm lag, bald vorwärts, bald rückwärts schießend, wie eine am Himmel vorüberziehende Wolke die Strahlen abschnitt oder frei ließ. Plötzlich zog ein »Holla? Hoho!«, das aus der Ferne klang, seine Aufmerksamkeit ab. Er schaute in der Richtung aus, woher der Ruf gekommen; es war zu seiner Linken, etwa in der Mitte zwischen ihm und dem in der Entfernung einer starken Viertelstunde vor ihm liegenden Dorfe – ein Mensch lief und rannte, sprang über Hecken und Zäune, immer querfeldein, in gerader Richtung auf den See zu; hinter ihm drein zwei Reiter, die wie in toller Jagd der Richtung folgten, die der Flüchtling nahm, ihm oft hart an der Ferse waren, dann aber wieder ihm einen bedeutenden Vorsprung lassen mußten, wenn er über einen Wall oder einen Graben sprang, über den ihre Pferde nicht wegzusetzen vermochten, so, daß sie auf Umwegen umhergeführt werden mußten. Auch hatte der Flüchtige den Vorteil, daß er leicht über die Schollen der frischgepflügten Aecker fortrannte, während die Pferde nur mit Mühe darüber wegkamen und fortwährend strauchelten.

»Ha, sie haben ihn!« rief Bernhard, der sich auf seinem Stege auf die Zehen gestellt hatte und ausschauend den Hals reckte, »da, auf der Heide werden sie ihn einholen – nein, er wendet sich – er läuft in den Morast hinein – Viktoria! er steht bis an die Hüften im Wasser und lacht sie aus.«

Der Flüchtling war fürs erste gerettet, denn die Reiter versuchten vergebens, ihm näher zu kommen, da ihre Tiere bei den ersten Schritten bis an die Knie in den Morast sanken, der den See umgab. Sie hielten und schienen zu ratschlagen; dann wandten sie, die fernere Verfolgung aufgebend, und ritten nun dem Dorfe zu. Der Mensch im Wasser hatte die Arme untergeschlagen und schaute ihnen nach; als sie hinter den ersten Häusern verschwanden, blickte er spähend um sich und schritt weiter durch das Wasser, dem andern Ufer zu. Bernhard ging von seinem Steg herunter, bis zu der Stelle des Gestades, die dem Fremden gegenüber lag; es war halb Neugier, halb Teilnahme für den gewandten Ausreißer, was ihn näher zog. Dieser hielt in seinem Waten inne, um ihn angestrengten Auges zu betrachten; dann stieß er einen Ruf aus und winkte mit der Hand, wie, um ihn zum Bleiben zu bewegen. Bernhard erkannte ihn an diesem Rufe; es war Wendels.

Der Scherenschleifer mochte etwa hundert Schritte noch vom Ufer entfernt sein, als er sich niederbeugte und die Arme zum Schwimmen auseinanderschlug. Es war die schmalste Stelle des Sees und zugleich die tiefste, an der er übersetzte; aber Wendels schien ein geschickter Schwimmer, denn er kam rasch vorwärts, als er plötzlich einen heftigen, schrillen Schrei ausstieß und mit den Armen über dem Kopf in der Luft umherfocht – ein heftiges Umsichgreifen, ein Arbeiten mit den Händen und den gespreizten Fingern – dann sanken sie – immer tiefer – schnellten wieder auf, das Haar seines Kopfes tauchte wieder empor – er verschwand im selben Augenblicke; das Wasser schäumte und spritzte auf, dann begann es seine Wellen in lange Kreise auszudehnen, und an der Stelle, wo der Schwimmer versunken, war es nach einigen Augenblicken wieder spiegelglatt.

Bernhard hatte kein Auge hierfür, denn in dem Augenblicke, in dem er die Gefahr des Schwimmenden erkannte, den augenscheinlich ein plötzlicher Krampf gefaßt hatte, war er in das Wasser gesprungen, um ihm zu Hilfe zu kommen. Aber er war ein schlechter Schwimmer, und wenn ihn jetzt seine Herzensangst auch die gewaltsamsten Anstrengungen machen ließ, so gelang es ihm doch nicht, tief und lange genug unterzutauchen, um den Versunkenen zu erfassen. Er stieß einen wehklagenden Hilferuf aus, tauchte noch einmal hinab und wieder auf, um nach Luft zu schnappen – noch einmal – nein, die Tiefe hielt ihr Opfer fest. Er eilte nun zum Dorfe und rief hier zusammen, was ihm zuerst begegnete; ihm selbst war es jedoch nicht möglich, mit diesen Leuten zum See zurückzugehen; er fühlte sich in seinen durchnäßten Kleidern zu Eis erstarren, seine Glieder versagten ihm den Dienst und, als er am Herde seiner Wohnung stand, sank er vor den Augen der erschrockenen Margret in Ohnmacht.

Der Verunglückte wurde erst nach drei Tagen aufgefunden. Man verscharrte ihn, fern vom geweihten Grunde; die ärmeren Bauern hatten sich in seine besten Kleidungsstücke geteilt und mit einigem Gelde, das sie in seiner Tasche fanden, für ihre Arbeit bezahlt gemacht. Bernhard ließ emsig nachfragen, ob sie nicht auch Papiere und Briefschaften bei ihm gefunden, denn er selbst vermochte nicht, es zu untersuchen, weil er krank geworden war. Aber keiner wollte etwas dergleichen gesehen haben; er ließ sie noch einmal die geretteten Sachen durchforschen; nein, es war nichts da.

Es soll nicht sein, dachte er mit jener Resignation, welche körperliche Schwäche gibt, und ergab sich in die Anfälle der Krankheit, die ihn wochenlang an das Lager fesselte und allen Hausmitteln der Frau Fahrstein Trotz bot.

»Sie verquacksalbert ihn,« sagte Herr Gerhards mit einem Unwillen, wie ihn nur seine Teilnahme für den Leidenden in ihm hervorbringen konnte; »es würde am besten sein, wenn der gnädige Herr ihn aufs Schloß bringen ließ; ich würde ihn schon kurieren!«

»Sie?« sagte Frau von Kraneck zweifelnd.

»Zu dienen, gnädige Frau; ich wollte ihm schon was eingeben: zwei Schoppen alten spanischen Wein und darin eine Handvoll Pfeffer und Ingwer und dies eine Weile durcheinander gekocht –«

»Das sollte eine Brustentzündung heben?«

»Jawohl, gnädige Frau, das sollte wohl besser sein, als die Quacksalbereien der alten Margret; der arme Schelm wird sein Lebtage nicht wieder gesund, wenn die an ihm fortdoktert! Aber zwei Schoppen alten Spanischen und darin eine Handvoll –«

»Herr Gerhards,« sagte Frau von Kraneck zu dem Vikar, der ein außerordentlich wichtiges Gesicht machte, als er sein Hausmittel empfahl, »zum Doktor sind sie verdorben, aber ihr Rat ist ein sehr viel Rücksicht verdienender. – Qu'en pensez vous, mon cher mari?« fuhr sie, zu Herrn von Kraneck gewendet, fort.

»Ma chère,« versetzte dieser, »ich erwarte die Entschließung Ihres edelmütigen Herzens.«

Diese Entschließungen erfolgten und der Vikar wurde beauftragt, den Transport des Kranken in das Schloß Hohenkraneck anzuordnen und zu beaufsichtigen. Er führte dies mit einer sehr großen Behutsamkeit und Sorgfalt aus, aber zugleich mit unerbittlicher Härte gegen die Protestationen der Mutter Fahrstein, die sich ihren Sohn nicht nehmen lassen wollte, oder ihm mindestens folgen zu dürfen verlangte, was der Vikar durchaus nicht zugestehen wollte.

»Aber es handelt sich ja gerade darum, daß er Ihre Latwergen nicht mehr nehmen soll«, sagte Herr Gerhards, indem er ein Töpfchen mit einem solchen Inhalte, das in der Krankenstube auf dem Tische stand, an seine Nase führte. »Das schau einer an,« fuhr er kopfschüttelnd fort, »das soll gegen eine Brustentzündung gut sein! Nein, Frau, ich will Ihr sagen, was gut war, zwei Schoppen alten Spanischen –«

»Ei was,« sagte Frau Fahrstein heftig, »ich bin ein ebenso guter Doktor wie Er, und will bei meinem Kinde bleiben!«

Die letztere Behauptung hatte eine Entschiedenheit, die endlich des Vikars Eigensinn wanken machte, und so folgte denn die alte Margret dem Lager ihres Sohnes, das von rüstigen Trägern in das Schloß gebracht wurde. Frau von Kraneck hatte unterdes ein nach der Sonnenseite gelegenes stilles Zimmer mit grünen Gardinen um Bett und Fenster versehen lassen; sie erwartete dort den Kranken und beugte sich, als man ihn niedergelegt hatte, mit forschenden Bücken über sein bleiches Gesicht.

Während Herr von Kraneck ihm an der anderen Seite des Bettes die Hand schüttelte und allerlei Trostgründe sagte, welche durch ihre Herzlichkeit ersetzten, was ihnen an Neuheit abging, fühlte er einen warmen Tropfen aus den Wimpern der guten Frau auf seine Stirn fallen; sie begann gleich darauf hastig an seinem Kopfkissen zu ziehen, um es ihm bequemer zu legen. Dann machte sie die erschreckende Bemerkung, daß er keine Nachtmütze habe, und eilte hinaus, um dieses unerläßliche Garderobestück aus dem Vorrate ihres Gemahls zu beschaffen; sie kehrte zurück mit einem ganzen Arm voll Leinenzeug und darunter eine Profusion von Stücken, deren eigentliche Bestimmung zu erraten über alle Phantasie des Kranken ging. Herr von Kraneck flüsterte ihm unterdes leise ins Ohr, daß Frau von Kraneck ein wahrer Engel am Krankenbette sei; dann hielten beide eine leise Beratung zusammen, was man zur Erleichterung des siechen Gastes tun könne, ohne erst nach seinen Wünschen zu fragen, da es nicht gut sei, ihn durch Anreden zu belästigen.

»Was halten Sie von einer Flasche Mandelmilch und einer andern mit Limonade; würde er sie wohl nehmen?« sagte Frau von Kraneck.

»Ich glaube,« versetzte ihr Gemahl, »Sie werden darin meiner Ansicht sein, daß es nicht schaden könnte, wenn sie bereit ständen, falls er sie wünschen sollte.«

»Ich verstehe,« sagte lächelnd die Dame; »ich hätte nicht erst fragen sollen.«

Sie wandte sich zur Tür, um die Bereitung des kühlenden Getränkes anzuordnen, als jene vorsichtig geöffnet wurde und mit einem so selbstzufrieden vergnügten Gesichte, wie es nur das Bewußtsein nahenden Triumphes machen kann, Herr Gerhards über die Schwelle trat, eine dampfende zinnerne Kanne in der Hand. Er ging wie ein Kind, das eine Treppe hinaufsteigt, jedesmal nach einem Schritte pausierend, um ja nichts von dem köstlichen Inhalte zu verschütten. In der Mitte des Zimmers blieb er stehen, schaute zuerst die gnädige Frau, dann Herrn von Kraneck und zuletzt mit einigem Ausdruck herablassenden Mitleids Frau Margret an, die still in einem Armsessel zu Häupten ihres Sohnes hockte, schlug darauf mit einer irdenen Tabakspfeife, die er in der linken Hand hielt, an den Band der Kanne und sagte: »Dies mochte wohl das Allerbeste sein, gnädige Frau; das wird ihm auf die Beine helfen!«

»Was haben Sie denn da, Herr Vikar?« fragte Frau von Kraneck und langte mit einem Teelöffel in das dampfende Naß.

»Ich bin auch mal ins Wasser gefallen, Ew. Gnaden, und das hat mich so munter gemacht, als wär’ ich ein Fisch gewesen.«

»Pfui!« rief die Hausfrau, »das brennt wie Feuer!«

»Gelt?« versetzte Herr Gerhards, sehr zufrieden mit der Kraft seines Trankes; »es ist aber auch vom besten, den Ew. Gnaden im Keller haben: Zwei Schoppen alten Spanischen und eine Handvoll Ingwer und —«

»Erlauben Sie gütigst, lieber Herr Vikarius«, unterbrach der Gutsherr ihn und nahm die Kanne aus seiner Hand; dann öffnete er das Fenster und goß den ganzen Dekokt in den Baumhof hinunter.

»Wenn meine Pferde das kalte Fieber bekommen, sollen Sie Doktor werden, Herr Vikar; hier aber lassen Sie Ihren alten Spanischen fort!«

Herr Gerhards war von der gewaltsamen Handlung seines sonst so sanftmütigen Gutsherrn in einem Grade überrascht, daß er keine Worte finden konnte, um seine Mißbilligung derselben in so entschiedenem Tone auszudrücken, wie er sie innerlich fühlte. Er schüttelte den Kopf, bückte sich, um die Scherben seiner irdenen Pfeife zusammenzulesen, die er aus Schrecken auf den Boden hatte fallen lassen, und sagte: »Ew. Gnaden, so wird ein Kranker nicht gesund, wenn man ihm nichts eingibt; aber ich sage kein Wort mehr.«

Der Vikar begann in der Tat mit seinem Rate von diesem Augenblicke an zornig hinter dem Berge zu halten. Nur einige Tage später, als er einen Domestiken bedauern hörte, daß kein Maderawein da sei, von dem die gnädige Frau einen Eßlöffel voll verordnet habe, ließ ihn nach heftigem inneren Kampfe seine Teilnahme und Liebe für Bernhard nicht länger untätig bleiben. Er trat um Mittag, als niemand in dem Krankenzimmer war, sachte ein und kam mit einem großen Glase voll Wein an Bernhards Bett.

»Es fehlt an Madera«, sagte er flüsternd.

»Nun, Herr Vikar, was haben Sie da?«

»Das ist ein Schöppchen alten Unkler roten, von anno 1699; ich habe so'n paar Krüglein auf den bittersten Notfall hinter die Gardine gestellt. Trinken Sie, Doktor!«

»Gott behüte, keinen Tropfen!«

»Nur dreist, nur dreist, ich möchte wetten, daß ein Schöppchen von dem gerade so viel Kraft haben muß wie ein Esslöffel voll Madera, wenn nicht noch mehr. Nehmen Sie nur, es wird gerade dasselbige sein, wenn nicht noch mehr; probieren Sie nur!«

Bernhard hatte Mühe, von dem Unkler roten, von dem ein Schoppen mindestens so viel Heilkraft haben sollte wie ein Eßlöffel voll Madera, sich zu befreien. Der Vikar trank endlich das Glas selber aus, wobei er mit großem Unmut sagte: »Auf Ihr Wohlsein; aber gesund werden Sie Ihr Lebtage nicht wieder, wenn Sie nicht besser Rat annehmen.«

Fürs erste schien Herr Gerhards recht zu behalten. Bernhard ward zwar eigentlicher Gefahr bald entrückt, aber die frühere Gesundheit wollte nicht wiederkehren; es schien eine völlige Mutlosigkeit über ihn gekommen, die alle seine Kräfte niederdrückte. Er fühlte sich verwaist, in einer toten Oede um ihn her. Seine Gedanken erlahmten, seine Gefühle irrten schwankend umher, ohne daß er sie zu lenken vermocht hätte; sie zogen dahin, von wo er sie mit aller Macht seiner Seele hätte zurückreißen mögen – zu ihr; und sie – sie hatte ihn vergessen und ließ ihn ratlos und hilflos in dem Kampf mit dem Siechtum seines Lebens unterliegen.

An der Stelle, wo die Bauern den verunglückten Anführer des heidnischen Nomadenvolkes, das in ihren Wäldern hauste, begraben hatten, sah man mehrere Tage nachher ein Kreuz aufgerichtet, das freilich von einer sehr kunstlosen Hand mit einigen rostigen Nägeln zusammengezimmert war, aber mit einem vollen und schönen Immortellenkranz die Mängel seiner Konstruktion bedeckte. Einige wollten auch abends jemanden sich dort umherbewegen gesehen haben, eine Gestalt, die bald wie eine Säule still gestanden, dann heftig sich auf und ab bewegt habe. Aber niemanden hatte Interesse an dem toten Heiden oder den klagenden Genossen seines Stammes zu näherer Untersuchung veranlaßt, wer es sein könne, der ein so unpassendes Symbol über seinem Grabe aufgerichtet habe.

Siebentes Kapitel

Wir kehren zur Residenz zurück.

Die unbekannte Person, welche bei dem Stiftsfräulein von Plassenstein eingeführt zu werden verlangt hatte, trat in das Zimmer, in dem wir oben Katharinas Bemerkungen über den steigenden Chinesismus ihrer Zeit und ihre Pläne mit dem fruchtbringenden Herrn von der Schäferzunft belauschten. Es war ein junges Mädchen, noch blutjung, aber mit einem blassen, ernsten und sprechenden Gesichte, das an das Sprichwort: »Stille Wasser sind tief!« zu erinnern geneigt war. Sie war hübsch, aber um sie schön zu finden, hätte man einen besonderen Geschmack für jenes orientalische, dunkle, brennende Kolorit und die Symptome verhalten kochender innerer Leidenschaftlichkeit haben müssen, die sich hier wohl durch den Einfluß eines nördlichen Klimas und vielleicht auch niederdrückender und zurückhaltender Erziehung gemildert, aber nicht ganz verwischt und ausgetilgt zeigten.

»Was willst du von mir, Kind?« fragte Katharina freundlich und nicht recht wissend, was sie aus der Eintretenden zu machen habe, deren Anzug den Schnitt der gewöhnlichen Bauerntracht, aber dabei eine ganz außergewöhnliche Nettigkeit hatte.

Die Fremde antwortete nicht; sie legte die Hände über dem Schoß zusammen und sah mit funkelnden Blicken Katharina an.

»Du bist gewiß die Tochter eines Försters oder Vogtes vom Lande? Du willst einen Dienst bei mir suchen? Sei nicht so ängstlich; sprich nur, Kind.«

Lene – denn sie war es – setzte sich auf ein Taburett, das am Fenster stand, und blieb fortwährend stumm.

»Bist du gekommen, mich anzusehen?«

»Ja,« sagte das Mädchen mit einer Stimme, die von irgendeiner verhaltenen Bewegung zitterte; »ich bin gekommen, um Euch ein paar Worte zu sagen und zu sehen, wie Ihr dabei ausseht.«

Ein wunderliches Geschöpf, dachte Katharina; sie sieht aus den Augen, als wäre sie geisteskrank. – »Nun, und die paar Worte sind?« fuhr sie lauter fort.

»Daß Ihr eine sehr schöne Dame seid und daß ich Euch alles Glück zu Eurem schönen Schatz wünsche.«

Katharina stand im Begriffe, die Klingel zu ziehen, um durch einen Lakaien die Wahnsinnige fortbringen zu lassen.

»Wartet einen Augenblick, ich bin nicht zu Ende,« sagte Lene, sich erhebend; »ich will Euch nur noch sagen, daß Euer Schatz ein Schuft ist, ja, ein Bösewicht, ein Räuber, ein Mörder, ein Betrüger!« schrie sie mit einer ausbrechenden Wut auf, die ihre ganze Gestalt erschütterte.

»Tolles Ding, wer bist du? Was willst du?«

»Ich will mich rächen an Euch, denn Ihr verdient es; ich habe geglaubt, Ihr müßtet eine Heilige sein, aber Ihr seid nichts als ein leichtsinniges Weib, und während Ihr dem einen das Herz brecht, habt Ihr Euch an den andern gehängt, der ein Betrüger ist. Euer Herr von Schemmey, von dem man sagt, daß Ihr ihn seiner Braut abgelockt habt und daß er mit Euch verlobt sei, ist ein Betrüger; ich will Euch sagen, wer der rechte Schemmey ist: Kennt Ihr den Sohn der alten Margret Fahrstein? Nein, Ihr kennt ihn nicht mehr, Ihr habt ihn vergessen! Er liegt krank, und Ihr kümmert Euch nicht, wo und wie!«

Katharina sank bleich werdend in einen Sessel, sie bemühte sich, einen Strom von Tränen zurückzuhalten, der aus ihren Augen drang, und wendete das Gesicht von Lene ab, um den Schmerz, der sich darauf ausprägte, vor ihr zu verbergen. Lene glaubte, der Dolch ihrer Erbitterung, den sie der Nebenbuhlerin geschliffen, sei ihr ins Herz gedrungen, sie fühlte eine innerlich in ihr aufjauchzende Freude, und um nichts zu unterlassen, was ihn tiefer und fester hineinstoßen könne, fuhr sie in demselben Tone zu sprechen fort: »Er wird vor Gram und Kummer sterben, während Ihr mit dem Elenden, der ihm seinen Namen, seine Güter und alles, wodurch das Leben für ihn Wert haben kann, abgestohlen hat – spaßt und jubelt und Eure Eitelkeit nährt: ein gutes Paar zusammen, denn wenn er Güter und Briefschaften stiehlt, die ihm nicht gehören, stehlt Ihr Euch einen Liebsten, der Euch nicht gehört.«

»Schweig', freches Geschöpf!« fuhr Katharina auf. Dann bezwang sie ihren aufkochenden Zorn; sie sah ein, daß dieses dreiste Mädchen im Besitz von Geheimnissen sei, für deren Enträtselung Katharina ihr halbes Leben gegeben hätte. Es kam darauf an, sie ihr zu entlocken. Katharina sann darüber nach, wie sie dies bewerkstellige, ob sie offen mit ihr sprechen und ihre Gefühle, Ahnungen und Vermutungen mitteilen solle, die sie vor der ganzen Welt verborgen hielt, oder ob sie die Verstockte spielen müsse; – das letzte war augenscheinlich das Beste. Die Fremde war gekommen, sie zu beleidigen und zu kränken; ein Mißlingen dieser Absicht mußte sie immer ärgerlicher, immer redseliger machen, um ihren Zweck zu erreichen. Katharina nahm deshalb alle ihre Kraft zusammen, um ruhig zu scheinen, und sagte stolz; »Wie kannst du glauben, daß ich auf dein Geschwätz achte! Du bist einem Irrenhause entlaufen, Mädchen, und ich will dich dahin zurückschaffen lassen.«

»Einem Irrenhause? Geschwätz? Nun so hört, ob das, was ich Euch sage, wie irres Geschwätz lautet. Ich bin ein Scherenschleifermädchen, das –«

»Das hätte ich gleich erraten können,« sagte Katharina kalt.

»Das bei der alten Fahrstein aufgewachsen ist,« fuhr Lene ruhig fort. »Diese Frau hat Beweise gehabt, daß der, den sie für ihren Sohn ausgibt, der jüngste Sohn eines Herrn von Schemmey sei; ich habe sie gefunden, es waren mehrere Papiere, und weil ich der alten Margret nicht traute, hab' ich sie an einer sichern Stelle in dem Hause Bechenburg geborgen, um sie zu rechter Zeit ihrem Eigentümer zu geben. Wir mußten von Bechenburg fortziehen. In der Gegend, wohin wir zogen, kam der Anführer meiner Stammesgenossen zu mir und warb um meine Hand; ich habe sie ihm nicht versagen wollen, aber vor meiner Einwilligung legte ich ihm auf, die Papiere, welche ich der alten Frau genommen, aus dem Hause des Herrn von Driesch zu holen und sie dem angeblichen Sohne der Verwalterin sicher zu übergeben. Es gelang ihm; er stahl sich unvermerkt in das Gut und kam in einer Nacht, während ich draußen auf ihn wartete, mit den Briefschaften unversehrt wieder heraus. Wendels war ein starker und gewandter Mann, der nichts fürchtete und den kein Riegel hemmte. Wir wanderten darauf zusammen nach dem Dorfe Kraneck, das weit gen Süden in den Gebirgen liegt. Eines Nachmittags nun, als wir uns unserm Ziele näherten, begegneten uns zwei bewaffnete Reiter, die plötzlich um eine Ecke des Weges bogen; der vorderste zog ein langes Pistol aus dem Sattelhalfter und richtete es mit dem Ruf: ›Heda! halt!‹ auf meinen Begleiter; ich sprang in ein Gebüsch zur Seite und hörte, wie einer der Soldaten zum andern sagte: ›Ein prachtvolles Exemplar von einem langen starken Burschen, Peter! Den wollen wir anwerben.‹

Ein Flügelmann, Herr Leutnant, sagte der andre, der ebenfalls sein Pistol zog und den Hahn spannte.

Sie stiegen nun ab, und Wendels, der aus Furcht vor ihren Kugeln stehen blieb, obwohl ich erwartet hätte, daß er trotzdem sich durch die Flucht retten würde, wie er früher schon oft getan in ähnlichen Lagen, ließ sich ruhig von ihnen erfassen. Der Leutnant sagte lachend, daß er schon lange davon überzeugt gewesen, wie jener den dringenden Wunsch hege, in ***sche Militärdienste zu treten, daß er jetzt gerade mit seinem Verlangen an die rechte Schmiede gekommen sei und daß sie ihn nur bäten, wenn er Waffen bei sich führe, sie abzugeben, da er eine schöne Muskete nächstens dafür wieder erhalten solle und einen Haufen Handgeld dazu. Sie durchsuchten ihn, erst nahmen sie ihm ein Messer, dann ein Pistol und endlich die Papiere. Der Werber, welcher der Befehlende zu sein schien, durchmusterte sie: ›Alle Wetter, Kerl.‹ rief er aus, ›wem gehört das?‹ Dann blickte er wieder hinein. Auch der andre Soldat sah jetzt neugierig dem ersten über die Schulter. Diesen Augenblick nahm mein Begleiter wahr; er sprang mir nach ins Gebüsch, lachte ganz unbekümmert und lief weiter. Die Werber eilten zu ihren Pferden zurück, sprengten ihm nach, wie Parforcejäger einem gehetzten Tiere, und schossen ihre Pistolen auf ihn ab. Wir befanden uns in einem Tale, in dessen Mitte ein See lag; dahin lief Wendels, und als sie ihm ziemlich dicht auf den Fersen waren, rettete er sich mitten in das Wasser, wo ihn der morastige Grund ringsumher schützte und er sich auch außerhalb des Bereiches ihrer Kugeln befand. Die Werber zogen nun fort und ritten durch das Tal, dem nächsten Dorfe zu; die Papiere nahmen sie mit sich. – Wendels ertrank in dem Wasser,« fuhr Lene, leiser und ruhiger werdend, fort: »da ich nun niemanden mehr auf der Welt hatte, der sich meiner angenommen bei dem wilden Leben, das die Meinen draußen in den Wäldern führen, und ich es bei ihnen nicht aushalten konnte, denn sie sind roh und fürchten kein Gebot, so blieb ich einige Zeit allein in der Gegend und spann oder nähte für die Bauern; dann ging ich hierher, um einen ordentlichen Dienst zu suchen. Ich hoffte eigentlich, Laienschwester in einem Kloster zu werden, aber sie wiesen mich zurück, weil ich eine Scherenschleiferdirne sei.

»Und nun, armes Geschöpf?« sagte Katharina, die mit dem Ausdruck der höchsten Spannung zugehört hatte.

»Nun hörte ich viel von Euch hier reden, wie Ihr so schön wäret und wie Euch alle Herren den Hof machten, besonders aber der junge Herr von Schemmey; und als ich gestern morgen am Brunnen stand, ritt ein Kavalier an mir vorüber, der zu Eurem Fenster hinauf grüßte. Die andern Mägde sagten, das sei der Herr von Schemmey; ich erkannte ihn als den Werber, der die Papiere mit sich fortgenommen hatte.«

Katharina sprang auf und lief heftig im Zimmer auf und ab; sie lachte, sie weinte, sie warf sich wieder in ihren Sessel und preßte beide Hände auf die Stelle, wo fast hörbar ihr Herz schlug. Ueberrascht war auch Lene aufgestanden und blickte verwundert auf ihr Treiben.

»Seid Ihr in Verzweiflung oder freut Euch das?« schrie sie.

»Kannst du beschwören, was du gesagt hast?« fragte Katharina.

»Bei Gott und seinen Heiligen!«

Katharina warf sich auf die Knie und faltete ihre Hände; dann fuhr sie wieder empor, der Sturm ihres Innern ließ ihr keine Ruhe. Sie umarmte Lene, sie küßte sie – »Mädchen. Mädchen, ich will dich in Gold fassen lassen!« Unbeschreiblich aber waren die Uebergänge und das wechselnde Aufeinanderfolgen der verschiedensten Gefühle in Lenes Brust, nun sie inne ward, welch' ganz andern Eindruck ihre Erzählung gemacht hatte, als sie beabsichtigte. Aerger über das Fehlschlagen ihrer Absicht, innere Zerknirschung, der Wunsch, auf der Stelle sterben zu können, war, was zuerst in ihr mächtig wurde. Sie hatte so lange sich in dem tröstenden Gedanken gewiegt, daß das Herz, welches Bernhard von sich gestoßen habe, doch so viel edler, treuer und tiefer sei als das der vornehmen Dame, nach dem er seufze und die ihn über das Spielzeug ihrer Eitelkeit vergesse; und nun verriet Katharina in dem Ausbruch ihrer ungebändigten Freude eine Leidenschaft, vor der die ihrige nichts voraus hatte. Sie hatte sie gehaßt und mußte sich gestehen, daß sie ihr unrecht getan; sie haßte sie desto mehr, aber sie mußte sie lieben, in diesen Ausbrüchen der Liebe für den Gegenstand ihrer eignen Neigung, der zwischen beiden eine Art Schwesterschaft bildete; sie mußte sich vor ihr beugen, als der Göttin, in deren Händen das Glück Bernhards lag. – Sie begann zu weinen und wandte sich zu gehen; als sie das Türschloß nicht zu öffnen verstand, verlangte sie mit der unartigen Ungeduld eines Kindes hinausgelassen zu werden.

»Nein, nein, du bleibst, du mußt für ihn zeugen, kein Schritt aus diesem Hause, bevor ich wieder da bin!« Katharina riß nach diesen Worten heftig an der Klingelschnur. »Nur noch eins,« fuhr sie fort, »wo ist er, sprich, wo? Er ist krank. – o Gott, was fehlt ihm? Ist er in Gefahr, wer pflegt ihn, sprich, um des Himmels willen! Wo ist Margret?«

»Er ist auf dem Schlosse Hohenkraneck bei P***, eine halbe Tagereise weiter; ob er noch krank ist, weiß ich nicht; es sind zwei Monate, seitdem ich aus der Gegend schied; er war außer Gefahr. Seine Mutter ist bei ihm.«

Zwei Domestiken waren eingetreten. Katharina befahl, auf der Stelle Anstalten zu einer Reise zu treffen und während ihrer Abwesenheit Lene in ihren Zimmern zu halten, auch sie mit niemandem verkehren zu lassen. Herr von Driesch bekam die erfreuliche Nachricht, er könne, wenn es ihm beliebe, auf seine Güter abreisen; nach einer Stunde saß Katharina von Plassenstein in ihrem Reisewagen, der mit ihr dem Süden zurollte. Es gibt nichts Mutigeres als ein Weib, das die Leidenschaft führt.

Achtes Kapitel

Katharina war während der ersten Stunden ihrer Reise in einer Aufregung, die sie wenig zu besonnener Ueberlegung ihres Schrittes kommen ließ. Endlich hatte sie wenigstens einen sichern Faden aus dem Gewebe in ihre Hand bekommen, das sie irgendwo geschlungen und verborgen ahnte, ohne bis jetzt die geringste sicher leitende Spur entdecken zu können. Daß Bernhard ein geretteter Erbe der Schemmeys sein könne, hatte ihr eine Art innerer Eingebung gesagt, in derselben Stunde, in der sie das Geschick dieser Familie ihm selbst erzählt hatte. Die alte Margret war plötzlich mit ihm von Bechenburg abgezogen, nachdem Herr von Driesch Verbindungen derselben mit dem jetzigen Besitzer der Schemmeyschen Güter – einem Menschen, der in dem Rufe stand, zu allem fähig zu sein – entdeckt hatte. Dies hatte Katharina durch das Gerücht erfahren; ihre geheimen Nachforschungen, wohin sie sich gewandt habe, waren ohne Erfolg geblieben. Bei diesem Verschwinden Bernhards hatte Katharina zu ihrer Bestürzung wahrgenommen, welche leidenschaftliche Kraft ihre Neigung zu ihm genommen; eine Neigung, die so unglücklich war, daß sie sich schuldig zu sein glaubte, mit aller Macht ihrer Seele dagegen anzukämpfen. Diese Macht war groß genug gewesen, um ein Frauenherz mit dem Gefühle bodenlosen Betrübtseins niederzuhalten, aber nicht es zu besiegen. Sie hatte eine unglückliche Zeit durchlebt; eine Zeit der unglückseligsten Halt- und Ratlosigkeit, wie sie einem Hauptabschnitt der inneren Geschichte so mancher Menschenbrust sein Gepräge gibt. Es ist immer dieselbe Geschichte, welche nichts Ungewöhnliches, aber desto mehr Trauriges hat; sie hatte das Gefühl innerer Berechtigung ihrer Liebe nicht ersticken können; es forderte ungestüm, daß ihm öffentlich und vor aller Welt dies sein Recht geschehe; aber eine Unzahl Verhältnisse trat dem in den Weg, welche, als Katharina sie näher prüfte, nichts für sich hatten als ihre Existenz und ihre Gewalt. Sie fühlte, daß sie ihrem eignen Dasein und der von der Natur tief in ihr Herz gepflanzten Ueberzeugung es wie eine heilige Pflicht schulde, einer Liebe zu folgen, deren Befriedigung sie glücklich und dadurch auch gut mache, und allein imstande sei, sie zu der harmonischen, schönen, wie ein Kunstwerk seinen Kern und Mittelpunkt in sich tragenden Lebensgestaltung sich ausbilden zu lassen, welche die eigentliche Aufgabe des irdischen Daseins ist. Und was trat ihr in den Weg, um sie für ihr Leben zu einem unglücklichen, nutzlosen, ihre Bestimmung verfehlenden Geschöpfe zu machen? Prinzipien der herrschenden Meinung, die wie weise Propheten mit ihren erlogenen göttlichen Offenbarungen das gesalbte Königtum ihres Geistes schulmeistern wollten; die den Ysopzweig voll Essig, mit dem sie tränkten, für die Palme himmlischer Weisheit ausgaben.

Aber sie hatten die Ansicht der Menge für sich, diese Propheten; die Weisheit aller der gepuderten Perücken, die herzlose Ueberzeugung aller der brokatenen Reifröcke, in deren Kreise Katharina durch ihre Geburt gebracht war. Wohl hatten die meisten dieser Menschen, die Frauen insbesondere, ein ähnliches Geschick einmal in ihrem Leben gehabt; sie hatten sich fügen, sich opfern müssen – und hauptsächlich daher mochte ein Teil der völligen Nutz- und Ersprießlosigkeit, der Verschrobenheit und des Unverstandes rühren, die in ihrer Gesellschaft herrschten. Aber wehe jetzt dem, der sich herausnehmen wollte, seinem Schicksal eine glücklichere Wendung zu geben, als jene vermocht hatten! Sie hatten das Vorurteil zu teuer besiegeln müssen, ihm mit ihrem besten Herzblut ein Opfer gebracht; wehe dem, der durch die Tat beweisen wollte, daß es ein Vorurteil sei!

Katharina hatte in der Residenz Zerstreuung gesucht; der Aufenthalt in derselben hatte nur ein stärkeres Zurückdrängen in ihr eigenes Innere für sie zur Folge haben können. Die Menschen waren ihr wie ein kopfnickendes, zungenschwellendes Pagodengeschlecht vorgekommen. Der Reichtum ihres Gefühls und ihres ganzen eignen Seins, in dem die Liebe wie ein die höchsten Mysterien der Existenz, halb in klaren Deutungen, halb in traumhaften Ahnungen verkündender Engel der Offenbarung waltete, hatte sie daran gewöhnt, in jeder menschlichen Gestalt, die neu vor ihr auftauchte, etwas Unendliches vorauszusetzen, eine eigentümliche, von irgendeiner besonderen Brechung des ewigen Lichtstrahls erfüllte Welt. Aber als sie immer mehr inne ward, wie sehr diese Voraussetzung ins Reich der Dichtung gehöre, wie flach und hohl fast alle diese auf der großen Wiese der Gemeinplätze grasenden Gestalten seien, schlug ihre Empfindung bei dem Anblick derselben in ein Gegenteil der früheren um, das ebensoweit von der rechten Wahrheit entfernt war. Sie verachtete sie; sie verachtete alles, was sie trieben und was um ihr Sein sich bewegte; endlich auch das, was sie beherrschte, was von ihnen für heilig gehalten wurde, ihre Ansichten, ihre Institute.

Sie war auf einem schlüpfrigen und gefährlichen Wege für ein geistreiches und lebhaft fühlendes Weib, das immer nur Extreme kennt; das nur Kälte oder völlige Hingabe, nur eisige Sittenstrenge zeigt oder, einmal besiegt, in rücksichtsloses Selbstvergessen sich wirft, ja oft das innigste, treueste und reinste Gefühl mit einer fast das Maß überschreitenden Ungebundenheit vereinigen kann; das endlich nur demütige Ehrfurcht und Scheu im Glauben oder völligen Unglauben kennt, das sanktionierte Verhältnisse nicht einmal zu prüfen wagt, oder sie samt und sonders über den Haufen stürzen möchte.

Früher hätte Katharina nicht vermocht, was ihr jetzt bei ihrer veränderten Lebensansicht, wenn auch schwer, aber doch möglich wurde, seitdem das Schicksal oder viel mehr die eigne Leitung ihres Lebenslaufes, die wir so gern das Schicksal nennen, ihr etwas von der höhnischen Philosophie eingetränkt hatte, die endlich auf die Spitze ihres Systems als Gottheit das Ich setzt. Sie hätte nicht vermocht, durch eine Art Heuchelei und gefühlloser Koketterie Josina von Katterbach ihren Geliebten zu nehmen und mit dem Herzen desselben ein gefährliches Spiel zu treiben, um ihre eignen Pläne auszuführen; früher hatten sie Gewissenhaftigkeit gegen Josina und Stolz gegen den Bräutigam, dessen Erscheinung etwas Verdächtiges für sie hatte, abgehalten, sich in sein Vertrauen zu drängen, um ihn verderben zu können – mochte er immerhin sein Verderben durch irgendeine Betrügerei verdienen, die sie ahnte, aber doch nicht gewiß wußte, und die ebensogut nur in einer Einbildung da sein konnte, welche aus ihrer eignen Leidenschaft herfloß. Was wußte sie denn Sicheres? Daß eine nächtliche Erscheinung Papiere aus Bernhards früherer Wohnung entwendet, hatte ihr Herr von Driesch erzählt; kurz nachher war ein Herr von Schemmey ganz plötzlich als anerkannter Erbe und Besitzer der Güter jener ausgestorbenen Familie aufgetreten, und wenn etwas gegen ihn sprach, so war es nur die ziemlich widersprechende Art, womit man sein erstes Erscheinen in der Gegend und seine früheren Lebensschicksale erzählte. Er sollte nach einigen von einer Milchhändlerin aus der Umgegend von Paris, nach andern als Findelkind in einem Pariser Findelhause unter dem Namen Saint-Pond auferzogen sein; früh gereift, war er sehr jung in Militärdienste gegangen und hatte es bis zum Leutnant gebracht. An seinem einundzwanzigsten Geburtstage sollte ihm nun der Vorsteher jener Anstalt in Paris, oder der Sohn jener Milchhändlerin, die Beweise für seine Herkunft und Ansprüche übersandt haben, die von seinen Eltern zugleich mit ihm deponiert seien und nach deren Bestimmung nicht eher hätten eröffnet werden dürfen. Konnte es nicht möglich sein, daß seine Eltern wirklich auf diese Weise ihn zu sichern gesucht hatten vor dem rätselhaften Geschicke, welches ihre übrige Nachkommenschaft betroffen?

Man glaubte wenigstens in der Residenz an diesen Hergang; andere erzählten freilich, ein Herr von O., der in Paris sich aufhielt und dem die Neuigkeit von dem Erscheinen des jungen Schemmey mitgeteilt worden, habe sich bei allen Findelhäusern jener Stadt nach einem früher Saint-Pond genannten Zögling erkundigt; in einem derselben habe man ihm den Namen wirklich in den Büchern aufgeschlagen, und die Zeit seiner Deposition treffe mit dem angeblichen Alter des Herrn von Schemmey zusammen. Von den Papieren aber, die ihm eingehändigt worden seien, wolle der Vorsteher nichts wissen. Katharina hatte beschlossen, diese Andeutung weiter zu verfolgen. Sie hatte deshalb an den Geschäftsträger einer Bekannten, die ihre Moden aus Paris kommen ließ, geschrieben; aber noch war keine Antwort eingetroffen, als sie die wichtige und entscheidende Mitteilung erhielt, welche Lene sich gedrungen fühlte ihr zu machen.

In der ersten Aufregung der Freude hierüber hatte sie die Maßregeln, die jetzt zu ergreifen seien, nicht klar überdenken können; sie mußte Bernhard wiedersehen, der krank war, der ihrer Pflege bedurfte, den vielleicht die Trennung von ihr gewaltsam genug ergriffen hatte, um sein Leben in Gefahr zu bringen. Schon vor dem Ende der ersten Tagereise aber sah sie ein, daß sie als Siegerin und mit vollgültigen Beweisen zurückkommen müsse, wenn sie nicht für immer in der Achtung der Welt verloren sein wollte. Es kam darauf an, außer Lenes Zeugnis das der alten Margret zu erlangen; ihr Ruf und ihr Glück hing von der Geschicklichkeit ab, womit sie dieser Frau ihre Geheimnisse entlocken würde;

Es war ein unfreundlicher und stürmischer Abend, als ihr bespritzter Reisewagen mühsam von vier Postkleppern dem Dorfe Kraneck zugeschleppt wurde. Katharinas Herz schlug krampfhaft, als sie die Mauerzinnen des Schlosses links auf dem Bergvorsprung aus den Baumwipfeln hervorschauen sah, die sich mit dem ersten Grünanflug des Frühlings überkleidet hatten, aber noch nicht wagten, ihm volle Blätter und Blüten zu bieten. Im Dorfe sammelte sich hinter ihrem Wagen, durcheinanderrennend, ein Haufen jauchzender Buben und bellender Hunde, der sich von Schritt zu Schritt vermehrte und die ungewohnte Erscheinung verfolgte, um sich endlich einem ungemessenen Jubel und respektive wütenden Ausbrüchen hinzugeben, als der Postillon die schmetternden Töne seines Hornes an den grauen Mauern der alten Kirche hinaufklingen ließ. Ueber den Türen, deren obere Hälften geöffnet waren, blickten neugierige Bewohner; auch Frau Margret blickte über die ihrige, als der Wagen das obere Ende des Ortes erreicht hatte, was sich sehr glücklich traf, weil der Bediente auf dem Bocke den schreienden Buben in seinem roten Livreerock als eine so imponierende Gestalt erschien, daß seine Erkundigungen bei ihnen nur ein ehrfurchtsvolles Verstummen und ein augenblickliches Zusammenbringen des Daumens und des Mundes zur Folge hatten.

Katharina ließ halten, stieg aus und befahl, den Wagen weiterzuführen, um einen Auflauf vor Margrets Hause zu vermeiden. Dann öffnete sie das kleine Gittertor vor dem Gärtchen, aus dem ihr der eigentümliche Duft der hoch aufgeschossenen Buchselnfassungen entgegendrang. Seit Lenens Verschwinden war der kleine Raum vernachlässigt; Laub und dürre Reiser lagen an den Pfaden. Die Beete waren voll modernder Ueberbleibsel der vorjährigen Blütezeit, eine dürre Flora von gelbbraunem, vom Wind zerfetzten Rittersporn und Eisenhut neben wackelnden, ausgelöschten Königskerzen. Katharinen wehte eine unendlich traurige Empfindung daraus entgegen. Hier wohnte er, allein, krank, verlassen, nur das welke Laub und die zerstörten Blüten seiner Lebenshoffnungen vor sich, die ausgeflammten Königskerzen seiner reich aufgeschossenen Gedankensaat, die einst den Mut grünender Jugend zum Gärtner gehabt und nun von ihm verwaist gelassen war! Sie ging mit wankenden Schritten zur Haustür. Margret war nicht wenig überrascht, als sie sah, daß der vornehme Besuch ihr gelte; sie zog sich von der Tür zurück und nahm ihren Platz am Herde ein, um leichter den Anschein der Ruhe beibehalten zu können, den sie bei allen außergewöhnlichen Ereignissen besser zu erheucheln als innerlich zu behaupten wußte. Katharina trat freundlich grüßend zu ihr; Margret wollte ihr den Saum des Kleides küssen, aber Katharina litt es nicht und reichte ihr die Hand. Dann setzte sie sich ihr gegenüber.

»Ihr seid eine kluge Frau, Margret«, begann sie zu sprechen, als sie sah, daß jene stumm blieb; »das hab' ich immer die Leute sagen hören, und da ich gerade hier durchreise und Euch an der Tür stehen sah, dachte ich, es sei gut, wenn ich Euch besuchte und Euch in einer Sache um Rat fragte, in der Ihr die beste Auskunft geben könnt, wie ich denke.«

»Ihr reiset hier durch?« versetzte Frau Fahrstein gedehnt; »wohin könnte das Fräulein von Plassenstein reisen, daß ihr Weg sie durch dies Dorf führte? Wollt Ihr nicht meinen Sohn sprechen?«

»Ist er zu Hause?«

»Er ist im Schlosse oben; ich will ihn rufen lassen.«

»Er ist also genesen?«

»Ja – so so; der Frühling wird ihm wohltun.«

Margret wollte sich erheben und das Kind eines ihrer Nachbarn hinaufschicken, um ihn rufen zu lassen, als Katharina sie am Arme ergriff und heftig sagte: »Nein, nein, laßt nur, ich habe mit Euch allein zu reden. Setzt Euch wieder.«

Margret erwartete schweigend, daß das Fräulein fortfahre; der Besuch begann einen angenehmen Eindruck auf sie zu machen, denn außer der Ehre, die er ihr vor den Dörflern gab, war es Margret sehr recht, daß einmal wieder von ihrer Klugheit die Rede gekommen; in der Gegend von Bechenburg hatte sie etwas gegolten, hier in Kraneck aber wußte niemand von ihr, und man ließ sie hinter ihrem Küchenfeuer hocken. Sie fühlte sich wie ein berühmter Mann in der Fremde; auch dämmerte wie eine leise Ahnung in ihr auf, daß Katharina Bernhards wegen gekommen sei, was ihr ebenfalls angenehm war und sie nicht weniger stolz machte.

»Ich komme in einer Sache mit Euch zu reden,« sagte Katharina, »die unangenehme Erinnerungen in Euch erwecken muß; aber ich hoffe, daß Ihr es verzeihen werdet, weil ich mir sonst keinen Rat zu holen weiß und auch den Euren gern belohnen will mit allem, was Ihr fordert. Ich stehe im Begriffe, mich zu verloben, Frau Fahrstein, und zwar mit einem Herrn von Schemmey in M.«

»Ha! Was?« schrie Margret und fuhr von ihrem Sitz in die Höhe; sie war kreideweiß geworden, und ihre Augen stierten die Sprechende an; gleich darauf setzte sie sich und sagte mit etwas gebrochener, aber tonlos kalter Stimme: »Und nun weiter?«

»Wenn einer über die Schemmeys etwas Sicheres zu sagen weiß, so seid Ihr es, Margret,« fuhr Katharina fort; »darum komme ich zu Euch. Der Herr von Schemmey in M. will in Paris im Findelhause aufgezogen sein und an seinem einundzwanzigsten Geburtstage die Beweise für seine Abstammung erhalten haben. Gegen diese läßt sich nun auch nichts sagen, und es ist alles ganz erklärlich, wie er es angibt. Aber es ist ein wichtiger Schritt, den ich zu tun im Begriffe stehe, und deshalb hab' ich es für gut gehalten, zuerst mit Euch darüber zu reden, ob Ihr meint, daß wirklich eins von jenen Kindern, bei denen Ihr Wärterin wäret, und die so geheimnisvoll alle nacheinander umgebracht sein sollen, dem Tode entgangen sein mag.«

»Wennn ein junges Mädchen vor ihrer Heirat für nötig findet, erst ein fremdes, altes Weib um Rat zu fragen, so bleibt sie besser wie sie ist«, versetzte Margret. »Freilich,« sagte sie nach einer Weile, wie für sich, »Ihr vornehmen Leute denkt an etwas andres bei Euren Heiraten als wir geringen; ein Herr von Schemmey ist ein vornehmer und reicher Herr!«

»So meint Ihr also, ich mag ohne Bedenken mein Jawort geben?« fragte Katharina.

»Ohne Bedenken?« wiederholte die Alte gedehnt.

Die beiden Frauen sahen sich mit gespannten Blicken an; sie bildeten eine merkwürdige Gruppe, wie sie beide einander gegenübersaßen und über den Qualm des Herdfeuers hin die Blicke ihrer forschenden Augen aufeinander gerichtet hielten. Die eine mit dem lauernden Ausdruck in den wasserblauen, ins Graue übergehenden Nixenaugen, voll anscheinender Sicherheit, Kälte, wie vom Bewußtsein alles beherrschender und durchschauender Klugheit mit einem Zauberkreis umsponnen, den keine feindliche Macht durchdringen zu können schien, um ihr etwas anzuhaben; großartig, stark, aus den stillen Regionen ihrer Beschaulichkeit teilnahmlos auf das irdische Treiben blickend. Die andre mit lebhafterem Funkeln in ihren dunkler gefärbten Augensternen, aber dem Seheine nach ebenso ruhig, nur der Stimme der Vernunft Gehör zu geben entschlossen, kalt und bedächtig ihre Worte setzend, als berate sie mit einem Advokaten den Ankauf eines Gutes. Und doch, welcher Sturm von Gemütsbewegungen in beiden! Welch' schmerzhaft zuckendes Drängen und Wirbeln von peinigenden Gedanken in der Tiefe ihrer ängstlich gespannten Frauenseelen! – Raunt der einen ein Wort ins Ohr – und mitten in ihrem Zauberkreise krümmt sich diese stolze Sicherheit ächzend zu euren Füßen; der andern ein andres – und die kalte, vernünftig sprechende, große Dame, die eine Heirat eingehen will, wie einen vorteilhaften Handel, wird von der Leidenschaft emporgeschnellt, daß sie »ein Schauspiel für Götter« abgibt. Eine unnennbare Angst schnürte Katharinen die Brust zusammmen; sie verzagte, aus der Alten etwas herauszubringen; diese lauerte durch ihre grauen Wimpern mit derselben innern Angst, daß man darauf ausgehe, sie zu fangen, daß man Dingen auf die Spur kommen wolle, die sie verderben würden.

»Ihr glaubt also auch, daß sich gegen die Angabe des Herrn von Schemmey nichts einwenden lasse, Mutter Fahrstein?« hob Katharina wieder an.

Margret rückte den Schemel, worauf sie ihre Füße gestellt hatte, zur Seite, schlug mit einem Tuche den Staub herunter und sagte: »Ihr seid eine vornehme Dame, aber ich hoffe, daß Ihr einer alten Frau einen Gefallen tut; ich sehe nicht gut mehr und mit dem Hören geht es noch schlechter! Ja, ich bin alt und grau geworden, aber in Ehren; am letzten Palmsonntag sind es dreiundsechzig Jahre gewesen, seit ich zum erstenmal zur Kommunion ging.«

Ihre letzten Worte schienen eine Gedankenreihe in ihr zu erwecken, welcher sie für eine Weile zerstreut nachging. Dann fuhr sie auf und sagte: »Tut mir den Gefallen und kniet hier nieder, daß ich Euch besser verstehen kann.«

Katharina war es nichts weniger als angenehm, den forschenden Blicken der Alten sich so nahe auszusetzen; aber sie willfahrte ihr, um sie in guter Laune zu erhalten. Sie kniete auf den Schemel neben dem Stuhle Margrets nieder und stützte ihre Ellbogen auf die Armlehne desselben.

»Jetzt sitz' ich neben Euch, als ob ich Euch beichten wollte,« sagte sie.

»Ja, so sitzt Ihr; beichtet Ihr oft?«

»Alle Monat, Margret.«

»Alle Monat«, versetzte Mutter Fahrstein nachdenklich; »ja, das ist oft; Ihr könnt nicht viel zu beichten haben! Weshalb tut Ihr es?«

Katharina wär' in der letzten Zeit vielleicht nicht so eifrig gewesen, die Gebote ihrer Kirche zu erfüllen, hätte nicht ihre Präbende als Stiftsdame ihr es zur Pflicht gemacht; aber in der Hoffnung, die Alte zu erweichen, von der sie wußte, daß sie nie die Sakramente empfange, versetzte sie: »Wir sind schwache Menschen und zudem können wir über Nacht abgerufen werden. Niemand weiß, wann die Stunde kommt.«

»Was haltet Ihr von jemand, der gar nicht beichten geht?«

»Gott ist barmherzig; aber, wenn es seine eigene Schuld ist, die Kirche sagt, daß er ewig verdammt sei. Doch lassen wir das. Wollt Ihr mir nicht Eure Meinung sagen, Mutter Fahrstein?«

Margret antwortete nicht, sondern blickte eine Zeitlang stier in die Flamme vor ihr; dann ging ein leises Zucken durch ihre Gestalt, sie fuhr mit der zitternden Hand über ihre Brauen, legte sie auf Katharinens Haar und schaute ihr angestrengt ins Gesicht.

»Soll ich nicht meinen Sohn rufen lassen?« fragte sie leise und sanft. »Ihr seid ihm immer so freundlich gewesen, wie er mir gesagt hat, und es würde dem armen Blut eine Freude sein, wenn er Euch wiedersähe und Ihr ihn so gütig einmal wieder anredetet, wie er früher von Euch gewohnt gewesen; er ist so allein und verlassen hier!«

Es war Katharina nicht wohl möglich, ihr: nein, nein, noch nicht! mit so viel Ruhe auszusprechen, wie sie sich bestrebte; ihre Worte stockten, wie vom Schluchzen unterbrochen.

»Wenn Ihr eine Frau wie Margret Fahrstein fangen wollt, so steht nächstens früher auf, Kind!« rief die Alte mit einem heiseren Lachen. »Bleibt nur sitzen, ich weiß genug«, fuhr sie darauf fort. »Mit Eurer Durchreise durch Kraneck ist es nichts, auch mit Eurer Verlobung nichts, denn Ihr liebt meinen Sohn. Ihr tut recht daran, er verdient es, und Euer Herr von Schemmey ist ein Betrüger; was hat er für Beweise? Sie sind falsch! Ihr aber seid hierher gekommen, um meinen Sohn zu sehen. Und um einen Vorwand zu haben, habt Ihr Euch eine Geschichte erdacht, als sei jemand in M., der sich für einen Sohn der Familie ausgebe, in der ich so lange diente und deren Kinder alle dahin sind, wo ihre Eltern. Es lautete ganz gut, daß ihr gekommen seid, die alte Fahrstein um Auskunft anzugehen! Es ist kein Herr von Schemmey in M.« Die Alte lachte wieder und blickte triumphierend auf Katharine herab.

»Das kann ich beschwören«, rief diese aufspringend.

»So? Dann ist er ein Schuft!«

Margret wurde wieder still und murmelte eine Weile unverständliche Worte vor sich hin. »Mein Junge hat Euch im Herzen,« sagte sie dann lauter, »und deshalb siecht er. Ihr liebt ihn auch, ich will Euch die Papiere geben, denn er soll am Leben bleiben, und ich will nicht auch noch schuld sein, daß Ihr auf schlechte Wege kommt, Kind. Wir sind schwache Menschen, und niemand weiß, wann seine Stunde kommt. Ich will wieder beichten gehen. Ich will Euch die Papiere geben; sagt auch nur – aber, wollt Ihr meinen Sohn heiraten?«

»Margret, wie denkt Ihr daran?«

»Wenn mein Sohn ein Kavalier ist, so adlig wie Ihr, und noch reicher?«

»Ihr scherzt!«

»Seh' ich aus, als ob ich scherze? Einfältige Ziererei! Sagt ja, und gebt mir die Hand!«

Katharina reichte ihr in freudigster Angst und Spannung auf ihre weiteren Worte die Hand, ohne einen Laut hervorbringen zu können.

»Ich will Euch die Beweise geben, aber laßt mich mit Fragen ungeschoren. Sagt nur, ich hätte Bernhard gerettet, daß ihm nicht auch der Hals umgedreht würde; ich habe ihn aufziehen lassen auf einem Dorfe bei Paris – es war eine kleine Meierei, die Frau ging in die Stadt, Milch zu verkaufen, und kam auch in unser Haus damit. Es war um diese Zeit, im Frühling, und eine dunkle, regnerische Nacht, als ich hinausging. Am Tore zündeten sie die Laternen wieder an, die der Wind ausgelöscht hatte, und deshalb sahen sie mich nicht. Das Kind wimmerte, ja, ja, ich weiß es noch, als ob es gestern geschehen wäre. Es war ein saurer Gang, aber ich hatte schon schlimmere Nächte durchwacht!« Sie schwieg wieder.

Das Stück Bekenntnis, das Margret abgelegt hatte, gewährte ihr eine Erleichterung, daß sie immer heftiger den Drang fühlte, sich ganz auszuschütten. Der Gedanke an den Tod erschütterte sie, nachdem jemand anderes sie daran gemahnt hatte, mehr wie je vorher, wie uns immer das, was ein dritter sagt, tief ergreift, und haben wir es uns auch hundertmal vorher selbst gesagt. Die frühe Angewöhnung, in den Heilmitteln ihrer Kirche die Beruhigung zu suchen, die sie jetzt so lange von sich gewiesen hatte, ward mit einer unbezwinglichen Gewalt in ihr rege. »Ja, ich will beichten,« sagte sie flüsternd, »wir können über Nacht sterben; ich will Euch beichten, kniet da wieder auf den Schemel. Wenn ich's einen Pfaffen sage, der versteht mich nicht und weiß nichts von dem, was ein junges Mädchen für Leid haben kann. Deshalb hab' ich's so lange nicht getan; allein deshalb; glaubt Ihr mir nicht?«

»Ja, Margret, ich glaube Euch.«

»Das wüßt' ich wohl. Ihr seid ein Weib, und Ihr liebt ihn; Ihr könnt nicht so lieben, wie ich es getan habe, aber Ihr werdet mich verstehen. Wollt Ihr sagen, daß ich die Schuld habe? Nein, ich habe die Schuld nicht –«

»Und wer hat sie denn?«

»Er hat sie, Bernhards Vater hat sie. Er war ein schöner Mann, groß und schlank, und seine Augen waren dunkel wie Kohlen; er konnte auch sprechen, wie ich es von keinem Manne gehört habe. Ich stand einmal im Garten, in der Dämmerung war es; er ritt an der anderen Seite der Hecke vorüber, und da fiel mir zuerst ein, daß er so schön sei, obwohl seine Mutter mir es schon oft gesagt hatte. Gleich nachher kam er zu mir; er schwor, daß er mich lieber habe als alle adligen Damen im Lande zusammengenommen. Damals hatte er es auch, und auch später hat er mich immer angesehen, als wolle er sagen, es tu' ihm nicht leid, daß er mich so lieb gehabt. Er hatte mir versprochen, mich zu seiner rechten Frau zu machen; seine Mutter, das falsche Weib, hatte es mir auch versprochen, daß ich ihre Schwiegertochter werden sollte, was ich vor Gott schon war. Er müsse nur erst majorenn werden, sagte sie, um seiner Vormünder willen. Jawohl, als er majorenn war – die alte Frau von Schemmey war unterdes gestorben –, da ging er hin und nahm eine andere, eine einfältige, dumme Gans, die ins Haus zog und anfing zu regieren, als sei ich mit allen anderen ihre Leibeigene. Konnte ich das dulden, ich, die seine Frau war, der er es geschworen hatte, daß ich es sei? Nein, ich hatte ein heißes Blut damals; ich schwur auch und habe meinen Schwur besser gehalten! Ich schwur, daß sie keine Freude mehr auf Erden haben sollten, daß ich ihre Brut vertilgen wollte. Zwei Kinder sind gestorben; sie glaubten, die Alte gehe spuken und drehe ihnen den Hals um. Das dritte Kind – es war in Paris –, da konnte ich's nicht mehr; ich habe es fortgeschafft, und die Milchfrau hat es aufgezogen. Die Eltern starben beide bald nacheinander; ich ging nach Diependahl zurück und diente dort bei dem neuen Herrn, der sich von Katterbach schreibt. Das ist ein rauher, gewalttätiger Mann; wir bekamen Streit zusammen, und ich gab ihm zu verstehen, was ich wisse, daß noch ein Schemmey am Leben sei und daß ich ihn von seinen Gütern vertreiben lassen könne, wenn ich reden wollte. Seitdem konnte ich ihn um den kleinen Finger wickeln. Doch mochte ich endlich nicht mehr auf dem Hofe sein, obwohl ich's gut genug bei ihm hatte. Es wurde so schauerlich öde und verfallen dort. Ich heiratete, um ein gutes Werk zu tun, wonach ich ruhiger wurde. Den Knaben hatte ich mir von Paris abgeholt, und Katterbach gab mir zu bestimmter Zeit Geld für ihn, weil ich ihm drohte, ich wolle sonst beichten gehen; er traute den Geistlichen nicht. Das Geld habe ich ganz für Bernhard verwendet; ich habe ihn liebgewonnen wie mein eigenes Kind. Er ist ein guter Mensch, und er wird Euch keinen falschen Eid schwören wie sein Vater. Katterbach und ich kamen überein, wir wollten, wenn es sein müsse, sagen, das Kind sei von ihm und mir erzeugt; aber geschworen hab' ich's ihm nicht, das immer zu sagen, nein, Gott behüte mich, daß ich's dann jemals verriete. Nein, ich habe niemals einen Eid gebrochen; das ist die schlimmste Sünde auf der Welt, ist es nicht?«

»Ich glaube, Margret, aber die Beweise, daß es so ist, wie Ihr sagt?«

»Die Beweise? Ich habe sie in meinem Koffer. Ich habe den Geburts- und Taufschein Bernhards, den ich mir von dem Pfarrer holte, als hätten mich die Eltern des Kindes danach geschickt. Als die Eltern tot waren und ich nach Paris ging, den Knaben mit mir zu nehmen, bin ich mit der Milchfrau, die ihn von mir bekam, zu einem Notar gegangen und habe ihm gesagt, daß ich im Auftrage des Herrn und der Frau von Schemmey das Kind, worauf der Taufschein laute, bei der Frau geborgen habe, damit es gesichert werde vor der sonderbaren und unerklärlichen Todesart, die seine älteren Geschwister betroffen. Das hat die Frau bezeugt und beschworen, und der Notar hat ein Protokoll darüber aufgesetzt. Mit dem Kinde und den Papieren bin ich nun eines Tages zu Katterbach gegangen und habe mir eine Schrift von ihm geben lassen, daß er um das Dasein von einem rechtmäßigen Kinde der Schemmeys wisse und es anerkenne, auch ihm, wenn es sich mit seinem Tauf- und Geburtsschein melde, seine Güter abtreten wolle; denn ich drohte ihm, zu sprechen, wenn er es nicht tue. Hätte ich nicht gleich auftreten können und sagen, diesem Kinde gehören die Güter? Ja, ich hätte es können, denn die Frau bei Paris lebte damals auch noch und hätte für mich gezeugt, wenn man den Papieren nicht geglaubt hätte. Katterbach fürchtete mich deshalb; er mußte tun, was ich haben wollte. Ich sehe noch, wie er schäumte und wütete, als er sich so in meine Hände geben sollte; aber ich hatte ihn am Strick. Auch gelobte ich ihm, keinen Gebrauch von seiner Schrift zu machen, es sei denn, er wolle mit späterhin das bestimmte Geld nicht mehr bezahlen. Aber geschworen hab' ich es ihm nicht. Ich wollte nur Sicherheit, daß ich mit dem Knaben nicht zu darben brauchte.«

Katharina durchschaute nun das ganze Gewebe. Die Alte war schlau genug gewesen, den jetzigen Besitzer der Schemmeyschen Güter ganz in ihre Gewalt zu ziehen; die Bescheinigung, durch die er sich so bloßgestellt hatte, war in die Hände eines Werbeoffiziers gefallen, und als dieser damit auftrat, mußte Katterbach jede Forderung desselben zugestehen, denn hätte jener die Sache anhängig gemacht, so wäre dieser zu einer schweren Rechenschaft gefordert, wie er sich habe in Besitz von Gütern setzen können, deren rechten Eigentümer er am Leben gewußt! Nur zwei Umstände blieben Katharinen rätselhaft: die Fähigkeit des alten Weibes zu einer so schlau verheimlichten Reihe schrecklicher Verbrechen und die unentschuldbare Handlungsweise des falschen Herrn von Schemmey, den sie wohl für im höchsten Grade leichtsinnig, aber nicht für schlecht halten konnte.

»Jetzt«, fuhr Margret fort, »will ich Euch die Papiere geben; aber schwört mir erst, daß Ihr nicht sagen wollt, wo ich sei, wenn ihr damit hervortretet und man nach mir fragt: ich möchte ruhig hier mein Ende finden, nun ich es vom Gewissen abgewälzt habe. Herr Gerhards soll mir auch die Kommunion bringen. Ihr mögt nun tun, was Ihr wollt; aber laßt mich weiter ungefragt. Schwört mir das!« Sie streckte die Rechte aus, um Katharinens Gelöbnis zu empfangen.

Diese wich einen Schritt von ihr zurück. »Nein, Margret,« sagte sie, »das kann ich nicht; Euer gerichtliches Zeugnis ist uns nötig, denn Eure Papiere sind fort!«

»Fort?« rief die Alte erschrocken und sprang auf; »nein,« sagte sie dann ruhig, »die liegen wohlverwahrt in meinem verschlossenen Koffer, und der Schlüssel ist nicht aus meiner Tasche gekommen! Sie zog den Schlüssel hervor. »Da ist er«, sagte sie.

Margret ging in ihre Schlafkammer. Katharina folgte ihr und stellte sich auf die Schwelle der geöffneten Tür; es war ein kleines Gemach. Der Tür gegenüber stand das Bett; die Gardinen aus rot- und weißgestreiftem Kattun waren zurückgeschlagen und aus den Kissen starrte die Maske mit den Glasaugen, das wunderliche Surrogat für einen Bettgesellen, von dem Katharina schon früher gehört hatte. »Ich mag nicht gern allein sein, wenn es dunkel ist,« sagte Margret mit einem Blick darauf. An der Wand über dem Bette hing ein aus Zinn gegossenes Heiligenbild mit einem kleinen Weihwassergefäß darunter, daneben ein Rosenkranz; ein zerlesenes Gebetbuch lag auf dem Stuhle vor dem Bette und gemalte Heiligenbilder waren mit Stecknadeln an die Gardinen befestigt, auch an den Wänden umher zwischen aufgehängten Kleidungsstücken und Flachsbündeln oder Garnvorräten hingen Bilder aus der Lebensgeschichte der Heiligen, Rosenkränze, Agnus Dei, Skapuliere, geweihte Kerzen und Palmbüschel, mit Papierchen daran, auf denen geschrieben stand, von welchen berühmten Wallfahrtsorten der Christenheit Margret diese Erinnerungszeichen mitgebracht hatte. Katharinen quoll ein Dunst aus der Kammer entgegen, der sie betäubend anwehte, wie die unheimliche und grauenhafte Gedankenatmosphäre der alten Sünderin, die so manche schlaflose Nacht krampfhaft die Beeren dieser Rosenkränze in den Fingern gedrückt haben mochte, wie um den Trost herauszupressen, den sie nicht geben konnten, welche so manches Mal ihre stieren Augen auf diese Wände geheftet haben mochte, wirre Blicke, stumme und unerwiderte Hilferufe der innern Gedankenqual, die jene weichen Kissen des Bettes zu einer Folterbank machte, bei deren Anblick Katharinen grauste.

Die Alte schloß bedächtig den Koffer auf, der hinter dem Bette in einem Winkel stand. Zuerst zog sie ein braunes Pilgerkleid heraus, welches sie abstäubte, daß die Muscheln, mit denen der Kragen besetzt war, aneinander klapperten, und hing es dann über die Lehne eines Stuhles, Darauf kamen mehrere Kleider ans Tageslicht, die aus feineren Stoffen waren, als Margret sie jetzt trug, von der Zeit ausgebleicht, aber sorgfältig zusammengelegt; eines, das Margret auseinanderschlug, um es am Fenster zu betrachten, schien Katharinen den Schnitt eines Damenkleides nach einer jetzt veralteten Mode zu haben; auch der Schnürleib, der dazu gehört haben mochte, kam hervor; dann einige verknitterte, gelb gewordene Häubchen aus gesticktem Weißzeuge, wie keine Bäuerin sie trug. Mit einem trat Margret wieder an das Fenster und spannte es über ihren Fingern auf; es war mir zu weit, murmelte sie, die Alte hatte einen dicken Kopf; aber sie sah mich gern geputzt. Er sagte auch, eine Haube stehe mir gut; – ja, die Papiere. Sie fuhr fort auszupacken. Allerhand kleine Schmucksachen, ein alter, zerstäubender Blumenstrauß, dann ein kleines Paket kamen zum Vorschein. Margret öffnete das letztere; es lagen zwei Ringe und eine schwarze Haarlocke darin. Alles wurde nacheinander von ihr gemustert, ehe sie es auf einen Stuhl oder Tisch legte. Endlich war sie fast bis auf den Boden des Koffers gekommen; sie warf den Rest heftig durcheinander und rief erschrocken: »Die Papiere sind fort!«

»Ich sagte es Euch,« versetzte Katharina.

»So hat Katterbach sie stehlen lassen! Sollte er Lene bestochen haben? Und was wißt Ihr davon?«

»Man hat sie Euch genommen, Margret; wir wollen sehen, sie wiederzubekommen. Ich hoffe, daß es gelingen wird, wenn Ihr Euer Zeugnis gebt. Haltet Gott vor Augen und denkt, daß es nur eine Art für Euch gibt, von der schweren Schuld, die Ihr auf Euch geladen habt, etwas zu sühnen. Denkt an Euren Tod und an Eure Rechenschaft.«

Katharina ging. Die Alte eilte ihr nach. »Um Gottes willen, ich habe Euch gebeichtet, Fräulein«, rief sie, »Ihr müßt das Beichtsiegel achten«; sie ergriff Katharinen am Arme.

»Laßt mich, Mutter Fahrstein; wir wollen beide nur unsre Pflicht achten. Denkt nicht mehr an das Urteil und die Strafe, die man hier für Euch haben kann; Ihr steht einem andern Urteile zu nahe.«

Katharina ging, ohne daß Margret sie hindern konnte. Als sie ihren Wagen erreicht hatte, befahl sie, zum Schlosse Hohenkraneck hinaufzufahren.

Neuntes Kapitel

Als Katharinens Reisewagen etwa die Mitte des Hanges erreicht hatte, über dem Hohenkraneck lag, sah sie eine leichte und schlanke Gestalt den Berg herabschreiten, die nach wenigen Augenblicken ihren mühsam emporklimmenden Pferden zur Seite war und überrascht stehen blieb, um die Equipage anzuschauen. Es war Abend geworden und begann zu dunkeln, aber sie erkannte auf der Stelle Bernhard. Ein rascher Ruf gebot dem Bedienten auf dem Bocke, halten zu lassen; dann sank sie so ergriffen in die Wagenecke zurück, daß sie sich unfähig fühlte, sich zu erheben, um auszusteigen. Bernhard trat an den Wagen; er glaubte ihre Stimme erkannt zu haben; zitternd streckte er die Hand aus, um den Schlag aufzureißen; dann überkam ihn ein Gefühl, als ob er davonlaufen müsse. Es war zu spät; der Bediente öffnete und half der Dame auf ihren Wink aus dem Wagen. Als sie am Boden stand, wankten ihre Knie, daß sie sich an der Schulter des Lakaien aufrechthalten mußte. Aber früh daran gewöhnt, in jeder Situation sich zu beherrschen, faßte sie sich und sagte tonlos: »Fahrt nur hinauf; ich werde nachkommen, wenn ich mit diesem Herrn gesprochen habe; meldet Herrn von Kraneck, daß ich ihn um seine Gastlichkeit für eine Nacht ansprechen müsse, weil ich kein andres Unterkommen wisse.«

Bis der Wagen wieder in Bewegung gesetzt war und sich aus dem Gehörkreise entfernt hatte, standen beide in stummer Verlegenheit und schauten nach, als ob es nichts Seltsameres für sie in der Welt geben könne, als eine von vier Pferden fortbewegte Reisekalesche; dann flüsterte Bernhard, während sein Atem stockte und mit Mühe ihn die Worte hervorbringen ließ: »Sie sind es, Sie hier?«

»Und das macht Sie staunen, daß Sie keine Worte finden?«

»Muß es das nicht?«

»Glaubten Sie sich am Ende der Welt geborgen? Freilich haben Sie alles mögliche getan, um es mich denken zu lassen. Sie waren verschwunden, spurlos, keine Silbe, keine Zeile beruhigte mich über Ihr Geschick!« Katharina sprach diese Worte mit einiger Heftigkeit im Andenken an das, was Bernhards Verschwinden sie hatte leiden lassen. Beiden aber wurde noch beklommener zumute, als zuvor. Beide hatten sich oft mit Zweifeln an des andern Liebe gequält, aber dennoch im Innersten ihres Herzens ein Wiedersehen nur von den Ausbrüchen stürmischen Entzückens begleitet denken können. Und nun die kalte, trockene Weise, die es annehmen zu wollen schien!

»Hatten Sie Ihre Freundin vergessen?« fuhr Katharina fort, als Bernhard stumm blieb.

Er reichte ihr den Arm, weil der Bergweg, den sie hinunterzuwandeln begannen, uneben und steinig war; als sie den ihren darauf legte, durchrieselte sie ein Gefühl, das ihr bisher fremd gewesen – als ob sie zerschmelzen müsse.

»Ich hatte Sie nicht vergessen«, antwortete Bernhard, »aber ich glaubte, ich müsse es; ich war auf dem Wege zu Ihnen, ich wollte meinen Kummer Ihnen klagen und hoffte Erleichterung von Ihrem Versprechen, auch in der Ferne Ihre Teilnahme mir folgen zu lassen. Und gerade als meine Gedanken nichts andres in der Welt kannten als Sie, während alles Leben meiner Seele nur Sie waren – da kamen Sie an mir vorüber, als ob Sie kaum mich kannten, als gäbe es nicht zwei fremdere, durch das Leben weiter auseinander geworfene Personen denn wir. Die Pflicht – vielleicht auch der Stolz sagten mir, ich müsse Sie vergessen.«

»Und Sie haben es getan?«

»Nein, ich habe es nicht gekonnt, auch nicht gewollt; von Ihnen konnte ich mich entfernen, aber von der Erinnerung an Sie – ich habe zu wenig im Leben, um das zu vergessen, von dem auch nur ein Traum mir einmal sagte, daß ich einen Teil davon besitze.«

»Bernhard, Sie machen mir Vorwürfe, die Sie bereuen würden, wenn Sie wüßten, wie schmerzlich, wie heftig ich jenen Jagdmorgen verwünscht habe, an dem mich eine Einladung des Kurfürsten, der das Jagdgebiet unsres Stiftes zum Schauplatz seines ritterlichen Vergnügens ausersehen hatte, zwang, seinem Trosse zu folgen. Es war unmöglich, den Wunsch des Fürsten abzuschlagen; so schloß ich mich dem Zuge an, mit trübem Mut, ohne Lust; als ich Sie jedoch an der Buche stehen sah, freute ich mich und fühlte mich stolz, daß Sie Zeuge wurden, wie gut ich ein Roß – nun, es war eine kleine Eitelkeit, die ich bitter gebüßt habe. Ihr spurloses Verschwinden hat mir viel, viel Kummer gemacht!«

»Katharina«, sagte Bernhard, »ich weiß nicht, welcher Zufall Sie hierher führt und nach kurzer Zeit weiter führen wird; aber ich will ihn benutzen, um einmal das auszusprechen, was mir das Herz abdrückt, wenn ich stumm damit ins Grab fahren soll – ich habe Sie lieber als alles auf der Welt, als meine Mutter, als Gott, glaube ich; ich sterbe aus Liebe zu Ihnen!«

Bernhard legte, seiner nicht mächtig, die Stirn an ihren Busen und schlang seinen Arm um ihren Nacken, als er tonlos diese Worte gestammelt hatte.

»Und ich lebe für Sie!« sagte Katharina lächelnd und weinend zugleich, indem sie zurücktrat und seine beiden Hände erfaßte, »aber Sie haben es mir schwer gemacht! Wollen Sie es nicht mehr tun, wollen Sie jetzt ganz, ganz – Bernhard!« rief sie aus und warf sich mit stürmischer Heftigkeit an seine Brust, in einer Bewegung, die nur durch einen Strom von Tränen sich Luft zu verschaffen wußte. »Ja, Sie müssen mich liebhaben, Sie sind mein alles, mein Blut, mein Herz, der Atem meiner Seele.«

Bernhard faßte ein Schwindel an, als er ihre schlanke Gestalt, in seinen tiefsten Nerven erzitternd, an sich drückte. Das Blut pochte durch seine Adern, als wolle es an den Schläfen sie zersprengen. Sie lag wie ein willenloses, stammelndes Kind in seinen Armen und ließ ihn die ganze Seligkeit des Besitzes und all die stolze Freude fühlen, die wir empfinden, wenn zum erstenmal in wunderbarer Metamorphose die eigentliche Psyche des Weibes sich vor uns aus der gewohnten Hülle entpuppt und die ätherischen Flügel ihres Gefühls auseinanderschlägt. Was sie weiter gesprochen, gelispelt und gekost, ist nicht für uns gesprochen worden. Als sie endlich zum Schlosse hinaufgingen, erzählte Katharina Bernhard alle Umstände, die auf ihre Entdeckung Bezug hatten. Das Geständnis der alten Margret machte einen Eindruck auf ihn, der, wenn er nicht an diesem Abende gekommen, ihm kaum zu ertragen gewesen wäre; er war eben auf die Höhe des Daseins hinaufgehoben worden und mußte gleich darauf einen Blick in seine grauenhaftesten Tiefen werfen; das Leben schien sich um ihn aus seinen Angeln loszureißen und plötzlich, wie von einer ungeahnten Gewalt ergriffen, in tollen Wirbeln zu drehen; aber Katharina ließ ihm nicht Zeit, diesen Empfindungen nachzuhängen; sie schien ihm wie ein Engel darüber zu schweben, der ihm die rettende Hand reichte.

Von den Bewohnern des Schlosses oben empfangen, wußte Katharina ihr Erscheinen so gut zu motivieren, als es gehen wollte, ohne Herrn und Frau von Kraneck ganz in das Geheimnis einzuweihen, das wohl entdeckt war, dem aber noch die eigentlichen Belege fehlten. Um diese zu bekommen, hoffte Katharina auf den Schutz des Kurfürsten und ein gerichtliches Verfahren. Bernhard hatte beschlossen, gegen den Prätendenten seines Namens eine summarischere Prozedur einzuleiten.

Zehntes Kapitel

In der Residenz war wieder der Abend einer glänzenden Fete gekommen. Auch der Kurfürst verherrlichte sie durch seine Anwesenheit. Aber obwohl sonst diese imposante Gestalt jedesmal eine ehrfurchtsvolle und aufmerksame Stille verbreitete und seine Umgebung die unverkennbarsten Zeichen zu geben sich bestrebte, daß sie mit dem Glanze seiner Erscheinung, dem tiefen Geiste seiner ernsthaften Bemerkungen und dem schlagenden Witze seiner Scherze viel zu sehr beschäftigt, entzückt, elektrisiert sei, um noch für etwas andres Sinn zu haben, so bemerkte Klemens August heute doch bald, daß eine außergewöhnliche Bewegung in der Gesellschaft herrsche.

Eine starke Gruppe hatte sich ihm gegenüber am andern Ende des Saales gebildet. Damen und Herren, die im eifrigsten Gespräche sich um Herrn von Kraneck den jüngern, den Kammerherrn, drängten. Der Kurfürst erhob sich von seinem Fauteuil und, obwohl die schmeichelhafte französische Phrase, welche die ihm zur Seite sitzende verwitwete Erbküchenmeisterin sagte, ohne Zweifel sehr viel Wahres und Neues enthielt, konnte er sich doch nicht enthalten, ohne sie zu Ende zu hören, jene Gruppe zu vermehren. Unerhört! Nur die Nächsten nahmen im ersten Augenblicke die Durchlaucht wahr und traten zur Seite, die andern schwatzten fort, bis plötzlich die wohlbekannte tiefe, noch den Dialekt der bayrischen Heimat verratende Stimme des Fürsten ein augenblickliches Verstummen und Zusammenfahren bewirkte.

»Nun, was habt's hier? Herr von Schemmey, Sie sind halt so übermäßig lustig, daß Sie gewiß irgendeine eklatante Niederlage erlitten haben!«

Alles lachte, und Herr von Schemmey versetzte etwas, das man nicht recht verstehen konnte; Herr von Kraneck nahm darauf das Wort und berichtete, was schon den ganzen Abend die Gesellschaft so ungewöhnlich in Anspruch nehme. Er hatte einen Brief von seiner Mutter empfangen, mit der unbegreiflichsten, seltsamsten, alle Teilnehmenden betrübendsten und doch ergötzlichsten Nachricht von der Welt. Das eines schönen Morgens so rätselhaft verschwundene Stiftsfräulein von Plassenstein war eines schönen Abends wieder aufgetaucht auf dem Schlosse Hohenkraneck, wo niemand anfangs hatte ausdenken können, was sie da zu suchen habe. Dies aber war der Briefstellerin nur zu bald klar geworden; es war nichts andres als eine höchst unvernünftige, höchst gewissenlose, höchst strafbare Leidenschaft zu einem jungen Menschen, dem Sohne einer ehemaligen Gutsverwalterin, der mit seiner Mutter in einem Häuschen des Dorfes Kraneck wohne. Fräulein von Plassenstein war einem Roturier der untersten Klasse nachgelaufen!

Obwohl die Umstehenden diese kuriose Nachricht sich jetzt schon zum zehntenmal bis in die genauesten Details, die Herr von Kraneck nur anzugeben vermochte, hatten vorerzählen lassen, so verfehlte sie doch nicht, noch einmal den größten Eindruck auf den ganzen Kreis auszuüben. Der Kurfürst, welcher sah, daß man gewiß schon die allermannigfachsten Aeußerungen, Glossen und Bemerkungen darüber gemacht habe, fühlte die ganze Wichtigkeit des Augenblicks, wo es für ihn darauf ankam, auch etwas zu sagen, das doch nicht schon gesagt sein durfte, was sich für einen Kurfürsten nicht geschickt hätte. Deshalb, als er sah, daß die andern ein ernstes und höchst wichtiges Gesicht über diesen unerhörten Fall machten, nahm er ein lächelndes an und sagte: »Was ist's halt! Die Männer machen oft tolle Streiche; sollen es die Damen nicht auch einmal?«

Diese Bemerkung war an diesem Abende noch nicht gemacht worden und gewiß geeignet, die überaus große Heiterkeit hervorzubringen, welche ihr auf der Stelle folgte.

Der Kurfürst sah nun nicht ein, weshalb er nicht in diesem Tone fortfahren solle und richtete die nächsten seiner scherzhaften Worte an Herrn von Schemmey, welche, da sie nicht sehr zart waren, diesen endlich in einen Zustand der wütendsten Aufregung brachten. Er entfernte sich, ließ Herrn von Kraneck aus der Gesellschaft rufen und zog ihn zum Hause hinaus.

»Sie müssen mich begleiten,« sagte er, »ich will auf der Stelle zum Schlosse Ihrer Eltern. Kommen Sie mit mir, Sie sollen Zeuge sein, wie ich mich rächen will; sie soll sich bis ins Innerste ihrer Seele schämen!«

Dem Kammerherrn von Kraneck war dieser Vorschlag ganz willkommen; es war ein Abenteuer, das ihn noch einen Abend zum glücklichen Löwen der Gesellschaft machen konnte. So eilten beide nach ihren Wohnungen, um satteln zu lassen, und eine Stunde später trabten sie, nur von Peter, dem Stallmeister, begleitet, zum Tore hinaus.

Katharinens Verweilen auf Hohenkraneck war durch den Umstand veranlaßt, daß die alte Margret krank geworden war und in wirren Phantasien lag; man hatte einen Notar kommen lassen, um ihr Zeugnis aufzunehmen, mußte aber von Tag zu Tag abwarten, bis ihr Fieberanfall sich gebrochen habe. Dabei war es nicht möglich gewesen, die gastliche Schloßherrschaft länger im Dunkel über alle Umstände zu lassen, die Katharina hergeführt hatten. Sie war es ihrem Rufe schuldig, der Frau von Kraneck endlich – nachdem aber jener Brief an den Kammerherrn längst abgesandt war – eine rückhaltlose Offenheit zu zeigen; diese weihte ihren Gemahl und dieser sogar den treuen und teilnehmenden Vikar in das Geheimnis ein. Die guten Leute waren nicht wenig erstaunt und erfreut, wie sie auch nicht unterließen, ihren Abscheu gegen Margret in harten Ausdrücken an den Tag zu legen. Ganz besonders freute es sie, daß sie gegen Bernhard immer so aufmerksam gewesen seien und Jetzt keineswegs dem Reichsfreiherrn von Schemmey beschämt gegenüberzustehen brauchten. Frau von Kraneck behauptete auch, sie habe es gleich gemerkt, daß dieser nicht de basse extraction sein könne; sie habe es auch oft gesagt, was Herr von Kraneck aber niemals gehört hatte, gewiß, weil er fast immer so nachdenklich und zerstreut zum Fenster hinausschaute.

Man kann sich nun die Ueberraschung der sämtlichen Bewohner des Schlosses Hohenkraneck denken – auch Bernhard war gebeten worden, sein früheres Zimmer wieder als das seine anzusehen, –, als eines Tages ein Paar Kavaliere auf dem Hofe hielten und gleich darauf ungestüm über die Stiegen heraufeilten, die sich als niemand anders erwiesen, denn Herr von Kraneck der jüngere und Katharinas Anbeter aus der Residenz. Der erstere warf sich in die Arme seiner Eltern und stellte dann Herrn von Schemmey vor, der erhitzt und im höchsten Grade aufgeregt aussah. Es war ein höchst peinlicher Moment; Herr und Frau von Kraneck zeigten bei der Vorstellung ihrem Sohne ein zweifelhaft fragendes Gesicht, Katharina war sich eines Unrechts gegen den Ankommenden bewußt und kam aus der Fassung; dieser selbst fühlte sich verlegen, als er der letztern Aug' in Aug' gegenüberstand. Bernhard aber war aufgesprungen und maß, todbleich vor Zorn, den Eindringling, der ihn gar nicht sah. Ein Glück, daß Herr Gerhards, der immer in seinem Leben gerade auf das Ziel gegangen, da war. Er blickte erstaunt einen nach dem andern an, und als keiner zuerst das Wort nehmen wollte, näherte er sich dem Fremden und faßte ihn plötzlich mit einer sehr breiten und sehr kräftigen Hand an dem gestickten Rockkragen.

»Herr!« sagte er, »wer sind Sie? Sie sind ja ein sauberer Gesell! Sie stehlen Papiere, Herr!«

Der Angegriffene trat einen Schritt zurück: »Mensch, was wollen Sie? Herr von Kraneck, ich verlange Genugtuung für den Schimpf, der mir in Ihrem Hause widerfährt!«

»Ich bedaure,« sagte der Gutsherr mit einem verlegenen Lächeln, aber der Vikar ließ ihn nicht aussprechen; es war das erstemal in seinem Leben, daß seine schlummernde Galle aufgeregt worden, und sein Zorn war deshalb nichts weniger als leicht zurückzuweisen. »Herr,« fuhr er fort, »sind Sie Herr von Schemmey? Herr von Strauchdieb mochten Sie wohl sein, aber –«

Bernhard schob ihn in diesem Augenblick mit einem »Schweigen Sie!« zur Seite und nahm das Wort: »Mein Herr, Sie haben sich auf eine Weise in Besitz von gewissen Urkunden gesetzt, die mir gehören, daß ich nicht weiß, welche Rechenschaft ich von Ihnen verlangen soll und ob es mir erlaubt ist, diejenige zu fordern, die man nur von Männern von Ehre annimmt.«

»Sie verderben alles!« rief Katharina aus.

»Das ist der Reichsfreiherr von Schemmey!« sagte Herr von Kraneck, auf Bernhard deutend und näher tretend; »wir haben die unzweifelhaftesten Beweise, daß Sie den Namen widerrechtlich usurpieren, und begreifen weder Ihre Handlungsweise, noch was Sie hierher führt.«

Der so von allen Seiten Bedrängte stand wie vernichtet; mit einem klagend flehenden Blick sah er in Katharinas Antlitz, und als auch dies keine Spur von dem Erbarmen zeigte, zu dem er sich jetzt in seiner Herzensangst hätte flüchten mögen – mit welchen feindlichen Plänen er auch gekommen war –, so wankte er zurück, warf sich auf einen Stuhl und rief schwer atmend: »Lassen Sie mich nur zu Worte kommen! Fräulein von Plassenstein, ist dies alles wahr? O, sprechen Sie ein Wort, halten auch Sie mich für einen Betrüger?«

»Ich hoffe, ich wünsche mindestens, daß Sie ehrlich genug sind, nicht länger Ansprüche zu machen, die einem andern seine heiligsten Rechte nehmen.«

Der falsche Herr von Schemmey hatte sich wieder insoweit gefaßt, daß er recht wohl bemerkte, wie Katharina zaghaft und in höchster Unruhe diese Worte stotterte; dies ermutigte ihn, und er erhob sich, um mit ruhiger Stimme zu sagen: »Ich sehe Ihnen allen an, daß Ihre Beweise nicht viel wert sind und daß der Besitz der Urkunden, die der Zufall mir in die Hände spielte, mich dreist abwarten lassen kann, welche Schritte Sie gegen mich zu nehmen vorhaben. Dies ist mir von einem außerordentlichen Troste.«

Er machte eine Pause, in der Herr Gerhards sich an die Tür stellte und sie mit der Breite seines Rückens deckte, um dem Feinde die Flucht abzuschneiden.

»Denn,« fuhr jener fort, »ich habe jetzt um so eher Hoffnung, daß Sie der Rechtfertigung meiner Handlungsweise, die ich mir und Ihnen schuldig bin, den Glauben beimessen werden, der mein einziger Trost in dieser Klemme ist, worin das, was ich selbst Leichtsinn nennen muß, mich gebracht hat. Hören Sie mich: Ich bin unter dem Namen St. Pond in einem Pariser Findelhause erzogen worden, ohne je eine Andeutung über meine Herkunft erhalten zu haben, außer daß man mir oft sagte, nach meinem blonden Haare und meinem ganzen Wesen müsse ich aus deutschem oder bretagnischem Blute stammen. Auch fühlte ich schon als Knabe eine besondere Vorliebe für Deutschland, und als ich den Rest einer bedeutenden Geldsumme, die mit mir in dem Findelhause deponiert war, ausgezahlt erhielt, wandte ich mich nach Deutschland, um mir eine Kornettstelle in der P***schen Armee zu erkaufen. Meine Tauglichkeit für den Dienst verschaffte mir bald die Beförderung zum Leutnant. Als solcher ward ich zu einem Werbekommando in dieser Gegend beordert. Hier – es mußte nicht fern von diesem Schlosse sein – stieß ich auf einen Burschen, der zum Soldaten wie geschaffen schien; ich ließ mich auf Unterhandlungen mit ihm ein und fand bei ihm Briefschaften, durch die sich der Besitzer als Erbe eines Namens und eines Vermögens legitimieren konnte, zwei Dinge, die mir gerade das Wünschenswerteste auf der Welt schienen. Während ich las, entwischte der Träger; ich verfolgte ihn, um von ihm nähere Auskunft zu erhalten, aber vergebens; die Urkunden blieben ohne weiteren Schlüssel in meinen Händen. – Ich weiß nicht, was mir in jenem Augenblicke vorspiegelte, eine Laune des Schicksals oder eine höhere Fügung habe mir in die Hände gespielt, was nur in die meinen gehöre; ich war in Paris erzogen, wie der, auf den diese Zeugnisse lauteten, ich hatte ja hundertmal gehört, ich müsse aus Deutschland stammen. Doch ich wollte sicher zu Werke gehen und weitere Erkundigungen einzuziehen suchen; ich begab mich in die Nähe der Güter, die früher der Wohnsitz der von Schemmeyschen Familie gewesen waren, und die Nachrichten, die ich dort erhielt, waren so, daß meine Hoffnungen nicht niedergeschlagen wurden. Ich hätte freilich mehr Gewicht darauf legen sollen, daß von gewissen Frauen in meinen Papieren die Rede sei, die ich nie gesehen hatte; aber wie wußte ich mich aller Umstände einer Kindheit zu erinnern, was verbürgte mir, daß meine Ernährer mir immer die Wahrheit gesagt? Kurz, als nach einer Weile niemand anders kam, um Ansprüche auf meinen Fund zu machen, trat ich kühn damit hervor und drang so leicht durch, daß mein Glaube nur bestärkt wurde. Um den früheren Besitzer meiner Güter nicht zu verdrängen, nahm ich den Vorschlag an, seine Schwester zu heiraten. Das übrige wissen Sie. Ich habe genug gesagt, um Ihnen den Wunsch zu beweisen, in Ihren Augen gerechtfertigt zu sein, und erwarte nun Ihre Gegengründe zu hören.«

Katharina nahm das Wort und teilte dem Leutnant St. Pond diese Gegengründe mit. Als sie schwieg, zog er zwei Schlüssel hervor und überreichte sie Herrn von Kraneck dem jüngern.

»Sie werden in meiner Wohnung in M. in meinem Sekretär das finden, was ich bereitwillig dem Freiherrn von Schemmey überlasse. Eine kleine Geldsumme und meine übrigen Habseligkeiten dort bitte ich Sie in Verwahrung zu nehmen, bis ich darüber verfüge. Ich werde zu meinem Regimente zurückkehren, reicher um einen froh verlebten Winter und,« setzte er mit einem Blick auf Katharina hinzu, »um eine bittere Erfahrung. Leben Sie wohl! – Sie, Herr Kammerherr, werden mir einen freundlichen Händedruck zum Abschied nicht versagen. Sprechen Sie glimpflich in der Residenz von mir, hören Sie! An Fräulein von Katterbach werde ich schreiben.« Er machte eine kurze Verbeugung, schob den Vikar zur Seite und schritt zur Tür hinaus.

»Nun, Stallmeister Peter,« sagte er, als er auf dem Hofe stand, »den Pferden die Stange nur wieder ins Maul! Mit der Stallmeisterschaft ist's zu Ende und mit der Reichsfreiherrnschaft auch! Der Teufel hole den Leichtsinn! Aber es war doch ein lustiger Streich! Jetzt wird's darauf ankommen, daß wir uns beim Oberst in Gnaden lügen und nicht als Deserteur behandelt werden. Aufgesessen!«

Wir stehen am Ende unsrer Erzählung, das sich in wenige Worte fassen läßt. Als Bernhard im Besitz der urkundlichen Zeugnisse für seine Abstammung war, fand der Hofrat Freiherr von Katterbach es für geraten, ihm ohne große Weiterungen seine Güter zu räumen und sich auf eine kleine Besitzung, die Eigentum seiner Familie war, zurückzuziehen. Hier stiftete er mit einem Müller, aus der Nachbarschaft und einem invaliden Feldchirurgus einen Verein gegen die Mäßigkeit, dessen Tendenzen er mit aller Hartnäckigkeit seines Charakters ins Leben führte, bis sie ihn endlich selbst hinausführten, was Herr von Driesch gröber ausdrückte: »Er habe sich totgesoffen.« Auf jener kleinen Besitzung aber hausten noch lange Jahre nachher Philipp und Josine, ein Muster eines guten Ehepaars, täglich in Zank und Streit und doch nicht imstande, länger als einen Tag voneinander getrennt zu leben.

Herr von Driesch, der wieder nach Grünscheidt zog, wurde ein sehr glücklicher Mann; er fand endlich einen Verleger für seine Gedichte, der sie mit sehr kleinen Lettern, die erst einige Jahrzehnte hindurch zu einem Intelligenzblatte benutzt waren, auf Fließpapier druckte; in den M***schen wöchentlichen Nachrichten erschien eine Rezension darüber, die sehr schmeichelhaft und erfreulich für ihn lautete und nur das Verdrießliche hatte, daß ein Druckfehler seinen Namen immer in Priesch entstellte – Johannes, dem er sie diktiert hatte, schrieb so jämmerlich. Eines Morgens erhielt er sogar ein Schreiben mit einem mächtig großen Siegel, das die heilige Jungfrau und den Kaiser Carolus Magnus zusammen auf einem Stuhle sitzend darstellte, was sich höchst feierlich ausnahm – und als er es öffnete, war es sehr lang, fing mit dem Altertume an, ging durch die Zeiten der Völkerwanderung bis in das Mittelalter, wo es bei dem weiland unüberwindlichsten Kaiser und Herrn, Herrn Carolus, dieses Namens des Fünften, sich des weiteren ausbreitete, damit des Säuberlichen Gedichte in unmittelbare Berührung brachte und endlich schloß:

So erkläre ich:

Johann Andreas Segner, I. V. D. und Professor, der Zeit Prorector erwehnter Universität und Comes palatinus, aus habender Macht und Gewalt, in Kraft dieses offenen Briefes und durch beigelegten Lorbeer-Crantz, den des heiligen römischen Reichs Hochwohlgebornen Freiherrn von Driesch usw., usw., usw., zum gekrönten Poeten; als eine Reitzung, seine schöne Gaben ferner zur Ehre Gottes und Ausbreitung der Liebe zur Tugend anzuwenden. Urkundlich ist dieses mit dem anhängenden Siegel der Universität und mit meiner eigenhändigen Namensunterschrift bekräftigt worden.

So geschehen in N., den 28. Mey 1746.

Segner mpp.

Darunter stand klar und schön ausgedrückt das Siegel, wo wieder der große Kaiser Carolus Magnus mit der heiligen Jungfrau auf einem Stuhle saß; und der Lorbeerkranz lag zierlich geflochten in einem eigenen Paket dabei. Wenn dies Schreiben beabsichtigte, Herrn von Driesch eine Freude zu bereiten, so erreichte es seinen Zweck vollständig. Er drückte den Lorbeer auf das Haupt, seine Brille auf die Nase, sah in den Spiegel, hob die Arme in die Höhe und rief mit Horaz:

Me doctarum ederae praemia frontium
Dis miscent superis!

Und nun ein Lorbeer sogar! »Heda, Anton, den falben Fritz gesattelt.« Er rannte zum Zimmer hinaus, setzte sich auf den Falben und ritt mit bloßem Haupte, das nur der Lorbeer umschlang, spornstreichs nach Diependahl hinüber.

In diesem Hause war alles verändert; die Unordnung war von Eleganz, Geschmack und Reichtum verdrängt, die wüste, innere Zerfallenheit der frühern Familie war einem wahrhaft rührenden Glücke zweier edlen und neidenswerten Menschen gewichen, die zusammen den lebenden Beweis bilden zu wollen schienen, daß bei tieferen Naturen die Ehe ein noch unendlich seligeres Verhältnis bildet als die Liebe.

Der Freiherr von Schemmey saß in einem Bücherzimmer, wo auch jener kleine Elzevir stand, den er als Geschenk des Herrn von Driesch bei seinem Abzuge von Bechenburg erhalten hatte; im Nebenzimmer war Katharina beschäftigt, mit einem aus Weiden geflochtenen Gehäuse ein unangenehmes, hin und her stoßendes Geräusch zu machen, das nur einen guten Ehemann nicht aus der Ruhe bringt, als der gekrönte Poet das umlorbeerte Haupt zur Tür hineinsteckte und, dann in ganzer Erscheinung vor ihnen auftauchend, in vollen Zügen das Entzücken trank, das ihre unmäßige Verwunderung über seinen Schmuck ihm bereitete. Er kam den ganzen Tag nicht aus dem Lachen, und als er gegen Abend den falben Fritz wieder besteigen wollte, um sich auf den Heimweg zu machen, fiel er in der Aufgeregtheit seines unbändigen Vergnügens an der andern Seite des Sattels wieder hinunter, was für einen kaiserlichen gekrönten Poeten gewiß ein verdrießliches Ereignis war und auch nicht verfehlt hätte, Herrn von Driesch gegen den falben Fritz und den Sattel und Anton, der ihn aufgelegt, und den Sattlermeister, der ihn aus Leder zusammengenäht hatte, in einen unmäßigen Zorn zu bringen, hätte nicht Bernhard die besänftigende Bemerkung gemacht, man sehe, daß der falbe Fritz nicht der Pegasus sei.

Und Margret? Ich habe nicht erfahren können, wie dieses wunderliche Gemisch von Verschlagenheit und Geisteswirre das Ende ihrer Tage zubrachte; nur das weiß ich, daß sie auf demselben Kirchhofe begraben liegt, neben demselben Holunderstrauche, der die Ruhestätte des guten Vikars beschattet, und daß so ein Rasen das unschuldigste und kindlichste Herz, das je geschlagen, und die verwegenste Brust, in der je eine verruchte, unselige Leidenschaft gewütet, bedeckt.

Lene war nicht zu bewegen, von dem Reichsfreiherrn von Schemmey die Wohltaten anzunehmen, mit denen dieser sie überschütten wollte. Ein Handwerker, der große Neigung für sie gefaßt hatte, war so glücklich, ihr Jawort zu erhalten; einige Tage vor der Heirat aber verlangte sie stürmisch, in ein Kloster aufgenommen zu werden, und Katharinas Einfluß verschaffte ihr den Eintritt in ein Ordenshaus, wo sie ruhig und zufrieden noch in den neunziger Jahren des vorigen Jahrhunderts als Subpriorin lebte.